LOCUS

LOCUS

RECREATION

**R55**
噩夢之後 *THE NEVER LIST*

作者：柯熙・卓安 Koethi Zan
譯者：柯清心
責任編輯：江怡瑩　美術編輯：顏一立
校對：呂佳真
法律顧問：全理法律事務所董安丹律師
出版者：大塊文化出版股份有限公司
台北市10550南京東路四段25號11樓
www.locuspublishing.com

**讀者服務專線：0800-006689**
TEL：(02) 87123898　FAX：(02) 87123897
郵撥帳號：18955675　戶名：大塊文化出版股份有限公司


總經銷：大和書報圖書股份有限公司　地址：新北市新莊區五工五路2號
TEL：(02) 89902588　FAX：(02) 22901658
排版：辰皓國際出版製作有限公司 製版：瑞豐實業股份有限公司
初版一刷：2014年2月

定價：新台幣 290 元
Printed in Taiwan

# 噩夢之後

## The Never List

柯熙・卓安 Koethi Zan　著
柯清心　譯

致永懷信念的E.E.B.

人類糟透了……他們可以承受任何事物。

——摘自電影《柏特娜的苦淚》（The Bitter Tears of Petra von Kant），

法斯賓德（Rainer Werner Fassbinder）編導

# 第一章

拘禁之初的三十二個月又十一天裡，我們有四個人在底下，後來毫無預警地變成了三個人。雖然那第四位已經數個月未發出任何鬧聲了，但房間在她離開後，竟變得異常安靜。她走後很長一段時間，我們只是靜靜地坐在黑暗裡，猜測下一個會輪到誰進箱子。

全世界就屬珍妮佛和我最不該被關入地窖，我們不像一般的十八歲女孩，初進大學校園，便拋開戒心地玩野了。我們很嚴肅地看待自己的自由，並小心呵護到幾乎很難感受到自由了。我們比別人更瞭解世界的險惡，絕不會讓自己受到傷害。

我們計畫性地研究了好些年，一一記下所有可能加諸我們身上的危難：雪崩、疾病、地震、車禍、反社會人士，以及野生動物——所有可能潛伏於窗外的險惡。我們堅信這種偏執能保護我們；兩名精研災難的女孩，災禍臨身的可能性應該微乎其微吧？

我們不相信命運。命運是在你未做好準備、偷懶、不肯用心時的藉口，命運是弱者的拐杖。我們的萬般戒慎始於六年前，兩人僅十二歲時，到了青少年末期，已瀕臨瘋狂。一九九一年，一個寒冷但陽光朗潔的一月天，珍妮佛的媽媽跟平時上班日一樣，開車從學校載我們回家，我完全不記得車禍的事了，僅記得隱隱看到心臟監測器的光，聽到沈穩而令人安心的脈搏節奏。

事發好幾天後我才醒來，剛醒時，只覺得溫暖且極度安全，直到記起時間，心頭才一沈。

後來珍妮佛告訴我，她對車禍的記憶歷歷在目。她的記憶是典型的創傷後症候：模糊、緩慢的夢境，色彩光線全旋繞成華麗無比的歌劇。他們說我們很幸運，僅受到重傷，且熬過加護期間。我們在醫護人員的針管加持下，於空盪的病房裡養病四個月，背景是CNN喧天的新聞報導。然而珍妮佛的母親便沒有這麼幸運了。

院方安排我們同寢，表面上是讓我們在復原時能彼此作伴，但媽媽悄悄告訴我說，他們是希望我能幫珍妮佛度過悲慟。我懷疑還有另一個原因——珍妮佛那位令人退避三舍的酒鬼老爸——他跟珍妮佛的母親離婚了。我爸媽主動表示要輪流照顧我們時，那傢伙可樂了。總之，等我們的身體逐漸康復後，便經常無人陪伴了，我們就是從那時開始寫日記的——嘴巴上說是為了打發時間，但彼此都心知肚明，其實是想對這個狂亂不公的世界，增添些控制感。

第一本日記用的是醫院床頭櫃裡的筆記本，上面還有羅馬式印刷體字印著「瓊斯紀念醫院」。沒有人會當它是日記，因為裡頭寫滿我們從電視上看到的恐怖災難。我們跟護士又多要了三本，她們一定以為我們在玩井字遊戲或吊死鬼好消磨時間，總之，都沒有人想到要將電視轉台。

出院後，我們熱切地展開計畫。我們在學校圖書館找到各種年鑑、醫學雜誌，甚至一部一九八七年的各種保險精算表。我們搜集資料、計算並記錄，將人類脆弱的原始實據條列下來。

一開始，日記分成八個基本類別，但隨著年齡日增，我們駭然發現，有許多事比飛機墜毀、家庭意外及癌症還要可怕。兩人默默坐在我家明亮的閣樓臥室中，陽光燦爛的可愛窗座上，慎重地考慮過後，珍妮佛拿起簽字筆，以粗體黑字寫出新的標題：誘拐、強暴與謀殺。

統計數據賜予我們不少安慰，畢竟知識就是力量。我們知道，我們死於龍捲風的機率是兩百萬分之一；墜機是三十一萬分之一，死於小行星撞地球則是五十萬分之一。在我們扭曲的想法裡，記下這串無止無盡的數據，多少能減低死亡的機率。後來我們的心理醫師稱之為「心理防禦機制」，那年我在某天回到家中，發現十七本日記悉數堆在廚房桌上，爸媽雙眼噙淚地坐在那兒等我。

不過那年我才十六歲，珍妮佛的老爸因三度酒駕，坐牢去了，所以珍妮佛搬來與我們同住。我們會搭公車去看她爸，因為覺得十六歲開車並不安全（我們又過了一年半後，才拿到駕照）。我從沒喜歡過她老爸，後來發現珍妮佛也不喜歡。現在回想，真不懂我們幹嘛探監，反正我們還是去了，而且每月的第一個週六準時報到。

他多半只是看著珍妮佛哭，有時也想說話，但都說不多。珍妮佛則眼都不眨，面無表情地盯著她爸，即使關在地窖期間，我都沒見過她那樣。他們父女從不交談，我會煩亂不安地坐離他們遠些。珍妮佛唯一不跟我談的，只有她父親——半個字都不提——因此每次搭公車回家時，我只能握住她的手，她則默默盯著窗外。

上俄亥俄大學前的那個夏天，兩人的焦慮感飆到最高點。我們不久就要離開共享的閣樓臥房，進入浩瀚未知的大學校園了。為了預作準備，我們製作一份「安全守則」清單掛到臥房的門背後。飽受失眠之苦的珍妮佛常在半夜起床，在上面添寫：晚上絕不可獨自上學校圖書館、停車距離絕不可離目的地超過六格、車子爆胎絕不可讓陌生人修。絕對不行、不行、不行、不行。

我們離開前，小心翼翼地打包一只行李箱，在裡頭裝滿過去數年生日及聖誕節收集來的寶物：各種面具、抗菌肥皂、手電筒、防狼噴霧器。我們挑了一棟低矮的宿舍大樓，萬一失火，才能輕易跳逃。我們苦心研究校園地圖，提早三天抵校，檢視各步道及走廊，評估其照明、能見度，以及到公共空間最近的距離。

我們一抵達宿舍，行囊還來不及打開呢，珍妮佛已掏出工具在窗格上鑽洞了，我則在木頭中插入堅硬的小金屬條，這樣就算玻璃破掉，別人也無法從外面伸手開窗。我們在窗邊擺了一條繩梯，外加一套鉗子，以便需要火速逃生時，能拔開金屬條。我們獲得校園維安處的特別許可，在門上多加一道輔助鎖。最後，珍妮佛極其慎重地將「安全守則」掛到兩人床鋪間的牆上，然後才一起滿意地檢視房間。

也許是老天終究不肯放過我們，或者是因為外頭的生活，風險遠超乎我們的估算。總之，我們努力融入正常的大學生活，踏出自己的囿限。事後回想，我們早該多所提防，但正常生活實在誘人，令人難以抗拒。我們會各自上課，即使必須分赴校園兩端。有時夜黑了，我們還待在圖書館裡跟新朋友聊天。我們甚至跟正常孩子一樣，參加了兩次學校主辦的聯誼活動。

事實上，才上學兩個月，我已經偷偷認為，我們開始過得像正常人了，也許我們能將年少的憂慮，妥善地收藏在家中那些儲放童年記憶的紙箱裡。我覺得我們終於長大，可以擺脫年少的執念了，然而如今看來，那卻是對信念的短暫叛離。

幸好我不曾對珍妮佛提起，更未付諸行動，因此在往後暗無天日的地牢裡，我還能勉強原諒自己。我們只是個大學生，做大學生會幹的事，至少我能安慰自己，我們確切貫徹了我們的計畫。我們幾乎每天以軍隊的精準專注，主動持續地執行我們的維安策略，做安全演習。每項活動都有三點檢查要項、一條規則和一項備胎計畫。我們隨時警備，諸事小心。

那天晚上也並無不同，我們兩人到學校之前，已先研究過城裡哪家租車公司的車禍率最低，然後在公司開了戶頭，讓他們直接將帳單寄給信用卡公司，以免現金用罄或皮包遭竊。「絕不束手無策」，是安全清單上的第三十七條守則。學期上了兩個月後，派車員都認得我們的聲音了，我們只需給他乘載住址，一會兒之後，便能安全地被載回宿舍的堡壘中。

那晚我們到校外參加私人派對——也是我們的初體驗。子夜時分，派對氣氛正要炒熱，我們卻覺得已經玩過頭了，便打電話叫車，一輛破舊的黑轎車很快抵達。我們沒注意到任何異樣，直到坐進車裡，繫上安全帶後，才聞車裡有股怪味，但我聳聳肩，不以為意，覺得小地方的工會車子，差不多就是這樣。車子開了幾分鐘後，珍妮佛靠在我肩上睏著了。

那是我們另一世生命中最後的記憶，留存在我的想像裡，寧靜地散放著暈輪。那時我覺得好滿足，好期待能真正地去生活。我們將幸福快樂地繼續往前邁進。

我八成也睡著了，因為等我張開眼睛時，後座竟一片漆黑。鎮裡的燈光被稀微的星光取代，黑轎車朝空無一人的高速道路疾馳，僅能隱約瞥見前方的地平線。這並不是回家的路。

我驚慌極了，接著我想起第七條安全守則：絕不慌亂。我火速回想那天的行程，徒勞地想釐清在哪裡犯錯，因為我們一定是犯了錯，這不該是我們的「命運」。

我痛苦地發現，我們犯了最基本的錯誤，犯了每位母親都會教孩子，也是我們清單上最重要的一條守則：絕不坐別人的車。

我們傲慢地自認能僥倖逃過——因為我們懂得推理、也做了研究、又事事謹慎。我們未能徹底遵守規則，任憑什麼都無法改變這項事實。我們太天真了，以為別人不會跟我們一樣去算計。我們沒有把真正的壞人當成敵人，真是太失算了。

我在車裡深吸三口氣，悲傷地注視珍妮佛甜美的睡容良久，我知道年輕的她將在甦醒時，二度發現命運徹首徹尾地改觀了。最後，我膽怯地扣住她的肩膀輕輕搖晃，初時珍妮佛還睡眼惺忪，我用手指按住自己的唇，等待她的眼睛距焦，慢慢明白我們的處境。當我看到她臉上露出明瞭害怕的神情後，我摀住自己的嗚咽聲。珍妮佛已經歷太多，受了太多苦，沒有我，這次她一定活不了，我必須堅強起來。

兩人都沒出聲，我們訓練自己即使在危難之中也不衝動行事，眼前絕對是危急之秋。駕駛與我們之間隔著厚實的透明塑膠片，我們僅能隱約看見擄拐我們的傢伙：此人髮色棕黑、穿著黑色羊毛外套、一隻大手擺在方向盤上。他脖子左側，有個小小的刺青半掩在領口下，黑暗裡看不太清楚。我渾身發顫，照後鏡往上調開了，因此我們幾乎看不到他的臉。

我們盡可能壓低聲地試轉門把，門把鎖死了，窗戶也打不開。我們被困住了。

珍妮佛慢慢彎腰從地板上拎起自己的袋子，一邊盯著我，一邊在袋子裡悄悄搜找。她掏出防狼噴霧器，我搖搖頭，因為在密閉空間裡派不上用場，不過我們還是覺得拿著比較安全。

我伸手從腳邊的皮包裡找出一個同樣的罐子，以及有緊急按鈕的小型手持式警報器。我們只能心驚肉跳地默默等候，顫手緊握住噴霧器，雖然外頭是寒涼的十月天，我們的額頭卻沁滿汗珠。

我掃視車內，拼命籌設辦法，接著我注意到自己這一側的分隔板上，有幾道小通風口，而珍妮佛前方的通風口，則銜接在某種特製金屬及塑膠裝置上。有條管子沿著我們的視線鑽入前座地板裡，上面有幾個閥門。我張口結舌地僵坐著，凝視這複雜的設計，心思混亂到一時間無法聯想，最後，我明白了。

「我們會被下藥。」我終於低聲對珍妮佛說。我垂眼懊悔地看著手裡的噴霧器，知道自己永遠沒機會用了。我不捨地撫著噴霧器，然後任其掉落地上，望向決定我們命運的閥口。珍妮佛順著我的目光看去，立即明白其中的含義，沒希望了。

他一定是聽到我說話了，因為幾秒鐘後，傳來微微的嘶嘶聲，我們很快即將睡死。我那一側的空調關上了，珍妮佛和我緊握住手，用空下的手緊抓住人工皮椅外側，慢慢昏厥過去。

等我醒時，我已在漆黑地窖裡，此處將成為我往後三年多的家。我緩緩將自己從藥效中喚醒，奮力聚焦，看清眼前飄浮的灰海。等視線終於清晰之後，我不得不又緊緊閉上雙眼，以遏止鋪天蓋地的驚惶。我等了十秒鐘、二十秒、三十秒，然後才又睜開眼睛。我俯看自己的身體，渾身被剝到精光，而且腳踝給鍊在牆邊，一陣寒意刺入了脊骨，我的胃開始翻騰。

我並不是一個人，地窖裡還有另外兩名憔悴裸身的女孩，被鍊在旁邊牆上。我們前方有個像搬運箱式的簡易木箱，約五英尺長四英尺高。箱子的開口轉開了，因此我看不出箱子如何固定住。天花板上吊著一顆昏暗的燈泡，燈泡輕輕晃蕩。

四下見不到珍妮佛的身影。

# 第二章

十三年後，任何不認識我的人——老實說，也沒有人認識我——也許會以為我在紐約市過著單身女郎的夢幻生活。別人或許認為我都沒事了，已揮別過去，克服一切，熬過了創痛。

在歷經最初的摸索後，如今我擁有一份穩定、但稱不上顯赫的工作——在保險公司當保險精算師。我覺得自己挺適合為一個拿死亡和災難做賭注的公司做事，而且他們還讓我在家中工作，令我如置身天堂。

爸媽無法理解，為何當初我急著搬去紐約市，因為我還在復原中，心裡又充滿恐懼。他們不瞭解家門外隨時有一大群人，是種多麼安全的感覺。我試著跟他們解釋說，在紐約市，永遠有人能聽到你的尖叫。更棒的是，在這徹夜不眠的都市裡，有功德無量的大樓門房。於是我來到曼哈頓上西區，被數百萬人環繞，但我若不想與人交往，也沒有人能碰得到我。

大樓櫃台的包伯會按鈴上來，他知道我若沒回應，就表示我不想見任何人——無論是什麼事。他會親自將我訂的外送食物送上來，因為他很同情那位住在11G的瘋女人，而且我給的小費，是別人節慶時打賞的三倍。事實上，我可以整天、每天窩在家裡，餐餐叫外送，把一切雜務外包。我有流行的Wi-Fi及很棒的有線電視套裝，沒有什麼事不能在這間爸媽資助、設備齊全、可規劃成六房的公寓裡頭搞定。

剛獲救的開頭幾年，生活真的非常狂亂，幸好他們為我們提供心理醫師西蒙絲，讓我一週見她五次，我才有辦法回大學、找工作、在真實的世界裡勉強度日。然而隨著時間消逝，我與醫師的關係變得停滯不前，我發現自己還是跨不過特定的關卡。

後來我開始退步，慢慢變得畏縮封閉，直到再也不邁出自己的公寓。在這失控的亂世裡，我就是喜歡安然地待在自屬的繭室中。荒誕的惡事每天都會傳送到我這邊，我會用日益精密的軟體將它們記錄下來。

有一天，電鈴響了，包伯說不是外送，而是一位有血有肉的人，一個來自我過去的人。我實在不該讓他上樓，但我覺得欠這位到訪者一份情。事情就這樣再度重演了。

「凱洛琳。」馬奎迪探員輕敲我的門喊著，我僵直地站在門的另一邊。自從接到最後一封信後，我已兩年沒跟他說過話了，我還沒做好準備，跟另一世的人說話。

我是在收到監獄來的最後那封信後，才徹底不再出門的。光是碰觸他曾經摸過的東西、讀到他想過的事，便足以讓我掉回自以為擺脫掉的恐懼和絕望中。西蒙絲醫師也是從那時開始為我做家訪，收到信後的第一個月，我知道醫師雖然不提，卻怕我自殺。我媽搭機前來，老爸每晚打電話，我覺得受到了侵犯。這會兒，事態又要重演了。

「凱洛琳，能開個門嗎？」

「是莎拉。」我隔著門糾正他，頗懊惱他竟按照協議，叫我另外一個名字，我為外面世界保留的名字。

「對不起──莎拉，能讓我進來嗎？」

「你帶了另一封信嗎？」

「我得跟妳談件更重要的事，凱洛——莎拉。我知道西蒙絲醫師已跟妳稍稍提過了，她說我可以過來。」

「我不想談，我還沒準備好。」我頓一下，心想避不掉了，只好有條不紊地拉開三道輔助鎖及一道普通門鎖，緩緩將門打開。他拿著徽章，大剌剌地亮給我看，料知我一定會想確認他依然在職。我笑了笑，防禦地疊起手，再收斂笑容，往後站開一步。「幹嘛非找我不可？」

我轉身，他跟著我走入房間，兩人面對面坐下，但我沒給他任何飲料，怕他太自在了會想久待。他四下看了看。

「太完美了。」他慢慢綻出笑意說：「妳一點都沒變，莎拉。」他拿出筆記和筆，小心地在茶几上擺成完美的九十度角。

「你也是。」看到他的一絲不苟，我忍不住又笑了。

「妳知道為何非找妳不可。」他慢條斯理地說，「也知道為何是現在，不做不行。」

「什麼時候？」

「再四個月，我提早過來為妳打底，我們可以一起準備，我們會幫妳訓練每個步驟，妳不用單打獨鬥。」

「那克莉絲蒂呢？翠西呢？」

「克莉絲蒂拒絕跟我們談，她不肯跟社工說話，完全將我們摒除於外。她嫁給一名投資銀行家，她老公並不知道克莉絲蒂的過去，甚至她的真名。她住在公園大道的高級公寓裡，有兩個女兒，一個今年上私立幼稚園了。她不會再沾這檔事。」

我約略知道克莉絲蒂的情況，卻很難相信她竟能將所有遭遇，像切除腫瘤似地，徹底從她的生活中斬絕。

我早該料到，因為當媒體對我們窮追猛挖時，建議大家交換身分的人，正是克莉絲蒂。她離開警局時，心中已打定主意，彷彿過去兩年她不曾挨過餓，過去三年也不曾蜷縮在角落裡哭泣。她沒有回頭，沒對我或翠西道別，她不像翠西那樣崩潰，沒有被擊垮而垂頭喪志，也未被那幾年的羞辱和痛苦摧毀，她只是繼續往前行。

事過境遷後，我們僅透過跟大家碰面的社工，知道克莉絲蒂的概況。那位社工每年都試著讓大夥團聚，以為我們可以協助彼此復原，但克莉絲蒂總說她已復原了，謝謝，大家還是別再碰頭。

「那翠西呢？」

「翠西會來，但妳得瞭解，光靠她是不行的。」

「怎麼會？翠西沈穩、聰明，口齒又伶俐，她也算是小企業家了，那還不夠嗎？」

他咯咯笑說：「翠西雖是社會中堅分子，卻是位女性主義激進分子，而不是什麼在地的蔬果商。加上她出版的那份雜誌，專門反對婦女受虐，人家可能會認為她別有居心。」

「並且，沒錯……」他接著說：「她口齒的確伶俐，上了那麼多年的研究生課程，也應該如此。可是這些條件，未必能讓假釋委員會產生必要的同情，更甭提翠西還剃了個大光頭，刺了四十一個刺青。」

「什麼……」

「我是用問的，可沒真的去數。」他頓了一下，「凱洛……」

「是莎拉。」

「莎拉，妳最後一次走出這間公寓是什麼時候？」

「你什麼意思？」我別開身，環視這間白色的戰前老宅，彷彿它多少分擔了我的罪惡感，這是一間我自創的天堂。「公寓這麼美，我幹嘛離開？」

「妳明知道我的意思，妳最後一次離開是什麼時候？最後出門到街上走一走，透個氣，運動什麼的。」

「我偶爾會開窗呀，而且我會在家裡運動。」我環視房間，所有窗戶都緊緊閉鎖，雖然外頭春光明媚。

「西蒙絲醫師知道妳的狀況嗎？」

「知道，她說她『不會把我逼出極限』或之類的話。別擔心，西蒙絲醫師一切都打點好了，她有我的好幾個電話。我有強迫症、懼曠症、接觸恐懼症、創傷後壓力症候群，每個星期還見她三次面。沒錯，我是在這間公寓裡見醫師的；別用那種眼光看我，我可是位堂堂正正的公民，有正當職業和美好的家。我過得很好，事態原本可能糟糕很多。」

吉姆用憐憫的眼神望了我一分鐘，我扭開頭，長久以來，首次對自己感到慚愧。等他終於開口時，語氣又變回嚴肅了。

「莎拉，」他說，「確實還有另一封信。」

「寄給我吧。」我憤然說道，語氣令兩人都嚇了一跳。

「西蒙絲醫師覺得不太妥當，她要我別跟妳說。」

「那是我的信，指名給我的，不是嗎？所以你必須把信寄給我。法律不是這樣規定的嗎？」

我站起來開始在房中踱步，啃咬大拇指指甲。

「信的內容根本說不通，」他說，「比較像是胡言亂語，大部分都在談他老婆。」

「我相信，因為他沒有一封信不是這樣。可是總有一天他會說溜嘴，露出線索。他會告訴我屍體在哪裡，他當然不會講太多，但他會漏出口風，讓我得知從何處找起。」

「妳要怎麼做？怎麼找？妳連公寓大門都不肯邁出一步，甚至不去這傢伙的假釋公聽會作證。」

「是哪種怪女人會嫁給那種爛渣？」我不理會地打斷他說，腳步移動得更加快速，「這些寫信給囚犯的都是些什麼女人？難道她們暗地裡希望被鍊起來、受折磨然後被殺嗎？她們想要在火邊被燒嗎？」

「呃，顯然她是從她的教會取得傑克的名字，教會設了憐憫使團之類的組織，據傑克跟他的律師說，效果很好。而且據他們說，傑克真的皈依轉性了。」

「你會相信那種鬼話嗎？」他搖搖頭，我接著說：「我很肯定等他出來之後，那女的會是第一個後悔的人。」

我繞回沙發坐下來，把頭埋到雙手裡，嘆著氣。

「我甚至無法同情這個女的，她實在太白癡了。」

在一般狀況下，吉姆一定會拍拍我的肩，甚至攬住我，安慰我一番，但他很清楚我的情形，所以只敢乖乖待在原地。

「莎拉，妳不相信他皈依信主，我也不信，可是萬一假釋委員會的人相信呢？萬一這個囚禁妳們的傢伙只服刑十年──萬一我們的猜疑都正確──他殺了妳們其中一人，甚至還有別人呢？妳覺得十年就夠了嗎？十年就足以彌補他對妳們所做的一切了嗎？」

我避開他，以免他見到我眼中盈泛的淚水。

「他仍舊擁有那棟房子。」吉姆接續道，「他若出獄，一定會回那兒。四個月後，他就會跟他南方浸信教的老婆在一起了。」

吉姆在他的座位上挪身前傾，改變策略說：「為了妳最要好的朋友，莎拉，為妳的至友珍妮佛出面吧。」

這時我再也憋不住了，我不想讓他瞧見我掉淚，只好起身快步走到廚房喝水，我站在那兒任由水龍頭流了整整一分鐘，好讓自己鎮定下來。我雙手緊握水槽邊緣，握得指節跟指下的冷瓷一樣蒼白。等我回來時，吉姆正起身要走，他慢慢收拾自己的東西，一件件放回手提箱裡。

「很抱歉這樣逼妳，莎拉，西蒙絲醫師不會喜歡這樣的，可是我們需要妳出面做受害者影響聲明，沒有妳，我會很擔心後果。我知道我們害妳期待落空，我讓妳失望了。我知道他的罪行光判綁架太不足夠，但我們始終找不到控告他謀殺的證據。沒有屍體，加上DNA的證據又受到……污染，但我們至少非讓他服滿刑期不可，絕不能給他任何機會。」

「那又不是你的錯，是實驗室……」我開口表示。

「既是我的案子，就是我的錯，相信我，我已經付出代價了。我們把事情做完，然後就別再想了。」

他說得倒容易。我相信那正是他要的，把他職場生涯的這個爛攤子遺忘在過去。然而對我來說，卻十分困難。

他遞上名片，我揮手拒絕，我已經有他的電話號碼了。

「我會到妳家來幫妳做準備，妳想在哪兒都行，我們需要妳。」

「翠西也會去嗎？」

「是的，翠西會去，可是……」他尷尬地望著窗外。

「可是她開出條件，不要見我、跟我說話或與我獨處，對吧？」

吉姆遲疑著不想說出來，但我可以看透他的心思。

「但說無妨，吉姆。我知道她恨我，說吧。」

「是的，她是開了那個條件。」

「好吧。行，我答應考慮看看，但未必會如你願。」

「謝謝妳，莎拉。」他從筆記本中拿出一封打開的信件放到桌上，「這是那封信，妳說得對，信是妳的，我放這兒，不過在妳讀信之前，請先跟西蒙絲醫師談一談。」

他走到門口，知道不能跟我握手，便在房間另一端對我揮揮手，然後靜靜關上門，站在門外，等我拉好門閂，聽到最後一道上鎖聲後才離開。他真的很瞭解我。

# 第三章

我獨自在公寓裡跟那封信耗了三天，我把信放到餐桌中央，然後繞著信打轉，考慮了幾個小時。我知道自己一定會去讀它，因為那是唯一接近真相的方法。我得找到珍妮佛的屍體，至少得為她、為我自己這麼做。當我滿懷恐懼地凝視那封信時，我可以想像珍妮佛正用空洞的雙眼仰望著我，默默地哀求，**找到我**。

十年前，ＦＢＩ聯邦調查局派出精英偵查此案，他們盤問傑克好幾個小時，他卻連半點口風都不肯透露。我本可以告訴他們，那個人冷酷而條理分明，並且我知道他全然不怕他們施與的任何懲罰。沒有人動得了他。

奧瑞岡大學的行政部門被這傢伙唬弄了二十多年，有個影像在我腦中揮之不去——他站在講台上，台下男女學生振筆疾書地寫下他說的每一個字。傑克一定很享受那樣，我可以想見助教們跟他一對一，近挨著坐在小辦公室裡的情景，後來我跟檢察官一起去看過那間辦公室。

克莉絲蒂失蹤時，甚至沒人想起她曾是傑克的愛徒之一。傑克．杜柏教授，多好的一個人，多麼傑出優秀的一位教授。他擁有令人稱羨的生活，他的養父母甚至在附近留給他一間山區的度假小屋。沒有人知道，屋中藏有寬大的地窖，他父母以前在地窖裡醃製罐頭，傑克卻不然。

我從空想中抽回神，我人在此地，安全地待在自己的公寓裡，望著這封信。紙上的皺褶、實驗人員拿銳器拆封時的割線，我都一一記下了，那拆線完美得無可挑剔。杜柏一定很樂於見到這樣，他向來喜歡乾淨利落。

我知道他們已經仔細研究過內容了，但我也知道信中有些東西，只有我能瞭解，因為傑克就是那樣的人。他希望擁有私密的交情，非常深篤而個人的交情。他會潛入你的心理，像邪惡的毒蛇鑽進沙漠的洞中，然後在裡頭鑽扭，直至覺得安適。當你軟弱地把攻擊者視為解救者時，便很難抵抗他，尤其在他奪走你的一切，僅施捨能讓你活命的必要品——食物、飲水、清潔、些許的溫情、一句安慰的話、一個黑暗中的親吻——時，你就更難推開他了。

囚禁會扭曲一個人，讓你見識自己的獸性，看到自己如何不擇手段地求生，爭取比前一天少受些苦。

那封信令我惶恐，想起了他的大權在握。真要說起來，我在某些方面或許會永遠受到他的宰制。我好害怕那信封裡，包藏著會將我拉回過去的強大字句。

但我自知不能再背叛珍妮佛了，無論杜柏將她埋在何處，我絕不能讓她人死屍滅。

我現在可以很堅強，我提醒自己，我沒挨餓、沒受拷打、沒有裸身無衣，我可以見光透氣，擁有正常的人際接觸。呃，也許算正常吧，但總歸是出於自己的選擇。

現在我家樓下有門房包伯，外頭有一整城的解救者。窗下百老匯大道上人影晃動，那些購物、高笑、談天的人們，渾然不知上方十一樓裡，一場十年前的戲碼，正在我家餐桌上悄悄上演。這是我與自己的肉搏戰。

我拿起信封，慢慢拉出單薄的信紙，紙上的筆力甚強，像點字般力透紙背，那字體稜角分明，沒有扭繞與柔勁。

傑克在珍妮佛離開地窖沒幾天後，開始嘲弄我。初時我還抱持希望，也許珍妮佛已設法逃掉了，她會去搬救兵來。我可以一連幻想好幾個小時她如何掙脫，幻想她就在地窖牆外，帶著警察，他們已拔出武器包圍房子了。我明知可能性極低，因為傑克最後一次將蒙著頭、鍊著手臂的珍妮佛拉出箱子時，她已幾乎沒有力氣爬樓梯了，但我還是懷抱希望。

有一陣子，他放任我自行想像，後來我才慢慢悟出他在玩什麼把戲。他先是在送食物或飲水下來給我們時，對我露出會心的微笑，彷彿我們享有共通的祕密。他每天給我多些吃食，作勢要讓我恢復健康，以資獎勵。克莉絲蒂和翠西看我的眼神開始有了疑慮，講話時也頗具戒心。

一開始我很反感，但到了後來，這種新的折磨形式，反讓我萌生出日後的逃脫計畫。

約莫兩個月後，傑克告訴我珍妮佛已經死了。在傑克扭曲的世界觀裡，也許還認為那是一種慈悲吧。我心中當下一空，彷彿天外掉下一塊黑布，遮住了我們的地窖。雖然珍妮佛三年來沒說過一句話，我也因為那無時不在的黑頭罩，沒再見過她一面，但她的出現，證實了我日復一日的存在，她就像神祇一樣默默地觀照。

每當翠西上樓，克莉絲蒂睡著時，我便會放心地悄聲對珍妮佛說話，不怕被人聽見。所有的祈禱、懇求、冥想、兩人過去的回憶，全在黑暗中緩緩送向我那待在箱中、沈默無語的女神。珍妮佛受的磨難比我巨大太多，或許那正是賜給我奮戰的力量，讓我能繼續活下去的原因。

傑克告知我珍妮佛的死訊時，非常享受地觀察我極力掩飾的痛苦表情。三年來，傑克一直利用我對珍妮佛的愛來折磨我。每當我偶爾反擊，或抵死不肯屈服於皮肉之痛時，傑克知道他只須開口威脅，說要加重對珍妮佛的傷害，我便會就範了。我猜他對珍妮佛也施與同樣的伎倆，可惜我不會知道，因為在第一個晚上之後，我們就再也沒說過話了。珍妮佛被塞住嘴巴，囚在那只箱子裡，她會在箱上輕敲，做簡單的溝通，那是我倆初期唯一的溝通方式。然而不到幾個月，連敲擊聲也全然終止了。

當然了，我為珍妮佛所受的苦，並未因她的死亡而告終。傑克絕不會就此罷手，他老愛對我說，他有時會挖出珍妮佛的屍體來欣賞，她死得好美，雖然得花好幾個小時才能掘出屍體，但他好想看。傑克很愛對我說，他殺珍妮佛時，特意不去傷害她漂亮的面容，因為她那被囚的恐懼與孤寂，比任何人都來得生動。珍妮佛的脆弱、特有的纖細，使她成為傑克的最愛，所以啊，他說，他才會選中她送進箱子。

此時我手裡握著傑克的信，觸摸他曾經碰過的信紙，閱讀他寫的文字。我將信紙攤在桌上，堅定自己的心志，以承受他的文字衝擊。

親愛的莎拉：

希望妳能跟我一樣，瞭解這項祕密。若妳曾在圖書室裡，讀過那段黑暗中，書寫於心靈之眼的美麗篇章的話。

在湖畔的堤岸，在海邊的低地，危險默默潛伏，伺機出擊。放大膽吧，卸去妳身上的衣物，隨我走入沒有懦弱、悲傷或懊悔的聖海裡。

西薇雅可以幫助妳，為妳指引路徑。她看過我最內心的深處，我曾為她展現自己所有的過往，她原諒我了，她開啟我的雙眼，為我遮去惡魔。她是黑暗裡持著蠟燭的慈悲天使，用救贖充盈我的心靈，而非羞恥。

再過不久——我可以感覺得到——我們即將團圓。我會來找妳，我們將一起平安地越過死亡幽谷。

我們必須學習，就像十二使徒一樣，坐在上主的跟前學習，聆聽教誨，莎拉。閱讀教義，鑽研教義吧。

愛妳的傑克

我慢慢將信讀過五遍，意圖找出弦外之音，但唯一能弄清楚的，就是傑克若被放出來，一定會來找我。

不過信中還有一些新意——有著我在其他信中，不曾感受過的迫切感。傑克這個死變態想告訴我別的事，或許他想讓我白忙一場，他就是那樣。但我眼下沒別的事要做，信裡確有玄機，我得好好思索，唯有思索才能解救我。

# 第四章

在地窖裡的第一天，大概是最難熬的，雖然傑克根本沒下樓。我的生活整個亂了方寸。這間關滿受拐女孩的地窖，完全符合想像：荒涼、陰暗而可怖。我被扔在一片小床墊上，墊子上套著白色床單，似乎還算乾淨。事實上，這比我們宿舍裡的床單都乾淨。地窖很大，陡斜的梯子沿著右邊牆壁，通向一道堅實的金屬門，階梯咿咿呀呀的聲音，後來深烙在我的腦海裡。我們的監牢有灰暗的牆面、深色石地，上方有顆吊在電線上的燈泡。箱子杵在階梯左側一個較小的空間裡。

當天稍後，我才知道睡在我旁邊的女孩叫翠西，她跟我一樣鍊在地窖階梯對面的牆上。初見翠西，我以為她十分羸弱，她緊蜷著身軀，窩在牆壁與地板銜接的空間裡。過長的劉海，半掩她蒼白痛苦的愁容，她的髮尖尚留有久遠以前染出的黑澤。

介於翠西及右牆的是一小道走廊，從我的角度，看不到走廊盡處，但不久之後，我發現傑克在那邊裝了一個簡單耐用，僅有馬桶和水槽的廁所，原來傑克要我們靠那些簡陋的設備，徹底保持身體的潔淨。

克莉絲蒂被銬在牆壁右側，離階梯約五英尺處。她側躺著，看不出是睡著了還是昏厥過去，她的四肢怪異地歪扭著攤在地板上，結塊緊纏的金髮披在肩頭。她的姿勢，加上精巧細緻的五官，使她看起來就像一個被恣意把玩後，棄置一旁的搪瓷娃娃。

我們每個人都被沈重的長鍊拴住了——差別僅在於被鍊住手腕或腳踝——而每段一英寸寬兩英寸長的鍊環，銅鏽均鏽到足以吃進我們的皮膚裡，在我們拖動鍊條時，刮傷我們全身。左邊牆壁雖然空著，但有個突出的小金屬圈，傑克想要的話，還可以再拴一個人。

我知道天亮了，因為封在窗上的板條間洩入一小絲光線。我本該放聲尖叫，但我實在太怕了，甚至連克莉絲蒂和翠西終於醒時，都還不敢開口，我太震驚了。然而即使在如此混亂的狀態下，我仍慶幸不是自己一個人。

翠西揉著臉，悲傷地轉向我，不發一語地爬到克莉絲蒂身邊將她搖醒，克莉絲蒂將上身扭向牆壁，然後喃喃自語地用手摀住臉。

「克莉絲蒂，別這樣，見見新來的女生，人家醒了。」翠西對我淡淡一笑，「很遺憾妳被迫加入我們，妳看起來是個乖小孩，太可憐了。另一個女生——妳認識她嗎？——她救了我們其中一個，讓我們避掉非常害怕的事，老實講，我們覺得很慶幸。」

「她人呢？」我怕到只擠得出這句話。

這時克莉絲蒂坐起來，一對半透明的藍眼晶光閃爍，緊張地瞄向箱子。我循著她的目光看過去，然後哭了起來。

「告訴我，告訴我，珍妮佛呢？她在那裡面嗎？」我怕樓上有人偷聽，仍壓低聲音問。

克莉絲蒂再次扭身面對牆壁，雙肩不住地起伏，我知道她在哭，便跟著掉淚，我懷疑自己能不能抑住呼之欲出的哭聲。當克莉絲蒂再次面向我時，淚水雖仍在她臉上奔流，卻露出了笑容。

這時我才明白，她不是在為我們的慘況悲哭，那是大難不死的喜淚。

翠西調整身上的鍊子，以便挨近克莉絲蒂，她小心翼翼地在地上繞疊鍊子，然後跪到克莉絲蒂身邊，倚住牆，將她抱入懷中，悄聲安撫。

「放輕鬆，克莉絲蒂。」翠西安慰道，彷彿克莉絲蒂是她唯一的孩子，而孩子剛剛重重摔了一跤。

翠西在克莉絲蒂頰上輕吻，然後往我的方向挪移，她拖著鍊子，用一種緩慢有韻的方式，將鍊子小心地重新捲到腳邊，有如表演某種前衛的舞蹈。鍊條發出如音樂般的叮噹聲，拖曳、舉抬、擱置。拖曳、舉抬、擱置。

她挨過來，靠得極近，我本能地往後縮身。「妳的朋友很倒楣，但妳算運氣好的，我的意思是，相較起來的話。」

我哭了起來，不知道這下頭究竟是何種詭異的世界，我緊閉眼睛，希望這世界能消失掉。

「珍妮佛在哪兒？我的朋友人呢？」我終於找回自己的聲音，尖聲喊問。「珍妮佛？妳在那裡面嗎？妳還好嗎？」

翠西不理會我的問題，逕自往下說：「妳有一件事可做，克莉絲蒂和我是地窖裡的老鳥了，我們會讓妳看看繩子在哪兒。」她哈哈大笑，彷彿講了個笑話，克莉絲蒂也發出一種表示好笑的聲音，我一點也不覺得好笑，我實在不確定該更怕擄拐者，還是這兩位與我同困於世界末端、沮喪而瘦小的女生。

翠西緊盯著我走到樓梯邊，將鍊子拖在身後，拖曳、舉抬、擱置。最後一道台階底下有個紙箱，翠西從中取出兩件老舊卻頗乾淨的綠色醫院病袍，扔給克莉絲蒂一件，然後把另一件繞到自己肩上。她又回箱子拿出第三件。

「啊，瞧，他已經幫妳準備好了。」她把袍子扔給我，衣袍經過多次刷洗，變得十分柔軟，聞起來有新洗的清香。

「妳的皇袍。」翠西誇張地說，「還有我們每週的補給品。幸好妳們在週日晚上到，星期一是我們的開心日。」

我抓起袍子，跟隨翠西的示範穿上，前面開襟，但緊緊包住自己。翠西從箱中取出更多的物品——罐頭、一條麵包、一加侖水——然後沿牆擺放整齊。

我蹲在地上，像緊抓著娃娃的孩子般，揪住薄薄的床墊，瞪著箱子，不懂珍妮佛為什麼不答腔。翠西不理我，自顧自地往下說。

「他在上班期間，大都丟下我們不管，但暑假和放假期間就不一樣了，那是地窖國的艱困期。這種時候並不長，有四天的自由——當然我只是概括地說——然後三天回到戰壕裡。妳聽仔細了，我們這位大叔可是奧瑞岡大學的心理學教授，『心理有病』的心理。他會去教課、參加會議、聽取建議。大學裡會有畢業典禮、家長訪問及其他特別場合，他在那些場合期間，不會來煩我們，我們可在這裡和平共處，也就是說，只要他留給我們足夠的食物和飲水。」

「妳怎麼會知道這些？」

「當然是從克莉絲蒂那邊聽來的。」她瞄向克莉絲蒂，克莉絲蒂好像又睡著了，不過很難確定，總之，她動也不動地曲著膝，將鎖鍊整齊地盤在身旁。「克莉絲蒂以前是他的高徒，呃，那是兩年多前的事了。他現在大概有新的愛徒了，妳說對吧，克莉絲蒂？」克莉絲蒂張開一隻眼瞄著我，再瞥向翠西，低聲哀泣。

而我耳中只回響著幾個字，**兩年**。

「他叫傑克．杜柏。」翠西故意清晰地念著他的姓名，一邊戒慎地掃視房間，似乎怕那片隔牆會抓住她，懲罰她大聲說出來。

她接著表示：「既然我們知道他的姓名，他應該永遠、永遠都不會放我們自由了。等他玩夠了，我們就會死在這裡。克莉絲蒂和我覺得，可能得等我們老到無法滿足他的所求，或被嫌麻煩時，才會提早死去。所以我們才會這麼這麼乖。我們是很乖的小女孩，對不對，克莉絲蒂？畢竟他能輕而易舉地換掉我們，不是嗎？」她意有所指地看著我，「妳也看見了，他這邊的空間就這麼大，想要養活我們花費可不少。」

她的話跳來跳去，很難跟上，感覺突然變得不是那麼友善。接著箱子裡傳來騷動，三人一起朝箱子扭過頭。箱中復又安靜下來，翠西接著說。

「我在這裡已發展出一套對策了，我勸妳最好跟進，克莉絲蒂適應得不是很好，妳會發現，她因為未能採納我的建議，反傷了自己。妳必須維持身心靈的堅定，並盡量學習。親愛的，我們在等待奇蹟啊。」

**奇蹟**。我暗自叫苦，這跟我所有的信念相違。翠西也注意到了。

「是的，我知道，把奇蹟當成唯一的選擇，實在很不怎麼樣，但我已經仔細考慮過，我們真的只剩奇蹟了，我們只能做好準備。我有個簡單的座右銘：『有啥吃啥，上床就睡，別讓他把妳的腦袋搞壞。』」她再度為自己的爛笑話發笑，然後接著說。

「現在，妳身體最重要的部位是妳的腦袋。不久妳會發現，我們的敵人喜愛心理形式的折磨——那不是唯一的，而是他喜歡的方式。所以妳得設法保持清醒，把他阻隔在外，絕不能向他透露自己任何的過往，萬萬不可。」

「『安全守則』。」我喃喃說道，像是自語，而不是對翠西說。「那珍妮佛呢？她會怎樣？」我終於能壓住歇斯底里，提出問題了。

她們兩人都別開眼神，克莉絲蒂垂眼望著地板，低聲說著，我勉強聽出了一句。

「妳盡快忘掉她吧。」

# 第五章

讀完信後，我又獨自在公寓裡待了三天。我取消心理醫師的出診，並拒接電話。西蒙絲醫師留了三通留言，馬奎迪探員有四通。我知道他們很擔心，但我無法跟他們解釋，我正打算突破自己創後的生活形態，但準備工作僅做到一半。

我沒勇氣告訴西蒙絲醫師，我們攜手做了十年的心理奮戰後——經過無盡的淚水，她在一旁苦候凝視遠方的我，在我的生活中鑽繞並抽絲剝繭，檢視每樁回憶，除了那些她最想探究，但我卻不肯碰觸的回憶之外——她再也不能為我多做什麼了。我們已走進死路，我需要一些實質的作為。

我在接受一年心理治療後，才能背出被拘禁的事據，彷彿那些事發生於另一個宇宙，另一個人身上。我會在房間另一端，喃喃念出一串冗長枯燥的事件，以免西蒙絲醫師靠太近。每當對話變得停滯不前，每當醫師開始要求我多說一些時，就會冒出新的細節。

那是我用各別獨立的畫面，揭露出來的過去。我，蒙著眼，腳上纏著從天花板I型鉗上垂下的鍊子。我，躺在桌上，像準備肢解的昆蟲般攤張著，導尿管鑽入我膀胱裡，一毫升一毫升地往裡頭注水。我，被綑在角落的椅子上，手腕銬在背後，一根手術用的尖針刺著我舌頭。

詳實、精確的事實。

一些發生在別人身上，發生在一個不想待在此處的人身上的事。

表面上，我對西蒙絲醫師坦承心底最黑暗的祕密，但她總是知道，我其實抽離開了。我對訴說的經歷無情無緒，它們就像不斷重述的詩句，最後已匱乏了含義。

幾年來，我們便如此僵持著，浪費掉無數的治療時數，就等我往前邁進。也許現在我打算那麼做了。

到了第四天，我打電話給吉姆．馬奎迪，電話一響他便接了起來。

「我是馬奎迪。」

「你是坐著的嗎？」

「凱……莎拉，是妳嗎？」

「是的，聽我說，我沒事，我看過信了，你說得對，全是一派胡言，我保證不會像以前那樣失控，好嗎？」

「那妳為什麼不接電話？」他的語氣有些猜疑，「妳再不回話，我們就要派醫護人員過去了。假如我們破門而入，妳一定會不高興。」

「你為什麼不派人來？」電話彼端一陣沈默。「你跟包伯談過了是吧？你知道我還是有叫外送，所以還沒死。算你聰明。」我故作輕鬆地說，「我一直在考慮你說的話，我……我打算出遊。」

「幸好我坐著，否則一定摔倒。那……那太棒了。妳確定準備好要出關了嗎？是不是該先從簡單一點的開始，例如去雜貨店什麼的？」

聽到我沒接腔，他又繼續說：「我至少能問一下，妳要去哪兒吧？」

我迴避他的問題。

「我需要思索，所以必須離開。我打算跟公司請假，反正我還剩很多休假沒用。」

「我一點也不訝異，我是指休假日數的事。妳，呃，這事妳跟西蒙絲醫師提過了嗎？」

「還——沒有，不過我下一通電話就會撥給她。」

我深吸一口氣掛掉電話，我畢竟不是囚犯，他們也不是獄卒，我大可出遊，而且我確實非常有空，這些全是真的。

問題是，休假的那一部分是騙人的。我有個主意。傑克的信並未給我任何線索，內容雖若有牽動，但耗了三天，還是想不起來，我只得採取B計畫了。我決定聽傑克．杜柏博士的話，他老婆西薇雅應該會「為我指引路徑」。或許傑克別有所指，跟信上寫的不盡相同。*西薇雅，引導我吧。*我堅決地低聲說，將電話擱好。*引導我。*

我才Google不到半秒，便找到西薇雅的全名，和她居住的市鎮了。有個名氣響亮的死敵，最大的好處就是，只要他一結婚，全世界都會知道細節。*西薇雅．鄧翰，奧瑞岡州奇勒鎮。*她的住處離監獄不遠，她倒方便了，對我則十足不利，因為我覺得即使隔著強化水泥和鋼條，還是能感受到他的存在，就像當年隔著地窖的門一樣。

我用Google Earth搜尋他的監獄，望著螢幕上，像一抹骯髒茶色的小院子，傑克八成每天在院子裡走動。我勉強辨識出模糊的守衛塔，甚至圈住監獄周邊，像細線的刺網。我打著寒顫，關閉網頁。我不想太早將自己逼到心理的極限。

自從逃離後，我連奧瑞岡州都沒回去過，我也鄭重地發過毒誓，絕不再回去，但傑克的信讓我瞭解到消極被動可能付出的代價。即使傑克被假釋的可能微乎其微，卻仍能攪亂我努力沈澱多年的情緒，逼我面對必須去做的事——無論我有多麼恐懼。

傑克受審時，檢察官十分「務實」而「盡力」，他們的策略也確實收到一定的成效，將傑克送進大牢裡。但那並不能改變珍妮佛的下落仍懸宕未明的事實，她的案子或許永遠破不了了。這些年，我覺得自己實在無能為力，也多少接受了。但傑克的信讓我相信，西薇雅會是個關鍵，說不定她知道一些事。十年來，這是我首次能夠回應責任的召喚，也許心理治療終於發揮了作用，也許是我覺得，這項任務正是我所需要的治療。

我趁著勇氣消逝之前，上網為自己訂了機票和當地最棒的旅館，我想了一下，又租了一部車。我雖痛恨開車，但死也不會再搭計程車。這回我用自己現在的「真名」——凱洛琳．莫若登記。我的務實面開始發功了，我著手列出清單。

自從去俄亥俄探望過爸媽後，這是我五年來首度出門，老實說，上次出遊並不是很愉快。我訂了一班波音七六七的航班，雖然途中會在亞特蘭大停留三小時，但七六七的機械故障率最低。雖然多了這層安全考量，我在登機後，還是爆發恐慌症，機組人員只得強迫我下機，害得航班延遲，惹來多方乘客怒罵。我相信他們若知道我的真實姓名，記起曾在新聞中看過我，一定會更能諒解。我只得在機場多等六個小時，直到醫護人員相信我能自制後，才搭上後來的班機。

這次我不敢輕忽，刻意繞道鳳凰城。迂迴的路線費時整整十二個鐘頭，比原訂時間多出六小時，但這對我的心理狀態儉省不得。

我的行裝簡便但齊全，當我咔地一聲關上手提箱時，再次感覺自己已完全做好出任務的準備了。然而就在我踏出家門時，又跟上回一樣，湧現出熟悉的感覺——思緒旋亂、胸口發緊。我拼命抗拒，掙扎著吸氣，退回自己的臥房，來到漆成白色的書桌邊。

我拉開再也不碰的底層抽屜，拖出一本破損的藍色相簿，自然而然地翻到中間一頁。紙頁右上角，剝落的透明薄片下，是十三歲的珍妮佛。

她勉強笑著，眼神淒楚憂傷。車禍後的幾年，珍妮佛一直如此，她看起來好嚴肅，彷彿正在深思。站在她身旁的我湊過去張著嘴，興高采烈地跟她說話，壓根沒注意到珍妮佛正浸淫在自己的世界裡。

我仔細看著照片上當年的自己，我們雖然心懷恐懼，但我看來卻十分自信，甚至快樂。此刻，我安然坐在自己房中，我若躺回地毯上，便能看到衣櫃鏡子裡三十一歲的自己。我那稜角分明的五官，隨著年齡增長而日趨柔軟，但棕黑色的頭髮，依舊維持高中以來及肩的整齊短髮。我的棕色眼眸在蒼白的皮膚上，近乎黑色，只有在驚慌時，臉上才會透出粉紅的血色。我雖勉強堆笑，看起來卻心神不寧，難怪他們要派心理醫師來家裡了，瞧！鏡子裡那位回瞪我的驚恐女子。

我緩緩起身，正當我打算把相簿放回去時，遲疑了一下，抽出我們兩人的合照，塞入皮夾裡，然後拎起袋子，把相本推到抽屜底處，慢慢關上，再將衣衫理順。吉姆說得對，我真的需要出去透透氣。我收拾好東西，再次檢視航班時刻及編號，然後把稍早包好的三明治放入袋子裡。我可以辦到的。

等我在公寓外上完第三道門鎖，腳邊擺著豔紅的手提箱時，才想起忘記打電話給西蒙絲醫師了。我聳聳肩，反正吉姆會告訴她，到時候我們可以花三到四次的診療時間，談談我的逃避策略。沒有什麼比新的陳述內容，更能活化我們的關係了。

# 第六章

我只須閉上眼睛，便能將現實阻隔在外，從不失手。飛往奧瑞岡的途中，我大多數時間把臉抵在隨身的吹氣枕上。空服小姐以為我睡著了，所以除了繫安全帶等例行事務外，都不會來吵我。飛機起飛時，我可以感覺焦慮在喉頭凝結，我知道自己沒空跟機場醫護人員虛耗，只好硬生生將焦慮嚥回去。

其實我根本沒睡著，我的心跳前所未有地快，腦子裡塞滿旅途中的各種影像與聲音，五年來，我不曾一下子接受過這麼多視聽資訊。除此之外，我的心還忙著醞釀計畫。

對我而言，去見西薇雅是件大事，在沒有吉姆陪伴的情況下去見她，不知算不算瘋狂。但這位ＦＢＩ探員已經跟西薇雅談過了，卻未能從她口中套出話來。傑克在信上說得很明白，西薇雅是他的紅粉知己，知道他過去的一切。但願等西薇雅跟傑克的受害者接觸後，能明白自己究竟嫁給何種人，也希望我能說服她，道出一些她不曾對人透露的事。

我會住在波特蘭市，雖然離西薇雅的奇勒鎮四十英里，有些不便，但奇勒鎮只有汽車旅館，我不想一開始便對外界大開門戶。開車向來令我緊張，即使以前常開車的時候也是如此，不過我發現一旦坐到駕駛盤後，手感便回來了，這雖令我鬆口大氣，但每一秒還是挺磨人的。

我順利地住進旅館，但過程有點糗。我不習慣看別人眼睛，只好一直盯著自己的信用卡、雙手和手提箱。我痛恨講出「凱洛琳．莫若」這幾個字，都已經十年了，聽在耳裡還是覺得很假。那個人竟能如此徹底地奪走我的身分，真是天道寧論。

我一進房間，便鎖上兩道鎖，同時忍不住注意到那都是廉價門鎖。我大罵自己神經病，但當務之急，還是先找出旅館指南，記住所有的緊急出口。我將地圖壓在門背上詳讀，然後拿起電話話筒，檢查線路是否通暢。我拿出手機充電，雖然電池幾乎是滿的，但還是小心為上吧。

我想過很多話要跟西薇雅說，我一邊拿出衣物放到床上，確認自己沒有遺漏任何東西，一邊在腦中又把話想了一遍。我當然沒遺漏任何東西，因此我很快沖完澡，出發上路。我今天想先小試一下，然後趁天黑前趕回旅館。

我輕而易舉便找到西薇雅的住家，那是一小棟極不起眼、位於安靜住宅區的磚造斜頂平房。乍看之下彷彿無人居住，所有窗子都覆上沈厚的簾子。

我把車開上空盪的車道，很快檢視屋子周遭。前面的車庫門似乎關死了，我從窗口往裡窺探，發現車庫裡整潔已極，且沒有車子，旁邊牆上，等距的排釘懸掛著各式各樣的工具，並以簽字筆仔細勾勒出它們的外型。角落裡有輛爆了胎的自行車。

我大老遠跑來，西薇雅竟然不在家。

為防萬一，我繞到前門按門鈴。我試了三遍，才確定家中無人。我走回信箱邊，用餘光搜尋有無干預的鄰人，然後才打開擠到滿爆的信箱。我略事遲疑後，抽出幾封信。反正我人都來了，雖然第一天便犯了法，但至少知道來對了地方。

信箱裡大都是帳單和廣告傳單。我探手進信堆底層，檢查最下面的電話帳單上的郵戳。日期是三個星期前，如果西薇雅打算離開那麼久，為何不叫郵局先暫停遞送郵件。不過話又說回來，也許只有我才會事事預先精算吧。

翻完郵件，確定沒有來自監獄的信後，我把信全塞回去，然後回自己車上，不確定接下來該怎麼做。我坐在車裡考慮了幾分鐘，既然我都到奇勒鎮了，不妨順便探索每條大街，於是我決定到先前路過的咖啡店坐一坐。這是座小鎮——或許鎮民認識西薇雅。

那是一間奇特有趣、蓋在小鎮綠地上的銀色火車廂餐廳，內部明亮而溫馨。我捨棄無人的包厢，選擇坐到吧台，點了杯咖啡，盡量假裝友善地擠出一朵笑容。

我可以看到自己在櫃台後方的鏡影，搭飛機令我雙眼充血，頭髮散亂，完全像個瘋婆子。我斂起笑容，女侍走過來幫我續杯時，我差點衝過吧台，我對人際的接觸實在太生疏了。

「妳認識西薇雅．鄧翰嗎？」我用最輕鬆的語氣問道，偏偏聽起來全不是那回事，我暗罵自己的無能，但女侍連眼都沒抬，逕自倒著咖啡。

「我當然認識她。」她冷淡的反應讓我意識到，也許有不少對罪犯感興趣的觀光客，好奇地跑來此處看西薇雅．鄧翰。她在本鎮一定很有名，我知道比我奇怪的大有人在，喜愛西探東挖，專門跑去犯罪地點度假。我必須講點什麼，以區隔我和那類瘋子。然而我除了想找西薇雅對質外，這趟旅程並未多做打算，我沒準備要用這種方式打探，更不打算在這麼多年後，對世界宣布自己的真實身分。

「我……我正在寫一本書。」我支支吾吾地說。

「當然。」她擦掉我稍早灑出的一小滴咖啡，依舊沒有抬眼。我發現自己錯了，我大概不是唯一想以這題材寫書的人，我若想好好打聽，就得想個更適當的說法。

女侍終於停下來瞄我一眼。

「是這樣的，有些人喜歡觀光客來打探這位女士的事，好趁機多賺點錢，有些人則不喜歡。我必須說，我並不喜歡那樣，我不希望那傢伙出獄後住在這裡，也不想跟那件事有任何牽扯。不過呢，我老公剛好相反，他沒別的事幹，這件事妳可以跟他聊到耳朵長繭。」女侍嘆口氣，「妳若想問他的話，他五點會來這裡接我。」

我很快盤算了一下，假若我在這裡待到五點，跟他談話不超過十五分鐘，便能在天黑之前趕回旅館。不過，現在才四點十五，我得找點事做。我謝過女侍，付完帳，表示我會再回來。

為了消磨時間，我在漂亮的市鎮廣場上逛了逛，欣賞剛修剪過的草坪和擺在四周的白長椅。我在角落邊一棟整潔的白教堂前駐足，也許這間就是西薇雅的教堂。我走進去，發現裡頭只有一名在祭壇前吸地的婦人，她灰髮散亂地抓成一坨小髻，眼鏡鍊子隨其動作一齊擺動。我怯怯地對婦人揮手，她立即關掉吸塵器，在小圍裙上抹了抹手，然後精神奕奕地走向我。

「有什麼需要幫忙的嗎？」她用一種不太像教友的淡漠態度問。萬一我是那種尋求救贖的迷途小羔羊呢？我清清喉嚨，不確定該怎麼說才不會像個闖入者。

「是的，我叫……我叫凱洛琳．莫若，我想找一位住在附近的老友。」我搜尋適當的字眼，有些不知所措。婦人站挺身子等我說話。

「西薇雅．鄧翰。」我終於說出口了，但話還未吐完，卻見婦人面色一沈，她知道這個名字，這邊每個人都知道西薇雅。我接著說。

「她不在家，我知道她很虔誠，我在想教堂裡會不會有人認識她，曉得該到何處找她。」

婦人冷冷地看著我，然後搖搖頭。

「妳的意思是，西薇雅・鄧翰並不是這個教區的教徒嗎？」我又試著問。

她微微聳肩，似乎想起了教會的訓示，只好勉強擠出笑容。

「我看妳最近都沒跟她聯絡吧？西薇雅・鄧翰真的不是這裡的教友，她是聖靈會的會員，聖靈會是個挺有意思的小教派……或團體，或隨便妳怎麼稱呼，反正喜歡就好。」她表情一凜，滿意地環視這間完美如畫的庇護所，得意地欣賞潔亮的硬木排座和高升的長窗。「他們基本上是沒有教堂的。」她突然封口，彷彿說了不想透露的事。

婦人看著門口，再度表示。

「不好意思，我得在週三夜的讀經會前做點準備。」

「我去哪裡找聖靈會的人？」我看出她打算拉起我的手，盡快將我送出教堂了。我想都不想地主動朝出口方向快速移動，免得她動手。

「只有諾亞・菲賓能跟妳談聖靈會的事，他大概也是唯一肯跟外界人士談的人。他是聖靈會的會長——如果這種稱謂不會褻瀆神明的話。他住在他們的……會所裡，但他們不會讓妳進去的。」婦人上下打量我，小心地權衡接下來的話。她聳聳肩，我發現她的語氣變柔和了。

「他們在離這裡不遠的地方租了個場地——在二十二街，去城裡途中，那間有喬氏有機超市的購物商城裡，那邊是社區活動中心，他在裡頭好像有辦公室，外面有白色十字架，一定找得到。」

室。

「謝謝妳。」我趁她把門關上之前，急忙道謝，門鎖直接在我面前咔喳一聲鎖上了。

我從袋裡翻出小筆記本和筆，仔細記下諾亞．菲賓的名字，以及婦女說的那間租來的辦公

我在五點前回到餐廳，女侍的先生大概是我目前最有把握的事了。女侍已抽著煙候在前門，身上緊裹著一件淡色風衣。我的出現害她吃了一驚。

「噢，是妳啊。」她說，這回並無敵意。她指指大門左側一小張木長椅，兩人一起坐下來。她在椅把上將煙捻熄，我呆呆地盯著煙，想到火的危險，一邊監視著，確定所有餘燼完全熄滅。

「該戒了。」她轉向我說，新塗的口紅油亮亮。「像妳這種好人家的年輕小姐，為什麼會想寫這麼恐怖的故事？」

我當然沒有備妥答案，我好後悔掰出寫書的事。我扮記者是不會有人買帳的，真希望能想出更好的藉口，不過我得設法圓回來才行，便決定把這當成對方隨口一提的問題，僅以微笑回應。

「不是已經有人寫過這件事了嗎？」她接著問。

「有三本。」我的回答偏急、偏苦澀。

「那為什麼還要寫？故事不都被人寫過了嗎？或者妳有新的看法？」

「那三本書寫得……並不完整。」

「是嗎？」她似乎開始感興趣了，女侍向前挨近，我都能聞到她衣上的煙味了。「我老公會很想知道，那些書是哪裡沒弄對？」

我還沒想清楚該如何解釋，只好小心地避開對方的眼神。

「看來，妳得讀我的書嘍。」我佯裝輕鬆，但效果通常欠佳，這次也不例外，而她似乎沒發現，或許她只是基於禮貌地提問罷了。

「我才不要看呢，我沒辦法讀那種東西，生活已經夠苦了，幹嘛還往腦袋裡裝那些恐怖東西。」她頓了一下，「那些可憐的女孩，希望她們都過得不錯。我朋友泰瑞莎有個暴虐的瘋老爸，他毀了她的一生。泰瑞莎從高中便開始酗酒、逃家，最後還嗑藥。她現在都戒了，但心理上還是過不去，或許永遠都過不去。」

「我想那種事是永遠擺脫不掉的吧。」我淡淡表示。

「是啊。」她接著說，「永遠擺脫不了。不過聽說泰瑞莎現在狀況好多了，她去年搬去紐奧良，覺得換個環境會對她有益。她在紐奧良有位表親。泰瑞莎在這邊——在這間餐廳工作時——我常瞥見她呆望著空中、凝視著窗外，我常想，她一定是陷入某個黑暗的地方，某個非常黑暗的地方了。」

聽到紐奧良，我猛然跳起來，心中若有所感。翠西也是紐奧良人，也有過悲慘的童年，所以我才會若有所悟吧。我拿出筆記本寫下來，提醒自己回旅館後，再仔細想一想。

我將筆記本收回袋子時，一輛車子靠過來，女侍朝駕駛座上的男子揮手。男子對我們走來時，女侍轉頭說：「對了，我叫范兒。范兒．史都華。」她伸手欲跟我握手，「甜心，我還不知道妳的名字呢。」

看到她的手向我伸來，我整個人僵住了，我得做出正常反應，這不會是唯一一次有人想跟我握手，現在我得與活人互動，而非自己腦裡的鬼魂。我強自鎮定，然而就在她即將碰到我時，我終於受不了了。我連忙丟下筆記本和袋子，這種避免碰觸的方式也太明顯了吧，我一邊彎身撿拾自己的物品，一邊抬臉對她點頭，用盡可能友善的聲音告訴她說，我叫凱洛琳．莫若。女人報以溫暖的微笑，抽出另一根煙。災難解除了。

范兒的老公雷恩，個頭很小，比他老婆還矮上幾吋。六十開外的雷恩頭髮斑白，十分體面，一對藍眼發著晶光。范兒說，雷恩的話多到令人長耳繭，我很快便體會其意了。雷恩一聽說我正在寫一部跟杜柏案，尤其是西薇雅．鄧翰有關的書，便立即邀我上他家吃飯。我雖有些心動，仍婉拒了。我很想去，但不敢在天黑後開車回旅館，雷恩只好退一步堅持大夥進餐廳喝咖啡。

范兒翻著白眼說：「瞧，我跟妳說過了吧，甜心。我在餐廳裡待得夠久了，你們倆自己去喝吧，我去麥可店裡買點東西。」

我們回餐廳包廂，兩人一坐定，雷恩便開始說了。

「西薇雅大約七年前搬到此處，妳大概知道她是南方人了。很不錯的女孩，但很安靜，可惜她跟了聖靈會，我覺得那根本是邪門歪道。」

「你為何那樣說？」

雷恩猶疑了一會兒，瞄了四周一眼後才接著說。

「呃，諾亞．菲賓其實並不是那麼虔誠，這點我敢跟妳說。」

「你認識他嗎？」

他雙手抵住桌面，朝我彎過頭，一副同謀者的表情。「我跟他表親上同一所高中，所以我認識他們家族。諾亞那傢伙滿可悲的，他酗酒，還嗑點藥，畢業後就離開本鎮好幾年。當時沒人知道發生什麼事，他家人都快瘋了，但他們不想多談。當諾亞回來時，似乎有點失神，他到採石場打了幾個月的工，但不太上手。後來他就創立了自己的『教會』，如果妳想稱之為教會的話。」

說到這裡，他指著餐廳窗外。

「那就是他們。」我看到一輛車窗加色的白廂型車繞過廣場。「那是教會的車。」

「廣場教堂裡的婦人似乎不太看得起他們。」

「噢，那應該是海倫．華森，妳見過她了？哈，人很嗆吧？她真的不太喜歡任何與諾亞有關的事，諾亞是她高中時的男友，諾亞離開時，海倫跟著他一起離家，兩年後她垂頭喪氣地回鄉來，絕口不提過去，她說因為不干別人的事。後來海倫嫁給洛伊．華森。洛伊在十年前當上教堂的牧師，據說是海倫逼他去讀神學院，我猜她大概一直想當牧師娘吧。海倫現在自認這個鎮都歸她管。」

我覺得鎮裡的八卦對我沒什麼幫助，便試圖將話題導回西薇雅身上。

「我今天經過西薇雅的家，裡頭沒人……看起來她家好像有一陣子沒人住了。」我不想坦白翻過她的信箱，羞愧地脖子都紅了。

雷恩說：「現在想想，我也不記得最後一次看見她是什麼時候了。西薇雅非常低調，不過她通常會在我接范兒時，到餐廳來。她一個禮拜會來一兩次。」

「西薇雅有工作嗎？還有誰能跟我談她的事？」我覺得鑽到死胡同了。

「據我所知，這附近沒人能跟妳談了，看來我好像幫不了忙。」

「她家人呢？西薇雅有沒有談過她的家人？」我以前不會這麼好問，因討厭與人接觸，通常我會盡快結束談話。我的聲音聽來奇異、陌生而遙遠，彷若錄壞的帶子，我幾乎無法用輕鬆的語氣問完問題。

「沒有，怪就怪在這裡。依我猜測，她八成是逃家，但她從沒真的談過。她是阿拉巴馬州塞瑪鎮附近的人。那是個很有歷史的小鎮，也許西薇雅一心想離開那裡。」

在漸黑的天幕下開車回去時，我突然想到紐奧良，結果差點把車子開出路面。范兒的朋友搬去紐奧良，這讓我想起傑克信裡的內容。我管不了在地平線上漸逝的太陽了，我將車停到路肩上，賭它一把。

我取出袋子裡的信，心臟咚咚地狂敲著。信中提到湖，應該是指路易西安那州東南部的旁徹塔朗湖吧。我重新讀著那句話，依舊不解其意，但我知道應該是指那片湖，果真如此，就只有一種解釋了：這是翠西的遭遇。

我把信重讀一遍，我需要翠西，需要她來告訴我，這湖跟她的過去有何關聯，以及其中的含義。我得設法讓翠西與我一談，甚至跟我見面，陪我一起思索，這個瘋子的信中究竟有何弦外之音，釐清他是否有意將我們導引到某個地方。

# 第七章

那些年中，翠西的故事慢慢一點一滴地浮現，當她在地窖中，心情格外低宕無助時，會不經意地透露一些蛛絲馬跡，我將這些細節拼湊成形。絕大部分時候，翠西會對我們隱藏自己的過往，她的心海，是用來逃避傑克跟我們的私領域。翠西深怕傑克會利用她告訴我們的訊息，去控制她的心智。那是他們兩人之間的戰爭。

傑克總是利用珍妮佛來對付我，所以並不需要仰賴我的回憶，至少珍妮佛還活著時用不著。因此當時的我，無法明白小心地封藏過去，對翠西來說有多麼重要，因為風險太高了。我在被囚的最後幾個月裡，犯了一個讓我付出慘痛代價的錯。總之，我們有無數共處的時間，所以不可能不知道她在外頭的生活樣貌。

翠西生於紐奧良，母親是個十八歲的高中輟學生，吸食海洛因的媽媽為她帶來許多痛苦與恐懼。男人在她們髒污的一樓公寓裡進進出出，那是艾利西亞街上一棟十八世紀的公寓，公寓看起來活像在工作台上擺放過久的塌硬蛋糕。

翠西五歲時，弟弟班尼在公寓裡出生了。待在角落裡的翠西目睹弟弟出生的過程，看著媽媽在生產時吸了一大口海洛因，毒品的麻醉效果極強，連班尼的頭出來時，媽媽都沒動彈。孩子能活下來簡直是個奇蹟，而兒少保護社工竟會遺忘世界的這個小角落，則又更令人稱奇了。紐奧良城顯然有太多問題要處理，社工人員經過簡短草率的訪問後，便再也不管他們了。

有很多年，弟弟是翠西在家中唯一愛與感情的所繫，她傾盡全力保護姊弟兩人。母親對他倆幾乎不聞不問，她很少吃東西，被毒品折騰到不成人形。家中的食物本來就不多，根本無法餵養兩個孩子。於是翠西跑到紐奧良街頭，自創一種全然不同的生活。若在其他城市，或許不可能辦得到，但在紐奧良，不同的生活樣態，卻有著全新的意義。

翠西漸漸融入街頭表演文化的世界裡，跟一群期望被發掘的中輟生與街頭藝人廝混，為滿街的觀光客表演，以求糊口。翠西和班尼成為藝人中的討喜小孤兒，藝人們也回頭保護他們，免得孩子受到恐怖的夜生活侵害。

聰明的翠西學會了十八般武藝——魔術、雜耍、特技。她擅長說故事，翠西的早熟吸引了觀光客及其他街頭表演者。其他的詩人歌者特別幫她在法語區的巷子底搭了台子，翠西會站在台上，對集聚的人群朗誦詩作或講故事。最後當觀眾散去時，翠西會不小心聽到某人的妻子說，他們應該打電話給某某人，讓某某人收養她。以前翠西會幻想——一名富有的觀光客將愛上她和弟弟，然後將他們帶離這可悲的生活。

有時他們在法語區徹夜不歸，班尼睡在小巷中一堆破舊的髒地毯上，但絕不會離開翠西的視線。翠西看著那些踉蹌返家的醉鬼，接完嫖客晃步回來的妓女，她們的名字她大都知道。城市最終會在深夜或黎明前靜謐下來，只有那時，翠西才會抱起睡眼惺忪的班尼，拖著腳步回到他們陰暗的公寓。他們的母親從來不問任何問題。

翠西很少上學，過了一陣子後，逃避的官員跟忙到不可開交的兒少保護社工一樣，也不來管她了。但翠西像瘋了一樣地啃書，她總說她是無師自通，我從未見過比她更完美的自學例子。波本街上一間二手書店的老闆會借書給翠西，只要她盡快還書即可。翠西什麼都讀，從《簡愛》、《異鄉人》到《演化論》，她在城市的人行道上消磨漫長的時日，忘卻周遭的鬧聲與氣味。

她和班尼勉強靠一天撿來的銅板存活，他們也撿拾觀光客丟棄的煎餅充飢，或等街角的易裝癖酒吧打烊後，去討食廚餘。翠西十分堅強自傲，有多餘的錢時，甚至還分給媽媽，至少能讓她安靜下來，不去煩他們。

及至青少年後，翠西的夥伴慢慢變成一些跟她年齡相仿、流落街頭，所謂的野孩子了。他們穿著黑衣，將髮色染成暗紅、紫色或黑色，戴著殷紅的假寶石、骷髏或十字架的銀飾。諷刺的是，翠西最愛的符號竟是古埃及象徵生命的T形十字章。

有些孩子開始嗑食海洛因，翠西因為母親的關係，不肯染毒。她會喝點酒，惹點小麻煩，但不致讓自己坐牢而無法保護班尼。

那時班尼也已經開始表演了，他是位極具天分的特技演員，班尼跟一位法語區的老鳥交上朋友，師從於他。有時班尼能賺上十塊錢，他們便會到酒吧裡點一大盤炸薯條和兩杯半品脫的啤酒。那時他們挺幸福的。

可惜紐奧良的酒吧龍蛇雜混，紅男綠女、同性戀、變性人，舞蹈、皮衣、性虐遊戲，什麼都有，也沒人在乎。在翠西異常的生活軌道上，身邊的人最終難免往城市的黑暗面偏斜，朝觀光巴士會避開的那一部分傾倒。翠西最愛的酒吧沒有店招，只有一扇黑門，門邊的黑牆隨著九寸釘、TKK、Lords of Acid的工業音樂鼓譟振動。

大門生鏽的鉸鍊咿咿呀呀拉開後，裡面是黑洞般的穴屋，幾縷煙氣裊裊飄入外頭的夜空裡。身上有各式割疤的保鏢們都認識翠西，會開門讓她進去。

後來翠西坦承自己太天真，當時她並不明白這種生活會變成何樣，她只是覺得有種祕密的參與感，讓她感覺到歸屬。那些經過紐奧良的有錢觀光客與他們無關，這裡是個帝國，每晚在她腦中狂擊的激越樂聲，呼應著她對母親、對世界的憤怒。他們建立了一個強大的帝國，翠西覺得帝國的力量在她血液中流竄，比任何A級毒藥都更強大。

翠西在酒吧裡混跡四年，當她罕有地談到酒吧的生活時，我幾乎要嫉妒起來。所有標新立異的怪咖全聚到這間紐奧良的聖堂裡，它是邊緣人特享的地方，這些人一起在大街上生活，住在崩壞的大房子和公寓中，大夥身上掛著張揚的傷疤、廉價的珠寶和骯髒的亮片吊襪帶，卻都被這奇異的社群所接納。

在那裡，什麼都沒差：年齡、外表、性別、喜好。那是一個離經叛道者的大熔爐，性、毒品和偶見的暴力，只是其中的一小部分，協助他們度過被誤解的心碎、被利用的傷心，讓他們仍能維持心底的卑微人性。在那個地下世界的泡泡裡，可以暫時將世俗的批判拋開一小時、一年、一輩子，讓他們在乖戾的奇裝異服下，偶爾還能開出一朵自尊的，甚至驕傲的小花。

後來翠西發生了一件事，從此一蹶不振。翠西對我們保守這項祕密多年，我們在地窖裡稱之為「大災難」，省得翠西多說細節。這是除了傑克．杜柏外，翠西這輩子最悲慘的遭遇。

「大災難」後，翠西的母親再度失蹤，也許永遠地消失不見了。母親失蹤三個星期後，翠西覺得她再也不會回來了。翠西發現此事可以對社會安全局隱瞞一陣子，並在支票上偽造母親簽名，弄些存款，但當時的她已根本不在乎了。

翠西越來越耽溺在俱樂部裡，她頹廢、憂傷而孤獨。聰明的翠西知道自己的人生漫無方向，喝酒也毫無幫助。那晚，酒吧裡有個陌生人給她嘗了點甜頭，那天晚上，翠西在黑暗中打了一針，雙手因恐懼與期待而顫抖。也許這才是一切的答案，也是離開痛苦的捷徑，即使只有片刻也好。

她看過太多人打毒針了，很清楚過程是怎麼回事。翠西拿起皮帶纏緊手臂，針頭輕易便找到她的血管，像命運般地悄悄刺入。毒品剛注入時，令她充滿狂喜，毒品像掃過城市大街的黎明清風般，捲走她的痛苦。翠西在那一刻，首次覺得自己對母親有所瞭解，或許媽媽對人生的看法並沒有錯。

總之，翠西踉蹌地走出俱樂部，來到漆黑的窄巷，獨自享受吸毒的爽快。那是個炎炎夏夜，濕重的空氣像一堵牆般迎面撞來。門在她身後關上了，汗水自翠西額上沁出，滴落到胸膛上，鑽入別人給的廉價皮革緊身胸衣裡。翠西靠著垃圾箱，滑坐在成千沈淪者所丟棄的物品上——用過的保險套、香煙盒、撕碎的內衣、鏽落的鏈子。就在她享受嗑藥的喜悅時，眼中忍不住泛起淚水，翠西想到發生的一切，哭了起來，從體內發出野獸般的哭嚎，直至意識緩緩消散。

翠西醒時，也許已是幾天後的事了——但她無法分辨。翠西躺在冰冷的地窖石地上，四周盡是自己的嘔吐物。

# 第八章

我坐在旅館房間床上，看著梳妝台鏡子中自己的容顏。梳妝台上空無一物，我抓著手機，努力說服自己撥打那個非打不可的電話。現在是週一早上，我另一隻手裡抓的紙片上，抄有翠西辦公室的號碼，我重重吸口氣，開始撥號碼。

鈴響三聲後，我聽到翠西的接答，差點答不出話來。

「喂!?」翠西又說了一遍，跟平時一樣不耐煩。

「翠西嗎？」她是唯一不肯改名字的人。

「是啊，哪位？是電話推銷嗎？」她已經很不高興了。

「不是，翠西，是我，莎拉。」我聽到她嫌惡的反應，然後電話便掛了。

「呃，這倒很正常。」我對著鏡子裡的大臉說。我再次撥打，這回電話響了四次才接起來。

「妳想幹嘛？」她憤憤地說，聲音滿是輕蔑。

「翠西，我知道妳不想跟我說話，但請先聽我講。」

「是跟假釋聽證會有關嗎？妳可以省點力氣，我會去的，我已經跟馬奎迪談過了，咱倆沒啥好談。」

「不是那檔事，嗯，也算是，但又不全是。」

「妳在胡說啥，莎拉，講清楚點。」從十年前跟她說過話後，她都沒變。我知道自己只有二十秒鐘能說服她別掛電話，只好劈頭問道。

「翠西，妳有收到信嗎？」

她頓了一下，顯然懂我的意思，最後她終於疑心重重地說：「有啊，幹嘛？」

「我也有。聽我說，我覺得他想藉由信件跟我們透露什麼。」

「我相信他瘋狂的腦袋裡是這麼想，但那些信根本沒有意義。別忘了，莎拉，他是瘋子，神經病，也許在法律上不成立，無法讓他免去刑責，但他還是瘋子，我們應該原封不動地把他的信扔掉。」

我張口結舌地問：「妳沒那麼做吧？妳沒把信扔掉吧？」

翠西又是一頓，然後很不情願地低聲說：「沒扔，我還留著。」

「也許他瘋了，也許沒瘋。聽我說，我好像理出一些頭緒了。我覺得他給我的信裡有訊息要給妳，或許對克莉絲蒂也是。他給妳的信，有些內容或許我懂，反之亦然。」

翠西沈吟良久，就我對她的瞭解，我知道自己應該等待。翠西正在思索。

「這對我們有何幫助，莎拉？妳以為他是要讓我們知道，我們對他有多特別？他依然深愛我們嗎？妳以為他會給我們一些關鍵證據，好把他關久些嗎？莎拉，他什麼都是，就是不笨。」

「沒錯，他是不笨，但他喜歡冒險，喜歡玩遊戲，也許他想跟我們公平地玩一把。如果他認為我們太笨，不懂他告訴我們的事，他一定會樂歪掉。」

我知道翠西正在默默琢磨這句話。「妳說得有理，那我們該怎麼做？互寄信件嗎？」

我深深吸口氣，「我覺得事情挺複雜的，我想……我們需要會面。」

「那就不必了。」她的語氣極冷，恨意銳利如刀。

「翠西，我兩天後會回紐約，妳能開車下來到紐約跟我碰面嗎？妳現在一定在忙雜誌的事，但我認為我們沒時間浪費了，妳的手機號碼多少？我抵達後可以傳簡訊給妳，然後再見面。」

「我考慮看看。」她答道，然後便掛斷了。

# 第九章

跟翠西談過話後，我跟客房服務點了香草茶來鎮靜心情。我又開車回奇勒鎮，到諾亞·菲賓的新辦公室找他。基本上我不喜歡想法激進的人，直到此時，我在生活裡一直刻意避開他們。狂熱分子、神祕主義者和極端分子，全都有做出非理性及不預期舉動的傾向，統計學並不能保護你。

我喜歡人們能適度地歸類到人口統計學的類別中：年齡、教育、收入層級。這些事實應該有可預期的價值，一旦失準，我對人際的解讀與對應便會失真。珍妮佛總跟我說，到時候任何事情都可能發生，而我有太多類別的「任何事情」都不喜歡。

雖然開車過去時，租車的油箱尚有半滿，我還是在鎮外一間異常簡陋的英國石油公司加油站停車加油。我開心地發現，服務人員被鎖在一片強化玻璃後，與我隔開。如果人人都能如此該有多好。

我毫不費力地找到購物中心，將車停到離超市很近的停車格裡，購物人潮進進出出，推車在崎嶇不平的路面上轆轆作響，我在車裡坐了一分鐘，不懂自己究竟在這兒幹什麼。

我從袋子裡掏出手機，神經質地做慣性檢查，看到電池灌滿的五條格子朝我閃閃發光時，心裡一下踏實許多，雙肩跟著鬆垂了半吋。我深深吸著氣。

可是想到接下來要做的事，我突然好想逃回紐約，把整件事忘掉。我只要照吉姆的意思出席作證就成了，他們絕不會放傑克．杜柏出獄的——假釋聽證會只是奧瑞岡州的例行程序，不是嗎？我沒必要做到這樣。

可是萬一呢？

就我瞭解，假釋不無可能。刑事司法體系不會因犯罪大小，而按比例分配刑期。有些人可能因持有一公克的古柯鹼，在牢裡度過終身，但強暴犯、綁架犯和兒童性騷擾犯，說不定連一天牢都不必坐。或許奧瑞岡州政府將傑克關上十年便滿意了，他有可能獲釋，尤其是相信罪犯皈依宗教後。我知道傑克在牢裡的表現一定無可挑剔，聽說他甚至為其他牢友開課。他媽的，我非得跟諾亞．菲賓談一談不可。

購物中心比預期中的漂亮，建物塗上了明豔的漆色，正面牆上覆著以前當社區中心時，留下的巨幅彩虹壁畫。透過玻璃前門，可看見內部左側有間辦公室，一對年輕的男女行政人員正坐著分類文件，兩人看起來都不會超過二十五歲。他們打扮整潔，工作勤奮，一點也不像邪門歪道，反而更像是YMCA，我開始焦慮起來。

我鼓起勇氣拉開大門，朝辦公室走去。年輕人抬眼看我並且笑了笑，他似乎非常正常，只是熱切的眼神令我稍感不安，我遲疑著。

「歡迎到聖靈會，我能為妳服務嗎？」年輕人愉快地說，語氣有點過度。

我深吸口氣，然後盡可能客氣地解釋說，我想跟諾亞．菲賓談一談。男孩揪起眉頭，不確定該怎麼做。我猜諾亞．菲賓的訪客不多。

「我不確定他進來了沒，嗯，請稍等一分鐘。」他丟下我和女孩，女孩也對我微笑，但不若男孩那般無所保留。接著女孩垂眼繼續默默處理文件，我知道一般人都會主動閒扯一下，打聲招呼，或至少聊聊天氣，但我對這些事早已生疏，只好杵在難看的霓虹燈下，尷尬地四下看著房間。

幾分鐘後男孩回來了，後邊跟著一名高大的男子，男子看上去應有五十多歲，此人應該就是諾亞．菲賓了，因為他不僅戴著牧師領，還穿著長及腳踝的黑色牧師袍。男子凌亂的金髮褪成灰色觸及肩上，眼色冷藍，面色極端冷靜自持地朝我走來。

然而當他行經辦公室時，卻咧嘴斜斜一笑，對櫃台後的女孩打招呼。女孩羞澀地避開眼神，他的關注似乎令女孩不自在。一股寒意竄下我背脊，太詭異了，我心想，但我勉強對走過來的諾亞．菲賓擠出笑容。我本想朝他走一步，但雙腿發軟，不聽使喚。

就在諾亞．菲賓對我伸出手時，我的手機開始嗶嗶作響，也許是西蒙絲醫師打來的，因為今天是約診日。我沒理會。

諾亞．菲賓循聲低頭看著我臀後的口袋。

「妳需要接電話嗎？」他對我咧嘴露出同樣的笑容。

「不用，沒關係。」我伸手關掉口袋裡的鈴聲，「菲賓先生，我……」

「請叫我菲賓牧師，妳是……」該我接話了，但我呆愣了整整三秒鐘，反應稍嫌遲鈍。他耐心地等我告訴他此行的目的。

「我叫凱洛琳．莫若。」我終於擠出話了，「很高興你在這兒，我無意打擾你，但我在找一個人，一位老友。西薇雅．鄧翰，我知道她是你們……貴教會的會員。」我看看女孩，她仍低著頭處理郵件，男孩則在另一邊角落接電話，兩人似乎都沒在聽。

諾亞．菲賓揚起一邊眉毛。

「有意思。」他瞄著前門，想著我的話說，「要不要進我辦公室一談？」

他用拇指比著走廊後面的一扇門說，打死我也不要踏進走廊後的辦公室，尤其是跟這個傢伙。其實跟任何人都不成，誰知道會出什麼事。我堆出甜美的笑容，指著入口大廳的長椅。

「噢，我不想佔用你太多時間，也許我們在這邊談一會兒就好？」

他再次聳肩，對著長椅抬手說：「隨妳意吧，妳先請。」

我緩緩坐到椅上，盯緊他的臉。諾亞．菲賓依然昂立，我立即後悔坐了下來，因為他杵在我上方，疊手倚著牆，旁邊告示板上，印著「與我們一起禮拜」的彩紙被他弄得翻翻揚揚，他也不理。

「妳怎會認識鄧翰小姐？」他問，臉上仍掛著懶懶的歪笑。

「我從小就認識她了，我剛好到這一帶做商務旅行，聽說她是你們的教友。」

「沒錯。」他直盯住我，顯然不打算主動透露任何事。

「我想找她，她好像不在家，我想教會裡或許有人會知道她在哪裡。」我生硬地故作輕鬆說，我真不是當演員的料，想到自己演技如此差勁，脖子都快紅了。

諾亞向前傾身，那一瞬間，我從他的眼神中感受到一絲威脅，但我告訴自己，那只是我的想像。諾亞收住笑容，我往後靠在堅硬的長椅上，幾乎快被他的目光盯死了。接著他站挺身子，再次微笑，不知他是否注意到我的備受威脅。

「不知道，我已經好幾個星期沒看見她了，她通常不會缺……缺席禮拜。只有上帝知道她在何處。不過，呃……假若妳探到她的消息，麻煩告訴我一聲好嗎？我相當關心我的教友，很想知道她在哪裡。」諾亞再次神態輕鬆，但冷漠如冰地靠回牆上。

「當然，當然，我一定會的。總之，謝謝了。」

他的眼神不知為何令我胃部打結，我開始冒冷汗，感覺空氣堵在胸口。我的身體自動轉成一種極度熟悉的機制，我知道結果會變成什麼樣，不知為何，我打死也不願讓這名男人看到我的驚狂。我不自覺地從椅子上跳起來往門邊退，一邊伸手掏口袋裡的車鑰匙。

我怯生生地微笑，拼命眨眼抑淚，一邊點頭稱謝，心虛地揮手道別，一邊推開往停車場的玻璃門。兩名年輕人依舊沒有抬頭，我不確定是不是自己的幻想，但我在扭身離開時，好像聽到諾亞·菲賓哈哈大笑。那聲音如此粗暴、討厭而陰毒。

# 第十章

回家途中，我試著在飛機上睡覺，免得因搭機而恐慌症發作，結果卻反覆不斷地思索西薇雅・鄧翰失蹤的事。我不知該不該跟吉姆提這檔事，讓他接手調查西薇雅的去處，但我知道就法律而言，除非西薇雅的親屬報案，否則他們沒有理由找人，畢竟她有可能只是出城而已。

離開地鐵走了六條街後，我從未如此樂見我家的大樓。我將行李拖過入口，覺得全身開始放鬆，那時我才明瞭，這次的搜尋給我帶來多大的壓力。

接著我發現包伯正拼命對著我打手勢，他用手指抵住嘴唇，指著一名站在後方角落的女子，女子正拿手機貼在耳上。我還來不及搞清楚包伯想告訴我什麼，女人已經轉身看到我了。

「莎拉？」她說，一邊遲疑地關掉手機。包伯被這陌生的名字弄得一頭霧水。

「翠西！妳來了。」我訝異地答道。

包伯看看我，再看看她，掩不住一臉震驚。我在大樓裡住了六年，除了父母、心理醫師和吉姆・馬奎迪外，從無任何訪客。此時站在大廳裡的，是位嬌小的搖滾龐克，她染著黑色和桃紅色的髮條，身著釘釦皮夾克、黑色緊身褲、黑色綁帶靴，身上有刺青，臉上淨是釘環，而我認識她。

十年來首次乍見翠西，使我立即憶起一切，我只得倚在牆上持穩自己。各種影像在我腦中飛掠，翠西蜷縮在角落，從痛苦中復原時的眼神；當大夥在漫無止境的長日裡，僅靠彼此互動互娛時，她默聲狂笑的眼神。我們的對話成了真實世界唯一的救生索，我們只能憑藉對方來維繫正常的心智。最後我想到翠西發現我幹了什麼事後，怒不可抑的眼神。每當我思及翠西，畫面總是停格在那一刻。

此時翠西諱莫如深的注視中，是否也隱含了憤怒？我猜她也正在跟自己的回憶掙扎，我們就這麼站在光鮮的大廳裡，在明麗的五月天中，周遭的數百萬人全然無視這石破天驚的一刻。我想到此時，紐約市裡有多少其他重大的聚會正在進行——然而還有比眼前的重聚，更重要的嗎？

「莎拉。」她終於再度開口。翠西瞇著眼，看不出她的情緒。

我趨上前，走到包伯無法偷聽的距離，但又不致靠她太近，然後輕聲說道：「是凱洛琳，我現在叫凱洛琳。」

翠西聳聳肩，把手機扔回袋子裡，彷彿不當回事。「我們可以上樓了嗎？」她往電梯偏了偏頭說。

包伯朝我左邊走來，打算保護我，他顯然認定來者不善，已從櫃台後走出來準備幹架了。

「沒事的，包伯，她是……一位老友。」我吞吞吐吐，不敢多看，感覺翠西皺著眉。我不甚情願地帶她到電梯，我原本希望能到一個非私人的地方會面，可惜事與願違。包伯回到崗位上，但看得出來頗不安，我也是。

我們默默站著，聆聽舊電梯噹噹作響地緩緩升上十一樓，接著翠西以極小的聲音說：「我帶來了。」一開始我還以為她在自語。

我很清楚翠西指的是什麼，心中突然一痛，很後悔當初要求她帶來。到了我的公寓後，翠西四處走動，探看每樣東西，但我看不出她的好惡。翠西淡然一笑，將袋子放到我的茶几上。

「會不會太寵自己了？」她笑道，接著語氣一柔，補上一句：「真的很棒，莎拉，這裡讓人……非常平靜。」她沒看我。

我站著直接將到奧瑞岡找西薇雅的事簡述一遍，隻字不提那是我多年來第一次出遠門，並略去我曾發過毒誓，永不回奧瑞岡州的事。

翠西跟平時一樣氣定神閒，顯然覺得我對西薇雅失蹤一事，太過大驚小怪。

「也許她出遊了。」翠西一聽我說完後表示，「如果妳真覺得她失蹤了，不是應該直接報警嗎？」

「我還不太敢信任自己的調查直覺。」我答說。

翠西聽了淡然一笑。

我們到飯廳，各自將信件按日期順序攤到桌上，每次發信的郵戳，皆僅隔數日。我拿出兩本空白筆記本和全新的三菱鋼珠筆，兩人坐下來細細讀信。

在潔白無瑕的公寓裡，看到那些纏亂的黑字時，我頭都昏了。我強迫自己專心，並本能地想到以前的禱文——唯有思索能解救我們。

我在筆記本上畫出兩塊欄框，然後兩人開始努力將資料分類。我在翠西的名字下，用珍妮佛以前常在其他筆記本使用的印刷體字，仔細寫下，「紐奧良」、「服裝」、「湖」。翠西瞄了紙頁一眼，很快撇過頭，我想湖這個字，必然勾起她一些痛苦的回憶。

我謹慎地翻閱翠西的信件，對於可能的發現，既害怕又期待。我終於看到一段顯然影射珍妮佛和我的內容了：「車禍與沈溺，快速地沈溺於數字的大海。」我在自己的名字下慢慢填入「車禍」及「數字的大海」。這當然就是指害死珍妮佛母親的那場車禍和那些日記了。傑克在囚禁我們期間，輕而易舉地摸清了好多事情。

我們研讀信件近一個鐘頭，直到兩人分別寫滿兩張紙的欄位，翠西終於靠回倚墊嘆了口氣，她望著我，但這回已無惡意。

「這些訊息實在不具意義，沒錯，信的確是在寫我們，他也很愛炫耀自己懂得很多，藉此折磨我們。看來傑克在獄中花很多時間回顧過往，不過就線索的價值來看，我只能給它打零分。」

「這是個謎圖，」我說，「有點像文字拼圖，我們若用邏輯推理，一定能解開，只須將這些想法整理好，只要……」

「……仔細推算嗎？」翠西憤憤地打斷我說，「妳真的認為那樣能幫助我們？妳以為生活裡的一切都能夠分類、安排、理解嗎？妳以為全宇宙都是依據某種內在的邏輯組成，只要做足統計分析，我們就能解決某種哲學的運算法則嗎？人生不是那樣運作的，莎拉，我還以為妳已經學到教訓了。假如三年的牢獄生涯尚未點醒妳，我說什麼都是惘然。瞧瞧傑克對我們做了什麼，我們的腦袋才是拼圖，不是這些信件。他用好幾年的時間逼瘋我們，妳以為現在能克服那點，拿妳十幾歲時使用的方法，解出某種隱藏的訊息？以為信中真的隱含了牽連？」翠西起身衝進廚房，我跟了過去。

她一一打開我的櫥櫃，直至找到她要的東西。我不可置信地瞪著翠西，她手裡拿著一盒穀物片，開始奮力將盒子撕開。

「妳在幹嘛？」我以為她瘋了，便往後退開，盤算著衝到門邊、打開所有門鎖、逃進電梯要花多少時間。

「我在找解碼環，莎拉，我在找一個能幫我們解開謎題的祕密武器。」

翠西八成看出我警戒的眼神了，因為之後她將盒子放到流理台上，緩緩地深吸了三口氣，然後摀住臉，用指尖按摩頭皮。翠西把手放下後，用平靜的眼神回望我，重新以堅定的聲音說道：「這些信不能由我們來讀，把信跟妳那張表一起寄給馬奎迪，讓他派探員去查。他們有技巧、方法和策略，我們只有一大堆亂七八糟的回憶，我們越往裡鑽，心裡只會越扭曲。」

我站到她身邊，望著她後面廚房地板上的一個小污斑，那種污斑怎麼也除不掉，除非將整間廚房重新裝潢。

翠西坐起身望著我，灰心地說：「我承認妳讓我燃起了一點希望，但這是在浪費我寶貴的時間，我得走了……我把雜誌交給副總編，我最好回去處理接下來的事。」她緩緩起身開始收拾東西，同時再度環視房間，「妳知道嗎？房間白成這樣，其實挺悶的。」

「等等，等一下。」那一瞬間我差點變回正常人，我本能地想抬手拉她，然而一想到要碰觸她的皮膚，又像被火燙著似地縮回手。我希望翠西留下來，但我可不想碰她。

「等一下……妳的雜誌，妳的文章。傑克叫我們『鑽研教義』，會是指妳的雜誌，妳的文章嗎？或者他是在指聖經？」

翠西繼續收拾東西，沒坐下來，不過她單膝抵在椅子上靠了一分鐘，拿著筆記本的手在半空中頓住。我等待著，心想她大概會不理我，逕自揮袖離去。

「不是指我的作品。」她緩緩沈思道，「他提到的一切都發生在過去，在以前……妳懂我的意思。我不認為指的是聖經——他那些宗教談話根本都是屁。他想告訴我們別的事，如果是他自己的『教義』呢？畢竟他是教授。如果傑克談的是自己的學術研究？跟他在大學的授課有關呢？」

翠西坐下來，深入考慮這種說法。「那就有意思了，因為這跟那些信件都無關。」她指道：「我想大概沒有人從這個角度探索過，如果妳跟我一樣，認為傑克拿我們實驗他的心理學理論，那就說得通了。畢竟我們很像中古世紀學者的白老鼠。」

我重新燃起希望，或許這個點子能讓我們有些具體的作為。希望在我心頭再度翻攪，我知道自己已經不可能回頭了，除非我能循著這條線索走到盡頭，否則我不會安心。我非做不可。

我接續翠西的想法說：「我們若要回大學，就得找克莉絲蒂，她以前是傑克系上的學生，她可以幫我們引路。」

翠西放聲大笑，「說得容易。克莉絲蒂才不會理我們，她壓根不想跟我們沾上邊，她幾年前就擺明了，我們連找她問都甭想。」

「可以，我們可以的。」我想起馬奎迪不經意透露的話。

「怎麼找？」

「我知道她的小孩念哪所學校。」

翠西感興趣地抬眼望著，也開始動腦了。

「今天是星期四，」我看看鐘，「學校再一小時就放學了。」

「好，我們去接送區堵她。」

# 第十一章

諷刺的是，我們將回到上東區，回到克莉絲蒂的原點去找她。我無法理解，克莉絲蒂在地窖裡跟我們說了那麼多之後，為何偏要回到原處，她明明有機會重新展開人生。也許在大家經歷不幸後，她決定回到熟悉的地方，不想再冒險改變生活了，因為她曾經嘗試，卻差點喪命。

克莉絲蒂是曼哈頓一位富有投資銀行家及社交名媛的獨生女，她在公園大道最頂級的戰前大廈裡長大，大廈就在卡內基丘頂端，是世代相傳的九房古典公寓，他們家會到紐約長島南邊的奎格避暑，冬天則到科羅拉多州的亞斯本滑雪，生活優渥、超然而寧靜。乖巧又愛做夢的克莉絲蒂擁有幸福的童年，受到嚴密保護的她，對外面的世界毫不留意。

直到十六歲那年，一切才起了變化。那一年，克莉絲蒂才明白家人是如何維護他們的社經地位。那年，她發現過去的財富與教養早已不復存在，她父親在這些年間，漸漸減少高報酬的金融工具，改用非公開的實質資訊去做交易了。

他被控在發表營收聲明的前幾天，以數間藍籌股公司的營收資料做內線交易，交易的時間點看起來對他相當不利。

克莉絲蒂一開始還力挺父親，相信他的清白。她緊盯案子的發展，提出各項質疑，試圖瞭解金融交易的複雜機制，然而她知道的越多，便越跟總檢察長及《紐約郵報》一樣，相信父親有罪。她發現華爾街是個圈內人的俱樂部，有自屬的倫理規則，與克莉絲蒂想像的南轅北轍——如果她曾經想像過的話。更有甚者，克莉絲蒂漸漸明白，父親的違法犯紀，對他和他生意上的同事而言，乃稀鬆平常之事。每當父親見到克莉絲蒂有所領悟而瞪大眼睛時，便叫她放輕鬆，做生意就是這麼回事。

但克莉絲蒂無法接受，夜裡她站在大樓陽台上，俯望靜謐的大廈內院，逕自低聲哭泣，原來她向來視為理所當然的優渥，竟然建立在欺騙與詭詐之上。只要看到他們美麗的公寓、豪華的休旅車，或她裝滿設計師衣服的衣櫥，克莉絲蒂便忍不住心想，這些都是用不義之財買來的。

週日在大都會俱樂部吃早午餐時，她與母親一起坐在擁擠的舞池，四周吊燈閃爍，銀器耀目，水晶杯叮噹交錯。她穿著與眼睛顏色相搭的淡藍毛衣，望著旁邊優雅的用餐者，所有的人她都認識，他們全是「社交界名人錄」裡的成員。看到他們優雅嫻熟地端著最精緻的瓷杯，用粉紅嘴唇溫和客氣地交談，克莉絲蒂便怒從中來。他們一副理所當然的模樣，彷彿所有的奢華都是他們與生俱來的權利，克莉絲蒂懷疑，這些人是否全以同樣的方式發財致富。

總之，克莉絲蒂在週間依舊傲然地高昂著頭，去知名私立女校布里爾利上學，絕口不提心中的疑慮。每天早晨，她眼都不眨地直視前方，穿越集聚在家門外的記者群。然而暗地裡，克莉絲蒂會在放學後將自己鎖入房中，讀著記者撰寫的譴責報導，對著報紙上公諸於世的白紙黑字狂掉眼淚。

克莉絲蒂若對金錢的運作方式稍有瞭解，應該會猜到，她父親將安然渡過難關。他的公司付了一大筆罰金給證券管理委員會，他那索價昂貴的律師群找了一名低階的雇員當代罪羔羊，使之免於牢獄之災。新聞熱頭終於過去了，克莉絲蒂的父母也恢復了生活常軌。這類事情在他們的社交圈裡屢見不鮮，沒人真的當一回事，這只是商場遊戲的一段小插曲罷了，無足輕重。

然而一切都太遲了，克莉絲蒂已知道真相，她無法視若無睹。

克莉絲蒂跟自己的道德良心掙扎數週後，最後做出決定。她住在家裡的時間僅剩不到一年，之後她打算揚棄這種優越的生活，從零開始，到世間闖盪。她永遠不會動用她的信託基金，或一分一釐繼承的財產。她會將所有衣物裝箱，變成一個嶄新的人。

克莉絲蒂為自己的決定感到驕傲，她會在夜裡醒來，躺在床上思忖其中的意義。她知道這將十分艱辛困難，放棄舒適的日子不過，換得辛勞與不確定，但那感覺很棒。

為了父母，克莉絲蒂決定安排一個過渡期。在離開大學前，她會維持完美的女兒形象，活得如同過去一樣，參加年輕女子協會，出席慈善舞會，端莊地站在父母身邊，與人握手答話，有禮而客氣，並不時報以微笑。

克莉絲蒂的父母從未注意到女兒內心醞釀的變化。

上大學時，克莉絲蒂的父母自然期望她能秉持家族傳統，念耶魯大學，但連耶魯都令她覺得齷齪。克莉絲蒂決定自行其是，她閉著眼，從地圖上的紐約市反向畫出一道長線，最後落在奧瑞岡州。克莉絲蒂覺得挺適合——盡可能地遠離公園大道，而且又不必掉入太平洋裡。

母親發現女兒的學校竟然位在親友都沒有度假別墅的奧瑞岡州時，簡直嚇壞了。但克莉絲蒂還是設法達成目的了，且透過布里爾利女校神通廣大的申請單位，取得了奧瑞岡大學的全額獎學金。她父母親雖百般不願，但私下認為女兒讀完一個學期後，應會發現自己的錯誤，而乖乖轉回適合她的耶魯。

克莉絲蒂一到奧瑞岡大學，便覺得心寬神鬆，她好高興能獨立自主，從百般保護的世界裡解放出來，現在她要重新展開一場旅程了。

克莉絲蒂雖矢志獨立，但第一學期還是被迫動用信託基金。她縮衣節食，盡可能少領些錢，而且決定一有能力，便把錢還回去。她很期待自己的第一份兼差，平時則靠麵條和罐頭番茄湯度日。一陣子後，克莉絲蒂已慢慢將自己變得跟其他同學一樣了，她穿牛仔褲運動衫，住學校宿舍，用大賣場的床單。

她在奧瑞岡又能像醜聞爆發前一樣，過著年少時隱姓埋名的日子了。這裡的人似乎都沒讀過《華爾街日報》上關於她父親的報導，至少他們沒有認出她的姓氏。克莉絲蒂從不主動談她的出身，若是有人問起，就說自己來自布魯克林區，父母是開零售鋪子。

若不是她在大二時，對心理學——尤其是那位絕頂聰明、活力四射的心理學教授傑克・杜柏——產生興趣，那麼或許一切都會照克莉絲蒂的計畫走。克莉絲蒂為了修社會科學的必修學分，機緣巧合地選了傑克的課，她才上完第一堂課，便迷上他了。

克莉絲蒂用帶著最初悸動的聲音告訴我們，全班學生像被傑克施了迷咒，凝神挺坐，傑克將大一心理學概論講得像新的宗教，或至少像意義深遠的聖召。傑克有種沈靜、催眠式的魅力，聲音柔和到能令所有人接納不曾想過的瘋狂念頭。

每次上課一開始，傑克會背著手，在教室前緩緩來回踱步，僅在思忖時，偶爾抬手撥弄濃密的黑髮。整個廳堂裡人山人海——訪問者盤腿坐在走道上，其他學系的教職員則站在後方，講台附近擺了好幾架迷你錄音機。若在一般演講會上，學生們此時必是交頭接耳，慢慢地翻著報告。但在傑克．杜柏教授的課堂裡，大夥則敬畏地安靜坐著，等待他開啟飽滿的嘴唇，讓宏亮的聲音在空中迴盪。當他終於開講，轉身面對聽眾，用一對懾人的清亮藍眼斜望一層層的大廳座席時，但聞字字珠璣，篇篇錦繡。他的學徒們各個振筆疾書，不敢有所缺漏。

克莉絲蒂尤其為他傾倒，她會留在課後提問、研究特殊提案、到他辦公室裡找他。克莉絲蒂為那門課熬夜寫報告，厲行教科書中的內容，體現傑克的演說所造成的風潮。

傑克也立即注意到坐在前排的克莉絲蒂了，她雖極力擺脫富家女的習性，卻掩不住一身的貴氣和出眾的儀態，讓人感知她備受嬌寵所散發出的高雅。一種傑克極想破壞的氣質。

傑克的直覺果然很強，他一定發現極力表現的克莉絲蒂在自己面前會慌張失措了，她甚至比大一的新生還要脆弱。也許傑克看出克莉絲蒂與其他人格格不入，知道她在尋找生命中一個與出身迥異的地方，事實上，傑克正好有這麼一個場地。

於是到了學期中，傑克提供克莉絲蒂一個眾所垂涎的職缺：他的研究助理。克莉絲蒂樂壞了，她不僅能與學校最受尊崇的教授合作，而且有了這份薪水，就不必再提領信託基金的錢了。這是她此生首次經濟獨立，是她的里程碑。克莉絲蒂鄭重其事地將第一張薪水支票兌換成現金，為自己的獨立闖盪感到自豪，她幾乎不敢相信美夢可以成真。

然而過沒多久，傑克便決定對克莉絲蒂下手了。

克莉絲蒂總是難過到無法跟我們細述自己如何從傑克的研究助理，變成他的禁臠，她在第一學期的期末考前，便來到地窖了。我們總懷疑她會不會是第一個——傑克是否苦守數月尋覓適合對象，然後才遇到克莉絲蒂——或者他只是時間到了，得再捕捉一批新的受害者。

總之，克莉絲蒂被關入地窖，鍊在牆邊，獨自在黑暗中度過前面一百三十七天。她一定很希望當初能念耶魯。

傑克早預見到了——他看著克莉絲蒂被強烈的挫敗感折磨。到頭來，她還是無法獨力生活，離開上流社會的保護膜後，她根本無法在外界存活。一旦離開上東區純淨的世界，她便顯得脆弱而毫無防護能力了，而且她得為自己的叛離，付出極高的代價。

於是接下來的五年，克莉絲蒂便被囚在地窖裡思索與追悔。

她一定是承受不住了，因為翠西和我目睹她在地窖裡崩潰，黑暗一點一滴地蠶食她，我們即使有心幫忙，也只能束手無策。她在最後三年有過一次徹底崩潰，且越到後來，惡化越快。克莉絲蒂的心理狀況在我們面前每下愈況。

她已經失常很久了，更危險的是，她放棄照顧自己了。沒多久，克莉絲蒂便一身髒污，披頭散髮，臉上沾著地板上的垃圾，頭髮結成團塊，渾身惡臭。傑克一點也不喜歡。

有時克莉絲蒂跟傑克一樣令我們害怕，她會駝坐著，在黑暗中喃喃囈語。她縮在自己的床墊上，抱膝來回搖動，閉眼以輕柔的聲音自語好幾個小時。

我沒試著辨識她說些什麼，我不想知道。

老實說，幸好克莉絲蒂睡得很多，因為當她醒時，你會禁不住地提防她，搞得自己精疲力竭。你料不準她何時會狂哭一場，甚或做出更糟的事。有時我覺得連以前會保護她的翠西，都有點害怕她會闖禍。總之到後來，我們兩個在窄小的空間裡，都盡量離她遠遠的。

若是你當時問我，我一定會說，我們三人當中，永遠無法復原的人是克莉絲蒂，她的心理早被蹂躪得無藥可救了。我覺得她已被這次經驗徹底搗毀，就算能活著出去，克莉絲蒂也不可能回歸正常生活。

孰知世事難料，我這輩子從沒錯得這麼離譜。

# 第十二章

我和翠西來到主教學校前，那是一棟精心維護、富麗美觀的連棟建築。一大票可愛活潑的孩子從門口走出來，旁邊伴著保母和纖瘦的貴婦們，校外候著一排黑色轎車。

我們趨近而立，眼觀四面，但還得保持距離，以免校方人員不安。不過翠西還是惹來幾次注目，於是我們走到對街，假裝熱切地聊天。

「妳看見她了嗎？」我背對著上東區完美的放學場景問。

「沒有，她說不定派其中一名保母來接小孩了。」翠西挫敗地說。

「她有好幾位保母嗎？」

「我只是這樣猜啦。嘿，等等，隔兩條街走來的那位好像是她。很難講，因為貴婦都長得一樣。快點，趁她還沒太靠近學校前，先把她攔下來。」

我們奔過街道，等來到克莉絲蒂身邊時，兩人已上氣不接下氣，我們臉紅氣粗的樣子一定很可笑。看到我們突然殺到她面前，克莉絲蒂本能地從我們身邊跳開。

她擁有我見過最燦爛的金髮，一向近似半透明的容顏，如今健康煥然。她齒若編貝，靛藍色的眼眸彷若染成的效果。她身材清瘦，休閒服上每道縫針都完美無瑕，整個人像剛從麥迪遜大道精品店的展示櫥窗走出來。我哀怨地低頭看看自己一早搭機的旅行裝：牛仔褲、T恤和連帽夾克。

「克莉絲蒂！」翠西發出勝利的呼聲，好像很高興能在多年後與她團聚。我心頭一揪，醋意大起，不過看到克莉絲蒂並無同樣回應後，嫉妒心便消失了。

克莉絲蒂昂挺著身子，倨傲地說：「妳知道我已經不再使用那個名字了。」

「噢，對哦。」翠西說，「我老是忘記那些神祕的名字，這會兒叫什麼來著？摩菲？還是柏菲？」

克莉絲蒂上下打量著翠西，顯然不太高興。

「我的朋友都喊我夏綠蒂。說真的，翠西，妳可不可以別來煩我，回去搞妳的抗議或其他事？還有妳，」她轉向我，找不到適當的話，便立即回頭對翠西說：「我很訝異看到妳們兩個在一起。」

我決定有話直說，「傑克再四個月就可以假釋了……」

克莉絲蒂抬手硬是打斷我的話。「我不想聽，也不在乎，我真的一點也不在乎，我已經跟馬奎迪說過了，那是他的問題，讓司法體系去處理就好。如果他們沒辦法讓一個失心瘋的歹徒穿上緊身護衣，關進橡膠室裡，那就表示他們是一群無能的白癡，無論我說什麼或做什麼，都幫不了他們。我不想再扯上這件事。」

「妳不在乎傑克被放出來？」翠西插進來說：「妳不是有女兒嗎？妳不擔心她們嗎？妳沒讀過他的信嗎？那傢伙仍對我們念念不忘，萬一他們放他出來，他直接殺到妳家呢？他們應該不會樂意見到傑克出現在主教學校的台階上吧。」

克莉絲蒂定定地看著翠西，冷聲說：

「我不在乎，我也沒讀那妖孽寫來的任何信，我跟馬奎迪說，他可以留著那些信件。妳以為我會想把那些東西放在我家嗎？至於我的女兒，必要時，我會為她們各請一位私人保鏢。不過我覺得那是杞人憂天，傑克雖然瘋了，卻不是笨蛋，他不會喜歡被關。好了，我得走了……」她正要穿過我們，卻被翠西擋住去路。

「好，沒關係，妳不想扯上這件事，我們懂。不過請告訴我們，假如我們回大學，該找誰談傑克在大學的研究和生活？在那邊我們該做什麼？」

克莉絲蒂停下腳步，我以為她要轉身跑開，但沒有。克莉絲蒂輪番看著我們倆，彷彿終於認出我們是她的同類。她是在回憶嗎？她當然不可能像表面上那樣，決然地封鎖過去。她不可能那麼堅強，那樣徹底地復原到能夠面對任何事情，包括傑克被假釋的事。然而克莉絲蒂一向就很極端——她的難以逆料令我不安。

我似乎見到她臉上掠過一抹悲傷，她闔眼片刻，嘴角微微抽動。克莉絲蒂再度張眼，無奈地聳聳肩。

「那個審案期間出庭作證的女人呢？就是我們被關期間，擔任傑克助教的那個女人？她現在不是在那邊當教授了嗎？叫艾琳？亞蓮還是艾德琳之類的。」

原來克莉絲蒂還是持續關注這個案子，她知道的比說出來的還多。翠西點著頭，我掏出筆記本開始抄記。

克莉絲蒂頓了一下，「還有一件事我想了很多年，現在應該可以提了。傑克在大學裡有個算是朋友的人，有時我在自助餐廳會看到傑克跟系上另一名教授在一起，他叫史帝勒。我從沒上過他的課，但他們似乎混在一起，也許那不代表什麼，但……」

「謝謝妳，小蒂。」翠西用以前在地窖時偶爾會喊的暱稱說，「那是個不錯的線索，我很遺憾……很遺憾我們……」

「隨便啦。」克莉絲蒂說，「反正……呃，祝妳們好運。」她似乎有些心軟，但旋即正色低聲說：「還有拜託別把我扯進去。」

我們離開時，看到克莉絲蒂快步走到另一名打扮高雅的媽媽前面，隔空親吻互道寒暄，然後陪著友人開心地聊天離去，彷彿不曾在人行道上撞見她黑暗隱匿的過去。

# 第十三章

第一次上樓，感覺就像奇蹟。我被囚禁了一年又十八天，才終於獲得欽點。我還以為自己將不見天日地死在地窖裡，僅能瞥見從窗板隙縫透入的銀光。當我默默數著階梯時，幾乎已不在乎自己何以要鍊著手腳上樓了。

記得第一次看到房子的客廳時，我還滿訝異的，因為在我的想像裡，是破舊的一九七〇年代風格，但實際上，家具雖稱不上新穎，卻頗為古典雅致。屋中有些沈重的十九世紀初法式古董家具，還有許多黑木及木梁高撐的天花板，一看就是間設計精良、頗具品味的中上層階級房子。

輕風自敞開的窗戶徐送而入，空中似乎飄著柔柔的薄光。外頭初下過微雨，十分潮濕，枝葉微微滴顫著。我剛熬過數次斷食，被電擊了好幾個夜晚，用各種詭譎的姿勢綑綁數小時，直至肌肉灼痛。然而當舒爽的清風再次拂上肌膚時，我幾乎可以忘懷一切。我感激地看著傑克·杜柏，囚禁真的會令人自尊掃地。

傑克良久未對我開口，只是拉著我，穿過一道有數扇門的走廊。我不敢轉頭，怕他以為我在反抗。我偷瞄著屋後的廚房，裡頭一塵不染，甚至十分宜人，水槽邊還披著一條印花擦碗巾。

那條手巾莫名地吸引住我的目光，我知道傑克一定是拿這條漂亮的小手巾仔細擦拭碗盤……他……這個害我受盡磨難、毀掉人生、將我關入人間煉獄的人，竟然也會每晚擦拭收拾碗盤。他似乎有著井然固定的作息，凌虐我們僅是作息中的一部分，對他來說，只是日常生活的一環，等週末即將結束，便又開車回到忙碌的校園，像沒事人似地做自己的事了。

第一次上樓，傑克帶我到圖書室。那房間感覺好寬敞，有高聳的天花板，牆邊昂貴的橡木書架上擺滿了書籍。由於每本書都覆著米色的裝訂，因此無法從書脊上看出太多訊息。書籍用某種方式標注分類，然而往後幾個月，我在數不清的上樓次數裡，為了忘卻他在房中對我造成的痛苦，而瞪著那些書本時，仍舊無力解讀它們的標題。標題雖以英文寫成，我卻失去了理解的能力。

圖書室中央有個大架子，後來我才知道，那是中古世紀的刑具複製品，架子看似新奇有趣的裝飾品，實則一點都不好玩。我們被帶上樓後，便被綁到刑架上。

運氣好時，傑克只是隨意玩弄妳的身體，妳可以咬唇苦忍、尖叫，或做出任何能讓自己忍受痛楚與羞辱的事。

運氣背時，他會開始講話。

傑克的聲音有種特質，他會針對你調整語氣，讓你在一開始差點相信他對你的苦難充滿了同情悲憐，他痛恨對我們做這些可憎的事，但他真的沒有選擇，為了科學和研究，他必須繼續下去。或者有時他會說是為了我們，讓我們能了解一些超越肉體世界的事物。

也許當時的我不夠聰明，或者書讀得不夠多，無法理解他在胡謅些什麼，但現在我明白傑克在冗長散漫的演說中提到的一些事了：尼采、巴代伊、傅科。他談了很多關於自由的事，我一聽到他提這個詞，便會哭起來，雖然我發誓無論他做什麼，我絕不掉一滴淚。我告訴自己，我可以更堅強。其實大部分時日，我並不特別堅強，但到了最後，我想我應該算是了。

慢慢的，我覺得傑克並非出於強迫性的衝動，他很喜愛凌虐。凌虐對我們造成的反應，常令他驚奇不已。他會研究面前翻騰的我們，是的，研究，研究我們能忍淚多久。他很好奇為什麼我們抵死不肯讓他看見我們哭，他會追問、刺探原因，但我們不敢告訴他實情。

他知道他的反覆無常會讓我們放下心防，同時充滿恐懼。他樂見我們害怕，所以常在彈指間轉換角色，從自白的父親變成瘋狂的惡魔。有時當他看見我們眼中漸漸露出懼色，便會樂不可支地放聲狂笑。

你不可能一直隱瞞一切，傑克很快便知道我為珍妮佛的事受盡苦惱。我不知道她被關在箱子裡的那些日子想些什麼。我好想向傑克探問珍妮佛的狀況，又不希望他知道珍妮佛對我的重要性，於是幾個月來，我隻字不提。傑克當然曉得我們倆有多親，那晚我們就是合搭計程車回家的。也許他從珍妮佛那邊探到一些細節，也許她在刑架上哭喊著要我救她，反正我永遠無從知曉。

但傑克懂得利用珍妮佛對付我。他會擺出尊重我的樣子，問我願不願意為珍妮佛再多受一點痛，再割深一點。於是我同意了，我盡可能忍受，每次刀刃朝我尚未痊癒的皮膚逼近，我便緊閉雙眼。等我最後哀求傑克手下留情時，他便失望地看著我，彷彿我承認自己不夠愛珍妮佛，他迫於無奈，只好拿她開刀了。

我開始痛恨自己的懦弱，憎惡自己無法忍痛的肉體，厭棄自己在這男人面前低聲下氣。夜裡我夢見自己搗爛傑克的臉，我發出歇斯底里的尖叫，像威猛的女妖般起身反抗。

然而一旦挨了幾天餓，等他下樓親手餵我一丁點食物時，我又像野獸般，貪婪、感恩而可悲地從他指上吮食了——我再次變成了不折不扣的乞憐者。

# 第十四章

數週過去了，最後我還是二度獨自飛往波特蘭。翠西再次對我們的計畫失去信心，或者說是失去勇氣，總之，她推說工作忙，最後在同一天晚上自己開車回北漢普敦了。結果，我也許是唯一敢於重訪舊地的人。這點還滿令我開心的，因為覺得自己的能力和決心與日俱增，雖然我跟開始時一樣毫無進展。

這次搜尋給了我目標，也是十年來，首次覺得自己並未遺棄珍妮佛。我知道若能尋獲她的屍體，安葬在俄亥俄州漂亮的教堂墓地，她的先人旁邊，那件事便不再顯得那麼駭人了。英年早逝者眾，我可以接受珍妮佛的死，卻無法接受失去她的方式。人死見屍，這是現在唯一能讓我擺脫地窖的辦法。

我跟上回一樣，下榻波特蘭同一間旅館，他們的維安令我印象良好，當我要求住頂樓房間時，他們也非常配合。飯店櫃台服務員還記得我，知道在我住房期間會取消房間整理。我不想有人敲房門，進房間摸我的東西。

翌日早晨我開車到大學，我已在網路上查過，有些概念知道該去哪裡找我要的這兩位人士。

她的名字其實叫愛黛兒．辛頓，克莉絲蒂一定記得她的全名，但在審判時絕不會坦承認識愛黛兒。

兩人雖然都主修心理學，但愛黛兒讀大二時，克莉絲蒂應該已經讀大四了，所以克莉絲蒂是在愛黛兒入校前，就被關進傑克的地窖裡。愛黛兒後來繼續攻讀研究所，並當了兩年傑克・杜柏的研究助理，直到傑克對三百名男女學生演說當中，被ＦＢＩ探員逮捕的那一天為止。學生們自然非常震驚，大學被迫對媒體及校園做損害控管，這對學校形象實在是災難一場。

我記得審判時，檢察官非常訝異，甚至有點無法相信，愛黛兒非但繼續留校攻讀——系上其他女研究生都立即轉學了——而且出席作證期間，其他課程也幾乎都沒缺課。

幾年後，愛黛兒接下傑克離開後一直無人接手的教授職缺。當時我覺得有點奇怪，但我還有別的事得煩。現在我真的很懷疑，這女人憑什麼從那些驚悚的事件中全身而退。我無意間聽到律師們說，愛黛兒一點也不害怕，她雖與傑克密切合作，也一定在實驗室裡陪他待到深夜，卻沒有劫後重生的餘悸。

就連現在，愛黛兒的工作都跟傑克・杜柏的研究類似，同樣的病態。我從大學網站上看到，愛黛兒專攻變態心理學，研究行為異常、心理有問題的人。換言之，就是那些會對別人做出恐怖事情的人——愛黛兒感興趣的就是這一票人。

我走向心理學系時，看到愛黛兒抱著一小疊書，離開大樓穿過院子。我看過她的網站，認得出她，但本人更美。事實上，愛黛兒長得十分豔麗，她身形高䠷，棕色長髮垂散款擺，看起來像個學生，而不像教授。她的儀態自信大方，故意扭腰擺臀，下巴微揚，近似目中無人。愛黛兒步履輕健，我只得跑過去追她。

「對不起，請問妳是愛黛兒・辛頓嗎？」

她繼續走著，或許以為我是學生。愛黛兒顯然無意與學生在草地上談話，這女人挺忙的。

「是的，我就是辛頓教授。」

這次我備好一套說詞，我在旅館裡上網做過功課了。我上前欺近一步說道：

「我叫凱洛琳．莫若，是社會學系的博士候選人。」我說得很急，台詞背得有點太順，而且愛黛兒事後其實可以查證，但我顧不得那麼多了，我只希望快點查到需要的訊息。愛黛兒依舊馬不停蹄，我知道如何吸引她的注意。

「我正在寫一篇跟傑克．杜柏相關的論文。」

愛黛兒一聽，當即停腳戒慎地看著我。

「他的事我無可奉告，妳的指導教授是哪位？他不該派妳來跟我談這件事。」愛黛兒站在那期待地等著，彷彿她的每項要求都會被立即遵循。我沒料到會有這種反應，當年的愛黛兒如此堅強，沒想到現在卻連他的名字都不能提。

我原本不打算跟她揭示自己的身分，想藉此掩住情緒，避免節外生枝地談起我悲慘的遭遇，重溫不堪的過去。可是愛黛兒正起疑地瞇著眼，她若不是不相信我，就是打算殺到校長辦公室，叫我終止那不存在的論文研究。

我僵住了，愛黛兒正在等我回話，我卻無話可答。十年來，我不曾跟任何生人透露自己的身分，我痛恨躲躲藏藏、使用假名，但至少比較有安全感。

可惜愛黛兒不吃這一套，傑克的名字觸動她最痛的神經，為了珍妮佛，我必須揭去假面，這一次，我沒有備案了。

我深深吸一口氣。

「其實，我的真名不叫凱洛琳．莫若，我甚至不是這裡的學生。我的名字叫莎拉．法爾巴。」雖然是在這種情況下吐出真名，但感覺竟意外地好。

愛黛兒一臉錯愕，顯然立即認出我的名字，我想她應該被勾出不少回憶。愛黛兒一時不知所措——但僅止一會兒而已——接著她鎮定地把書放到地上，靠向我煩躁地說：

「證據呢？」

我很清楚該如何證明，我拉起襯衫，稍稍捲下褲頭，露出左髖骨上方的皮膚。那布著紅疤的皮肉上有一個烙印。

愛黛兒一看，重重嚥下口水，彎身迅速拾起書本，她眼神閃爍，似有懼意，彷彿我身後拖曳著過往，傑克即將像希臘神祇般，從我頭頂上跳出來現身。

「跟我來。」她快步走著，半晌沒說話，眼睛直盯前方。我在隔離的這幾年，變得不太會判讀人們的表情，此時我深受其苦，甚至看不出愛黛兒在想什麼。是我的問題嗎？還是這個女人本就諱莫高深？她的臉真的很像石刻。

「妳……妳還好吧？」她終於生硬地問，語氣不帶絲毫憐憫或感情，彷彿剛剛想起自己應該說點人話。

她的問話雖無溫暖可言，卻令我釋然一笑。這句問話我太熟悉了，多年來，大家真的都會這麼問我，我的答案早就背熟了。

「我嗎？噢，很好啊。十年的心理治療加自我隔離，天大的問題也治得好。」

「真的嗎？」她聽了突然極感興趣地轉頭看我，「不會焦慮？沮喪？不會閃現記憶或在夜裡盜汗嗎？」

我別開眼神，放緩步伐。「我來這裡不是為了討論這個，別擔心，我有專業的支援系統，我會活下去的，不像珍妮佛。」

她點點頭，緊盯住我，大概明白我一點也不好過，但又不想逼我。

「所以妳到這裡究竟想做什麼？」

「我希望能找到珍妮佛的屍體，我想證實傑克殺了她，這樣他就不會被假釋了。」

「假釋？他們要假釋傑克．杜柏？」那一瞬間，愛黛兒似乎非常震驚，但隨即恢復鎮定。

「也許吧。」我答說，「我不知道，我不希望有那麼一天，但就技術上而言，是可能的。」

愛黛兒點點頭，一邊望向遠方，凝神思索。

「世上大概不會有更糟糕的事了。」她終於表示，「若能幫得上忙，我會出力的，那男人應該永遠關起來，但我沒有他的新資訊，當時我已把知道的全告訴警方了。」

這時我們來到心理學系大樓的台階，愛黛兒頓了一會兒，揮手要我跟她進去。感覺像是我第一場勝仗。

兩人沿著走廊往愛黛兒的辦公室走去，她不發一語，我則乖乖跟著。

兩人入內坐定，她坐在辦公桌後，我則坐到對面一張破舊的小沙發上。

「其實我並不期望妳會想起更多，」我說，「我主要想跟妳談談傑克的學術工作，當時他在研究什麼。我覺得應該能從中導出新的線索，我知道妳曾擔任他的研究助理，而且妳現在的工作似乎也……有點關聯。」

我不確定該怎麼辦，愛黛兒一味地瞪著我，令我神經緊張。也許她在思索事情，也許根本想趕我走。

我四下瞄著房間，迴避她的眼神，這裡乾淨整潔到匪夷所思，書架上的書按字母順序排列，她的筆記也用色標籤分類疊好，簡直令人嘆為觀止。她終於開口了。

「他的研究？我不認為妳能找到什麼，他的研究非常理論性，主題也非常廣泛，涉及很多領域，我覺得傑克刻意迴避會透露自己黑暗面的主題。他被捕時，正在設計關於睡眠失常的研究。他最後一份發表的報告《失眠與老化》，是我跟他一起做的。

「我自己的工作跟他的研究其實沒有關聯，不過研究會往那個方向走，是因為我一直想瞭解傑克．杜柏和其他類似的人。我覺得自己僥倖逃過一劫，我很想弄清楚究竟是什麼劫數。」

說完兩人默默坐了一會兒，我努力思忖還能問些什麼別的，她則揉著額頭，沈浸在自己的思緒中。我好失望，原以為傑克發表的作品會有更多訊息，會在無意間留下線索，看來這又是另一個死胡同了。

就在我又開始覺得無望時，愛黛兒站起來，很快瞄一眼外邊走廊，然後關上辦公室門，近乎防衛地將手疊在胸前，背靠著門，猶豫地開口說：

「聽好了，我先前跟妳講的不全是實話，也許我知道的一些事能幫妳。」她停住了，似乎掙扎著接下來要說的話，「我在做研究時，發現傑克一些事，說起來有點怪異，但我不知道妳能承受多少？」

「所謂『承受』是指什麼意思？」我很害怕她話裡的含義，不喜歡這種影射。

「我是說，目前妳的心理狀態如何？妳究竟有多想知道？我有個想法，應該能讓傑克繼續坐牢。我想帶妳去看個地方。

「是這樣的，我的研究非常田野導向，以觀察對象在自然環境中的狀態作為基礎。我在某個特定地點，進行一項縱向的民族志學研究好些年了，結果竟意外發現，傑克很久以前便跟這地方有關聯了。有些事……有些人……我也不很清楚……反正試試看吧。不過就我對傑克的理解，妳還是別抱太多奢望。」

「當然。」我雖明白，卻仍懷抱希望。

「今天是星期四，今晚最適合了，希望妳沒別的計畫——否則就得再等一個星期。」愛黛兒拿出黑莓機，拇指在鍵盤上飛快按著。「如果我把住址給妳，妳今晚子夜能在那裡跟我會合嗎？那地方有點……偏僻，而且坦白講……」她抬起濃厚的睫毛望著我，邊說邊打量，「那地方肯定讓妳嚇死，可能還會勾動妳的悲慘回憶，不過往好的方面想，」她開朗地說，「從治療觀點來看，對妳未必是件壞事。」

「究竟是什麼地方？」管它是什麼，反正我一定不喜歡，況且本人半夜從不出門，更甭提是那種可能把我嚇個半死的地方。

「是一間非常特殊的俱樂部，我一直在研究……某種次文化的心理影響與效果，傑克以前會去那裡。」

我重重吸著氣，只能憑想像推測傑克會喜歡哪種地方，以及按愛黛兒的研究傾向，猜想是哪種次文化。

「好吧，一間特殊的俱樂部，我懂妳的意思了。但我覺得去那種地方，對我的治療或其他方面，都沒有益處。」

愛黛兒放下黑莓機，把身子探過桌子，直視我的眼睛，然後點點頭，緩緩地用一種比平時略高的聲音，像對小孩子說話似地。

「好，沒關係。也許妳只是還未準備好，我想妳應該很難面對那種地方，我完全可以理解。」

該不是我在想像吧？但我相當確定愛黛兒的語氣有淡淡的挑釁，人家畢竟是心理學教授，即使不是心理醫師，也會懂得一些技巧。這些搞心理學的，很懂得如何操控人。

我的頭開始暈眩，像按著了重播鍵，播出一段不堪回首的場景。我能再割深一些？再忍受更多痛？我能救她嗎？傑克的臉龐瞬間自我眼前閃過，即使他此刻被關在遠處，卻再次擊敗了我，我又受不住疼痛與恐懼了。我轉向愛黛兒，迎向她的雙眼，心臟咚咚亂跳地提聚勇氣。

「我該穿些什麼？」

她微微一笑，一副以我為榮的樣子。「很好，妳顯然進步很多。」她上下看著我，評估我這身可悲的裝扮。「我會幫妳帶些穿的，一定得融入環境才行，切忌在這群人裡特立獨行，不過我敢打包票，妳絕對沒有任何適合那裡的東西。」

# 第十五章

當天深夜，我坐在旅館停車場的車裡，痛悔自己做了這樣的決定，我這輩子從不曾如此後悔過。我大聲自言自語，壓抑逐漸竄起的驚恐，因為這是多年來，本人首次在夜裡開車。雖然愛黛兒表示要來載我，但我不管再怎麼樣，也絕不搭陌生人的車。

如果開車本身還不足以讓我抓狂，那個「特殊」的地點保證可以。聽起來那至少會是個陰暗擁擠的地方，而且全是我生平極力躲避的那一類人。

我緊抓著方向盤，用頭輕叩了幾下。我真不敢相信，翠西竟然不在這裡，我就是需要她來做這件事的，這是她的菜呀。說不定她會去那種地方找樂子。

怒火在我心中悶燒，我想起自己在逃脫前的心情。我在地窖時並不會多想，只是一心一意地想要逃走。此時獨坐在無人停車場的租車裡，有些事卻慢慢浮現了。當時翠西經常令我有罪惡感，但老實說，所有的壓力都是我在扛。翠西在地窖裡只會頤指氣使地當老大，從沒幹過什麼有建設性、能幫助我們逃離的事。是我，是我救她們出來的，結果現在我卻滿心罪惡。

我有新的話想說了，西蒙絲醫師卻不見人影。其實我知道醫師在多年的治療中，一直在暗示這點，我卻置之不理。此刻的我，在面對逃離後最恐怖的境況時，心理上竟有了突破。也許愛黛兒說得對：這次經驗對我的治療有益。

我坐挺身子，拿出隨身帶在皮夾裡的珍妮佛照片。我打開車裡的小櫃子，將照片邊緣一摺，關上櫃門夾住邊條，這樣就可以看到珍妮佛了，她像天使，鼓勵我前進。我查看照後鏡，轉動引擎孔上的車鑰匙。**我可以克服的**，我告訴自己。這幾個字支撐我脫逃，它們也將助我熬過這回。

我沿著蜿蜒的小路開了將近一個小時，有充裕時間逐一檢視所有的危險狀況。車子在抵達目的地前說不定會拋錨，或者我會在這鳥不拉屎的地方出車禍。我檢查手機收訊不下四次，訊號的格條全在，但我解釋不清自己的位置。我本想停車發簡訊給吉姆，卻不想讓他知道我已在途中……如果我真要去的話。

我終於到了，路邊切出一條車道，沒有招牌標示，僅有一小根極不顯眼的金屬柱子，上面有片黃色反射鏡，跟愛黛兒描述的一樣。我將車開進去，沿著泥道上的車轍，往上坡開了約一英里。恐懼再次襲上心頭，這次行動完全不符本人的謹慎標準。萬一這是陷阱呢？萬一這裡什麼都沒有，只有無人的樹林，誰知道會出什麼事？萬一愛黛兒跟傑克．杜柏是同夥呢？我發現自己並不瞭解她，卻自以為我們有共通的過去，說不定人家根本不這麼想，但我卻任由她引誘我到這條路上。

等我好不容易繞過彎口，才鬆了口大氣地看到像是俱樂部的地方，而且還有其他客人，十五或二十部車子停滿了林子邊的碎石地面。這些人跟傑克．杜柏同夥的可能性有多高？應該不高吧，我心想。我一反常態地把車停到離門最遠的地方，我還想隔開這地方幾分鐘。愛黛兒依約坐在離我三個車格外的紅色馬自達裡等我。

愛黛兒一開始並未看到我，我盤算著還有時間回頭。我定定地坐在駕駛座上，渾身泛著寒意。我望著漆黑的車外，通常我會用公寓的白色厚亞麻布簾緊緊將黑暗擋在外頭。如今黑暗籠住我的車，作勢穿透擋風玻璃，慢慢將我窒息。我無法脫逃，掙扎著呼吸，一邊試圖擺脫腦中穩穩敲擊的聲響。我分不出那是我的心跳，抑或是俱樂部震天價響的樂聲。

就在此時，愛黛兒注意到我坐在那兒了。她打開車門朝我的車窗走來，她不解地看著我，示意要我下車，我卻無法動彈。我將車窗搖下約一英寸，灌入的空氣讓我腦子清醒起來，我才又能開始慢慢地呼吸了。

「出來吧。」她擔心地看著我說，我看起來一定很糟，「我帶了衣服給妳換。」

愛黛兒穿著連身黑色合成緊身衣，頭髮後梳綁成緊髻，*惡女*，我心想，*挺適合的*。

她的聲音讓我回過神，愛黛兒期待地俯望我，我重重吸了最後一口氣，然後打開車門，抓起手機走下車。

愛黛兒交給我一只頗為沈重的購物袋，隔著塑膠袋，我能感覺這些並非普通衣物，當我瞄見袋子裡那堆閃亮的黑色皮衣時，便知道自己猜對了。雖然是預料中事，但真的要走進這種詭異的酒吧，還是令我心臟亂跳，膝蓋發軟。

愛黛兒正在打量我的臉。

「我知道妳很害怕，也知道歷經那種遭遇後，對妳來說很困難，但一切都會值得的。我會讓妳看到一些警察永遠不會知道的事。」她重重吸口氣，繼續說道。

「這些年我很後悔沒把傑克跟此地的關聯告訴任何人，當時我告訴自己，此事並不相關，其實是因為不希望惹上麻煩。我不想讓爸媽知道我在大學裡研究什麼，因為錢是他們出的。而且我覺得警方需要知道的，我都已經告訴他們了，至少是有問必答。反正傑克已被判罪，所以也無所謂了，對吧？可是現在，呃，妳不是警察，我也不必繳學費了，我……我知道妳一定為妳的朋友吃了很多苦，假如這事能讓傑克繼續坐牢……」她語音漸落。

愛黛兒的話中透著悲憫，眼神卻看不出來，但她至少表面上願意幫我。我只能假設愛黛兒私心裡，跟我一樣害怕傑克獲釋出獄。畢竟她佔據了傑克的辦公室和職缺，傑克回家後，也許會不高興。

「跟我介紹一下這裡吧。」我還不太敢去看俱樂部，等我終於鼓足勇氣瞄過去時，並沒有因此比較安心。那是一棟無窗的平房，有粗礫磚牆和生鏽的平頂金屬屋頂。這棟建物絕對不符合消防規定。門上方的橘色霓虹燈牌閃著幾個字，「拱頂」，這倒好。

愛黛兒表示：「我會對新來的人解釋說，這裡是ＢＤＳＭ，妳明白那是什麼意思嗎？」

「ＢＤ……？」

「簡單說，就是『性娛虐』的意思，其實沒有聽起來那麼糟糕，真正的ＢＤＳＭ是講究規則的，而且非常非常嚴格。首先也是最重要的，性娛虐以雙方同意為基礎，傑克從來學不會，他老是違規，最後他們乾脆禁止他來。這種事要取得別人同意，根本無法令傑克興奮，所以他才會……才會擄走妳和其他人。」

「我還是不太敢進去。」

「妳大可放心，我要說的是，沒有妳的同意，妳在俱樂部裡絕不會發生任何事，沒有妳的明確允許，甚至沒有人能碰妳。我在這裡做了很多年的田野調查，從來沒人碰我一根汗毛。」

我忍不住瞪著她的合成衣，可以理解他們為何不敢惹她，她看起來挺嚇人的。

「好吧，可是既然他們把傑克驅逐出境，我幹嘛得進去？對我有什麼好處？」

「妳在這裡可以遇到認識傑克、真正認識他的人。唯有這樣，才能探究警方絕對無法觸及的層面。這個俱樂部的會員已來這裡很多年了，方圓百里內只有這麼一個地方，所有圈內人最後都會來到這裡。」

「我就是怕這個——他們都是些什麼人？」我嫌惡地說，又隨即打住，誰知道愛黛兒是否跟他們一掛。當她在研究這些人，做同類打扮，在他們之間進出、融入後，究竟能當多久的不沾鍋，不涉入？我絞盡腦汁思索適當的說法，提出下一個問題：「他們想從這種……生活形態得到什麼？」

愛黛兒靠在車上嘆道：「我的博士論文也提出同樣的問題——性倒錯與不滿。」她突然很嚴肅地說：「他們要的東西跟其他所有人一樣：團體、關係，也許加點刺激。有些人就是跟別人不一樣，對正常的事物麻木無感。有些人企圖彌補某方面的不足，也許是修復某種毀壞吧。還有的人只是自我表達的方式迥異罷了。」

我想了一下，決定抖膽地提出真正想知道的問題。「妳呢？這真的只是妳的研究……？」

愛黛兒先是冷笑，但笑容瞬息消逝。她咬著唇——感覺咬得很用力——然後撥開一束鬆落的頭髮，用兩手將髮束順到緊髻裡，她的手指有如魔術師般，迅捷靈巧而熟練。

「來吧，我們走。」她不理會我的問題，站直身，朝著袋子點點頭。

我看看袋子，再看看她，知道該入內了。我硬下心腸，慢慢打開袋子拿出衣服，蹲在打開的車門後開始換裝。一件裝飾著複雜蕾絲的黑皮背心、兩側釘著一排尖刺的合成皮長褲。愛黛兒讓我穿自己的黑色休閒包鞋。我看起來可笑極了，但愛黛兒只是朝俱樂部的方向偏偏頭，表示絕不會有人注意我。最好是啦。

身形魁梧、理個大光頭、雙臂及至手腕均覆滿蛛紋刺青的保鏢對愛黛兒點點頭，她顯然常來，連保鏢都認識。保鏢對我挑著眉，搖搖頭，似乎覺得有點好笑，不過他聳聳肩，放我隨愛黛兒進去了。穿過入口時，我閉上眼睛，努力壓抑恐懼。

一進入建物內，我便覺得身體被黑暗與邪惡的霧氣覆繞。這地方看起來就像地獄，放眼盡是紅與黑，更恐怖的是，還擠著一群穿釘釦皮衣、看起來不按牌理出牌的怪人。音樂震耳欲聾，吧台上煙霧濃重。「奴隸們」畏縮地垂首跟在他們的主人身後。不知他們是志願到此地的，或是被帶出來玩的。

遠處牆邊有座T型舞台，一名穿連身皮衣的女孩嘴裡繫著一顆球，正在做某種有點像舞蹈的動作，但更像是交錯痛苦與狂喜的姿態。

我發現自己這樣駝著肩，跟在愛黛兒身後，看起來一定很像她的奴隸。我的心思被拉回真正當奴隸的時候，我開始頭暈——這是恐慌症發作的另一個症候。

俱樂部裡擠滿了人，似乎全是這個地下世界的常客，至少在我看來如此。他們彷彿以慢動作移動，臉部因狂怒而扭曲，有些人盯著低調經過的我。我環顧滿布其間，精心安排的酷刑場景：機械、刑具、誇張的繩索滑輪、鍊子、長釘、綁結和電線。

我發現自己從大門進來後，一直忘記吸氣。

那些像中古世紀的刑具後方，有一排含桌子的包廂，排在吧台一側。愛黛兒帶著我鑽過一票黑壓壓的身體，往其中一個空包廂走去。一旦深入俱樂部，屋裡濁重的氣味便開始攻佔我的感官：汗臭、各種潤滑劑及混雜不明的體味，以及從中透出的商用等級消毒水味。想到這些東西的微粒子會透過我的口鼻皮膚，滲入身體裡，我的胃就開始翻騰。

我們好不容易來到桌邊，感覺像花了十年，我正想坐到愛黛兒對面的長椅時，她卻示意要我坐到她身旁，我想應是這邊主奴間的規矩吧。我竟然毫無抗拒地乖乖照辦，熟練地扮演起奴隸的角色。

我瞪著愛黛兒，她還是沒解釋自己為何想扮演或研究這種異常行為，難道她的研究根本是欲蓋彌彰，只是想掩飾參與的欲望？難道她打著冠冕的大學研究之名，而行偷窺之實？或者愛黛兒真的像她所說的，想瞭解年輕時避掉的劫難，做深入探索，以克服死裡逃生後的恐懼？

「呃？妳還好嗎？」她好奇地看著我。

「沒事。」我咕噥著別開眼神，想起在現實生活裡，一直瞪著人看很沒禮貌。

接著我瞟見一對男女朝我們走來，男的十分高大，蓄著長鬚，頂上童禿，身上汗水閃爍。他手裡拿著一條黑皮帶，皮帶一端繫著一名瘦小的女子，女人從頭到腳包著黑皮衣，前襟拉鍊直封到嘴上。女人佝僂著背，拖著踉蹌的碎步跟著，一副受傷的模樣。我在黑暗中瞇起眼，想看清她身體究竟有何毛病。

男子開心地跟愛黛兒揮手，愛黛兒也愉快地跟他打招呼，「嗨，派克。」

兩人互相擁抱，我發誓還看到他們飛吻。我很難相信這種鬼地方竟是某種社群的交誼廳，而且還是個不正常的社群。

愛黛兒靠過來低聲對我說：「太好了。」

「坐吧。」愛黛兒告訴男子。

男子晃到另一張椅子上坐下，女的則默默候命。男子不理她，逕自坐下，任由她站在那兒聽候。愛黛兒連眼都沒眨。

男子平靜地轉頭看著我們。

「這位是……？」他僅看著愛黛兒說話，從不正眼瞧我，我發現除非愛黛兒表示我夠資格談話，否則男人會當我是空氣。

「這位是……藍藍，總之她今晚叫藍藍。」愛黛兒笑道：「她在研究傑克・杜柏。」

男人臉上掠過一抹不悅，「哼，他呀。」男人轉向我，第一次對上我的眼神，因為他知道我不是愛黛兒的奴隸了。「希望妳把他害我們的運動倒退二十年的事也寫進去，那個王八蛋。」

「運動？」

「ＢＤＳＭ啊，他的事被揭露後，大家都認定他是ＢＤＳＭ的會員，事實上根本不是那樣。我的意思是，他曾經是會員，但早在他擄人前好幾年，就被我們掃地出門了。希望妳能據實寫出來，那傢伙不像我們其他人，他從不遵守任何規則。」

「什麼樣的規則？」

「他從一開始就不尊重『安全密語』，全然不放在心上。」派克驕傲地揮著大手，「這裡的一切少了『安全密語』，就會走調，安全才是一切。妳要知道，這是愛，也是親密，傑克從來不懂信任的重要，信任是唯一達到TPE的方式。」

「Total Power Exchange，徹底的權力交換。」愛黛兒轉向我亂七八糟地解釋，她接著表示：「妳今晚運氣很好，能遇見派克和蕾雯，蕾雯在幾年前是傑克的奴隸。」

派克凜道：「想到他對蕾雯做的事，我就心痛。」

派克眼中泛出淚水，轉頭看著蕾雯，她雖然保持靜止，卻顯然被這番討論攪得心煩意亂。接著蕾雯再也忍抑不住，輕輕哭出聲。派克突然大聲怒斥道：「安靜！」

我被突發的斥喝嚇得跳起來，只見蕾雯又安靜下來，垂首表示極度的臣服。我簡直快吐了。

我實在不想追問，卻又非問不可。

「傑克對她做了什麼？」

我害怕聽到答案，因為我太清楚傑克能對她做什麼了。我跟身旁這名陌生女子共享一份可怕的回憶，我想對她表示理解，對她解釋我們都有過特異而駭人的經驗。但我只是僵滯地坐著等她發言，害怕到不敢動彈。

派克轉頭對蕾雯說：「蕾雯，妳可以坐下來了。」

蕾雯立即移入廂座上，小心地盯著派克的臉，等他發號下一個命令。

派克伸手拉開覆在她嘴上的布條拉鍊，「說話。」

從蕾雯眼周的皺紋，看得出她至少有四十多歲了，她嘴邊布著細紋，其中一顆門牙加了銀套，另一顆則磕斷了。我猜是打架造成的。

蕾雯來回看著愛黛兒和我，似乎十分不安，我不確定是因為主人允許她說話，還是談話主題引發的。不過等蕾雯開始講述自己的經歷後，答案便水落石出了。

「我大約十五年前，在這間俱樂部裡遇到他。當時我們並不知道彼此的真實姓名，沒有人會知道。」蕾雯頓住扭頭看派克，派克點頭要她繼續。派克希望她能把故事說出來，證實傑克．杜柏對「運動」的危害。

「俱樂部當時剛成立沒幾年，會員對警察都還很忌憚，雖然我們的作為不算違法，但我們知道警方會設法關閉俱樂部，所以彼此僅靠口耳相傳。」

她看著愛黛兒解釋說：「這是在網路帶來方便之前的事，當時我們雖有少數聊天室和alt.net的網站，但都良莠不齊。」

蕾雯頓了一下，深吸口氣，再度望向派克，派克不耐煩地揮揮手，要她繼續。

「我剛才說過，我們在此地認識。傑克很迷人，他使用化名『黑仔』，我們會到後面的私人房間。」

她指著一扇我之前沒注意到的門扉。

「後來他想進一步交往，便要求我到他山區的房子跟他會面，我也同意了。當時的我年輕無知，而他也一直都很遵守規則，所以我覺得情況都在控制中，玩得挺開心的，我不知道他到底有多認真，因此便答應到別處去。我沒有告訴任何人發生了什麼事，幾乎沒人知道我們在一起。」

接著蕾雯靜默下來，望著天花板，用單指緩慢有節奏地敲著桌面。等收回眼神後，蕾雯絞著手放在大腿上，然後語氣一變，以平淡輕柔的聲音快速陳述一些事，就像我跟西蒙絲醫師治療時遇到瓶頸一樣。我知道那表示回憶非常痛苦。

「某個週六深夜我去他家，當我開上那道彎長的車道時，覺得房子看來頗為陰森，感覺十分刺激。我走到前門，怯生生地敲著。他將門打開，我看到的第一樣東西，是朝我臉上揮來、戴了手套的大拳頭。他揍了我之後，將我拖入房中，我邊踢邊尖叫，但依然以為這是升級版的性娛虐遊戲。不過我覺得很困惑，因為我們並未事先講好。接著他毫不留情地一再痛擊我，我試圖說出我的安全密語──當時的密語是『黃色』──但我還來不及說出口，便痛昏過去了。」

蕾雯停了一分鐘，閉上眼睛，我很訝異，因為我還以為這正是性娛虐中，「性受虐狂」想要的，我實在無法理解他們的世界。派克愛憐地揉著她的臂膀，叫她慢慢來。

「我醒過來，整個人像豬一樣，被五花大綁在一間大圖書室裡。」

聽到這裡，我只能閉上眼睛。圖書室的種種影像在我腦中旋繞，那裡的顏色、光線和氣味突然撞擊著我，我抓緊桌緣，強迫自己專心。

「我在那裡待了三天，沒有食物，只有少許的水，我痛苦不堪，而且他還……他還……」

她說不下去了。

派克靠近蕾雯說：「別說了，甜心，給她看吧。」

蕾雯站到桌邊，拉下皮褲邊側，露出臀上猙獰扭曲的傷疤，那是個烙印，看起來跟我的極為神似，但黑暗中很難看清。我別開眼，眨著泛出的淚。

就在這時，主持人宣布下一場活動了。我瞄過去，看到三名戴頭罩的男人將一具大型設備推到舞台上，看到他們輕手輕腳地慢慢把一個架子推到台中央時，我簡直無法相信自己的眼睛。那架子跟傑克圖書室裡的不同，但目的顯然一樣。我一陣作嘔，蕾雯也看到了，她用哀求的眼神望著派克。

派克站起來。「我們出去，我不喜歡這種秀。」

我的喉嚨開始發緊，吸不到氧氣，房間旋繞起來，我看到後邊有扇門上寫著「出口」，便一聲不響地站起來衝過去。我沒跟愛黛兒或其他人打聲招呼，途中還差點被一名穿皮套褲、在主人後方地上爬行的男生絆倒。

我推開出口的門，衝到垃圾桶後方的隱蔽處，背靠著建物大口喘氣。滿天繁星張牙舞爪地飛繞，我又吸了幾口大氣，試圖平定自己。我雙手扶住膝蓋，慢慢沿牆滑下，這情形跟翠西從紐奧良的俱樂部逃出來時好像，我突然非常害怕。我怎會蹚上這渾水？我怎會以為自己準備好了？

我鑽入建物的小凹處，沒人能看得見我。這裡沒有戴頭罩的男子、拉上拉鍊的女人、穿皮衣的奴隸。我真希望能用念力讓自己隱形，在這裡躲到天明。我可以靜靜地動也不動。沒有人需要知道我在這裡。

# 第十六章

那是個溫暖的夜晚，我仍聽見陣陣樂聲從俱樂部的牆內傳出。門咿咿呀呀地開了，愛黛兒喚著我，謹慎地使用她今晚為我取的名字，藍藍。我沒答腔，門又重重關上了。

我不解當時為何不回應，我只是需要休息一下，沈澱思緒和剛才聽到的事，即使只有一下子也好。我打算幾分鐘後再回俱樂部裡，但事情生出了枝節。

俱樂部後方的林子閃出車燈，有輛車子繞上來後，又慢慢退開，靠向離我左側三十英尺的第二扇後門。

兩名男子從車上下來，我從轉角偷窺，看到一輛大廂型車。兩人低聲交談，我雖聽不清說話內容，卻覺得其中一人的聲音十分耳熟。我從躲藏處爬出幾英寸，想偷偷溜回屋內，這時我看到較高的那名男子從廂型車的頭燈前走過去。

我不可置信，差點揉起眼睛，那人看起來很像諾亞．菲賓。不會吧，我得挨近點，才能證實自己看錯人，我八成是嚇傻了，才會胡思亂想。

幾碼外有片矮叢，矮叢間有座低丘，我若能摸到那邊，就能躲在陰影處，看清他們在做什麼了。我的脈搏狂顫，但我一定得弄清那人是不是諾亞．菲賓，抑或只是我自己的幻想。

我深吸一口氣，勉力挺進。*妳可以克服的*，我督促自己，慢慢以腹趴地，潛向樹叢。

兩人的聲音變大了，他們正哈哈笑著某事，我聽到車廂門開，然後一小陣混戰，接著砰地一聲，門又重重關上了。

我來到濃密多刺的矮叢邊，往後退開從葉縫間窺望。此時兩人已清晰地納入視線內了，第一名男子身高中等，體型壯實，似乎有著金紅色的頭髮，還留著山羊鬍。第二名男子十分高大，他不疾不徐地在車旁走動，車頭燈打在他身上，照出他的臉。錯不了：此人正是諾亞．菲賓。

我渾身一涼。一個宗教領袖怎會在深夜跑到這麼荒僻的性娛虐俱樂部？而且還是傑克．杜柏以前常來的地方。難道諾亞在尋找他那迷途的羔羊西薇雅？或者他跟西薇雅的失蹤有關？無論如何，這很可能就是我要找的線索。

此刻凌晨兩點半，我已很多年沒這麼晚睡了，但我覺得今晚還有得熬。

我朝廂型車的反方向繞過俱樂部後方，在停車場蹲低跑到自己的車子旁邊等候他們。我躡手躡腳地打開車門，坐到方向盤後。我渾身冒汗，卻皮膚冰涼，口乾舌燥。這比在夜裡開車還恐怖，我簡直害怕到破錶。

廂型車終於繞過俱樂部轉角，朝停車場出口開去了。那一刻，我放在方向盤上的手沈重如鉛。

我再度陷入天人交戰，我想繼續跟蹤廂型車，全身卻繃緊地抗拒，腦中一片混亂。我彷佛聽見十六歲的珍妮佛在我耳邊低語，**離遠點，回家去，回自己的堡壘吧**。我想探尋，我知道這是唯一的方式，年輕的珍妮佛永遠不會明白我所冒的險，也不會明白我有多麼需要找到她。我必須讓她的回憶和自己的回憶安歇下來，才有可能拋開過往。

我強自振作，重重吸氣，扭開引擎。

我猶豫地坐在那邊時，兩名穿著尼龍衣的男子走出俱樂部，其中一人順從地由皮帶牽引，邊走邊恭稱另一位「主人」。我等二人坐入車內，主人開動車子，奴隸跌坐到後座，才戰戰兢兢地開車跟在他們後頭，朝出口駛去。我們開上路時，廂型車正跑在我們兩輛車前。我保持安全距離，拉開四個車身，在後跟車。

一步一步來吧，我心想，目前我只是在公路上開車而已，車門都鎖了，油箱四分之三是滿的，我有手機，收訊也十分良好。我的袋子裡有催淚瓦斯跟防狼噴霧器，我隨時可以掉頭回旅館，一切都在掌握中。

開了約莫十英里後，另一輛車下公路了，我讓後面的休旅車超車，夾到廂型車與我中間。我單手握住方向盤，用另一隻手在袋裡翻尋筆記本和筆。找了幾秒鐘後放棄了，我從皮背心內袋中掏出手機，望著漆黑的前方，撥打紐約家裡的電話，只留下最後一個號碼未鍵入。車距太遠，我看不到車牌上的號碼，只好把電話扔到旁座上，結果沒丟中，我聽到電話掉落地面。

「媽的。」我喃喃說，又經過二十分鐘，廂型車左轉進一條幾乎隱匿在樹林後的泥土路，我超車又開了一百英尺，然後熄掉車燈，違規來個大迴轉。

我跟著廂型車緩緩爬上山坡，一邊伸手在地板上找手機。慘了，手機撞到地板時，電池脫開了。我在黑暗中東摸西找，偏偏總也找不著。

我在半途停車，熟悉的暈眩感再度衝入腦門。我遍尋所有書上的治療方法，將恐懼視覺化，想像它是一顆獨立於自身之外的球。

這招不管用。事實上，我知道自己的焦慮感變得非常真實，我有十足的理由。最後我勉強平抑自己，不致過度換氣，但我的五臟六腑全揪在一起了。我從袋子裡翻出噴霧器和催淚瓦斯，將兩個罐子小心地擺到副駕駛座上。我看著儀表板上珍妮佛的照片，努力從中尋找勇氣，我得繼續前行。

我又開了一小段路，直至來到林中的小片空地。我很慶幸這部租車是深灰色的，別人應該看不見我，但我近到可以看出遠方五十碼外，有間小倉庫。倉庫有扇車庫門，右邊是無窗的小入口，一盞泛光燈照亮建物的前院。

為防萬一，我慢慢掉轉車頭，以利開溜。我靜靜伏坐，呼吸比平時還要急促。我熄掉引擎，從座上扭身，以便看清楚。我不敢妄動，連手機都不敢再找了。

諾亞．菲賓走到倉庫後面去拿一大片像防水布的東西時，我剛好看出他的輪廓，另一名男子尾隨他，兩人一起將廂型車蓋住，然後走回倉庫裡。諾亞突然停下腳步，轉到建物側邊，彈了一下開關，將泛光燈關熄。

我盡量保持不動，屏住呼吸，好像這樣就會沒事。我抓著插在發動器上的鑰匙，萬一他敢向前踏進一步，隨時可以發動引擎。我枯等著，真是度秒如年。*回去裡面*，我用念力催促他。經過煎熬難耐的一兩分鐘後，他終於轉身走回倉庫裡。

我想知道廂型車裡有什麼，為何得蓋上一片防水布？他們在倉庫裡做什麼？這跟他的邪教有關嗎？

我對異端邪教的認識，全是從報紙頭條得來的，也許他們在幹些神祕的事，或籌備一場大規模的自殺。也許是一場妻妾成群的婚禮，或娶娃娃新娘，也許他們在這裡儲放武器，萬一ＦＢＩ探員入侵時會用到。無論是什麼，那是我與西薇雅唯一的聯繫，我非得弄明白他們在搞什麼，才能有所進展。

我至少靜伏等待了半個小時，幾乎不太敢呼吸。我將車窗搖下數英寸，讓清涼的夜氣送入。我原本考慮下車，查看防水布下藏了什麼乾坤，卻覺得腦袋發昏，只好暫時待在原處。

最後我認定應該不會再有狀況了，他們或許會在此處過夜。我心情沈重地發動引擎，因為多等無益，且風險太高。

當我慢慢沿著車道開下山時，雙手抖到幾乎握不住方向盤，直待我離開倉庫數英里後，才又開始覺得能正常呼吸。就在我繼續開車時，那些小路突然變得像專門設計來困陷我的迷宮。

我在ＧＰＳ上按了幾個鍵，想找到回俱樂部的路，機器卻一味地告訴我說「重新計算中」。我咒聲連連地關掉機器。

不知過了多久，我才摸回大路，除了直接殺回旅館外，打死我都不會再去哪兒了。愛黛兒若想聽解釋，得等明天。

# 第十七章

等安然地回到旅館房間後，我決定打電話給吉姆．馬奎迪探員。這次的搜查對我而言太過驚險；得找個沒有創傷後症候的人，去跟蹤性娛虐俱樂部裡開出來的廂型車。

不過我相當自豪。換作在一年前，甚至是一個月前，光想到這種恐怖的事，我就得緊急傳呼西蒙絲醫師了。現在每次我離開公寓，便覺得自己更堅強、更剛毅。那感覺很棒，我知道自己摸到一點頭緒了，諾亞．菲賓會出現在傑克．杜柏以前常去的地方，不會只是巧合。「機率有多高？」珍妮佛一定會這麼問。

凌晨四點，東部標準時間是上午七點，打電話應該不會太早。我撥了吉姆的號碼，他跟往常一樣立即接起電話。

「莎拉嗎？妳在哪？西蒙絲醫師說妳又取消約診了。」

「可以這麼說啦。吉姆．我需要你幫忙，我想我找到一些奇怪的關聯性了，也許不代表什麼，但是……」

「關聯性？莎拉，妳在幹什麼？現在妳應該固定看診，讓自己準備好出席傑克的假釋聽證會，那是最能繼續關他的辦法。」

「你說得沒錯，理論上是啦，但我覺得我查到一些東西了。」

我深深吸氣。

「吉姆，我現人在奧瑞岡。」他還來不及說話，我已急著接道：「這事我們以後再談，更重要的是——諾亞．菲賓。你對這個人知道多少？」

「莎拉，我……」

「我知道，吉姆，我知道你要說什麼，拜託告訴我諾亞．菲賓的事？」

他嘆口氣。

「是那個牧師嗎？」他頓一下，掙扎著要不要告訴我，最後他投降了，「傑克．杜柏娶西薇雅時，我對諾亞．菲賓做過一些初步調查，這個宗教狂完全沒有案底，二十多歲時便開始經營教會了。營運得很粗糙，我派了查稅員去監督，但看不出有其他可疑活動。」

「真的嗎？是這樣的，吉姆，我跑去一間性娛虐俱樂部……」

「妳跑去什麼？」他不可置信地問。

「先聽我說，我再找個時間解釋，我跑去傑克以前常去的俱樂部，結果我……總之我因為某些原因，跑出去透氣了……」

「想也知道。」

「然後我看到一部廂型車，好像有些……有些勾當在進行……那人就是諾亞．菲賓。」

「莎拉，去性娛虐俱樂部又不犯法，小型宗教組織的領袖涉及此癖者亦非史無前例，翠西大概會說，那只是一種風格吧。」他自顧自地笑著。

「翠西？她跟你提過這事？」

「她昨天打電話給我，說妳做得有點過頭，以為能找到珍妮佛的屍體。」

「拜託你別跟她談我的事，她一向恨我，我不希望她讓你以為我瘋了，我沒瘋。好吧，我是有點瘋狂，但對這件事一點都不瘋。我用非常嚴謹的方法在進行這件事。」

「那是當然的，莎拉，這是妳的方式，但妳別忘了，妳畢竟不是偵探。聽我說，我知道我們害妳失望了，但我們已察訪過每個人，連只跟傑克．杜柏稍有關係的人都沒放過，而且……」

「那你們跟派克和蕾雯談過了嗎？」

「誰？」

「我不知道他們的真名，但他們會去這間俱樂部，你有去過俱樂部嗎？」

「什麼俱樂部？」

「果然，你沒去過吧，一間叫『拱頂』的俱樂部，我想我找到一個解讀傑克．杜柏的全新角度，應仔細探查一下。你能再查一下諾亞．菲賓這個人嗎？」

電話彼端一陣沈寂，他終於表示：「我盡量。」語氣頗為誠懇。

既然有些進展，我想再更進一步。

「還有，西薇雅失蹤了。」

「翠西有提到，不過塞爆的信箱不足以構成失蹤人口的證據。聽起來她好像跟妳一樣，去度假了。」

「如果是那樣的話，也許我最好待在奧瑞岡等她回來。」我說。

「莎拉，坦白講好了，我很擔心妳對最後一封信的反應，以及這次的查尋，我不希望妳受到身體或心靈的傷害。翠西說妳去奧瑞岡了，但我們兩個都沒想到妳會做到這種地步，妳的做法很危險，拜託妳快回來，安全地待著。」

聽起來是明智的建議，但那表示我得徹底放棄。

# 第十八章

跟吉姆講完電話後，我覺得好洩氣。也許他說得對，西薇雅說不定只是去探望她爸媽了。就算諾亞．菲賓涉及逃稅與性醜聞，也無助於我找到珍妮佛的屍體。也許我是在浪費時間，浪費我本該花在受害者衝擊聲明上的時間。

我檢查機票，考慮離開奧瑞岡，徹底拋開過去。但飛機隔晚才飛，我聳聳肩，告訴自己不妨繼續探查到那時，萬一無法很快查到有力的線索，便只好被迫承認失敗了。

翌日一早，我開車回學校找愛黛兒，她留了字條說她在圖書館。我在三樓後方書架旁的大木桌找到她。天花板很高，空氣裡飄著書上的塵灰，圖書館依舊令我神經緊繃。

身陷書堆及文件中的愛黛兒正拼命打著筆電，我站到她身旁，她連眼都沒抬，我輕喚她的名字，愛黛兒微微一震，用力將筆電闔上。

幾張寫著筆記的紙張落在地上，愛黛兒火速俯身拾起紙張，沒有轉頭看我。她邊將紙張排好，整齊地塞回筆記本內，然後平靜地轉向我。我注意到她用右手護住一小疊厚書。

「妳嚇到我了。」她語氣平淡，眼神卻不太高興。

我喃喃道歉，一邊偷瞄桌上的書本。大部分書名都像科學類，但愛黛兒把書蓋住之前，有個非常簡單的書名引起我的注意：《強制性說服》。愛黛兒發現我盯著書脊，二話不說，直接將書轉向，然後才放鬆下來，看著我坐到她旁邊。

「這裡不適合聊天。」她低聲說，但聲音不算極小，彷彿不受圖書館的管束。「可是妳昨晚到底出了什麼事？我挺擔心的。」

「我只是需要透個氣，俱樂部的壓迫感太大了。」我勉強擠出一記假笑。

「聽起來像恐慌症，妳有服藥嗎？」

她露出表面擔心、實則好奇的職業性眼神，我雖然有一陣子沒見到了，卻十分熟悉。逃離地窖的第一年，我試圖帶給心理學界一些貢獻，他們表面上也試著來幫我。那是一長串混雜不清的診療、會議和檢查。我知道這種表情，那是有人在腦裡拼湊論文時會有的神色。我又出現在某人的論文裡了，我一點也不喜歡。

「沒事，別擔心。其實我要謝謝妳帶我去那兒，雖然得克服很多障礙，卻因此得到一些……洞識。」

「妳若覺得恐慌症快發作了，就不該開車，我可以載妳。」

她停了一下，用跟西蒙絲醫師同樣的穿透眼神望著我。她在研究、練習、操控。我知道那代表什麼，她打算使出撒手鐧了。

「妳究竟想做什麼，莎拉？妳不會真的以為能找到屍體吧？妳是在探索過去嗎？想找出道理，解釋妳的遭遇嗎？」

她施憐的語氣激起我慣性的抗拒，兩人之間像築起一道牆圍，磚頭層層添疊，那就是多年的認知治療造成的，感覺彼此劍拔弩張地鬥爭，像世仇般地善惡對戰，以主觀對抗客觀。

愛黛兒挪身向前，以為我無法從她的表情看出她的迫切。我想看她究竟要說什麼，便決定配合演出。

她開口道：「希望這話聽起來不會太怪，但我一直在考慮一件事。不知妳在本地的這段時間，願不願意參與一項研究。真的不會佔用妳太多時間，不會打擾妳搜尋，只要幾次訪談就好了。當然，妳的個案很不尋常，且遭受過那種災難還能存活的人，幾乎沒有範例可循。幾年前我著手設計受害者研究學，然……」

「受害者研究學？」

「就是字面上聽起來的意思──研究受害者的學科，不僅有助於我們瞭解受害者的復原過程，也能探知特定的心理特質，為某些犯罪發展出一套受害者的類型學。」

「受害者類型學？意思是指，我是不是會受擄拐的那種『類型』嗎？」

「不盡然是，但我們可以研究各種行為、活動、地點模式，找出那些可能有『受害者傾向』的人格特質。」

我聽見她持續叨絮，看到她雙唇掀動，卻再也聽不懂她在胡謅些什麼。「受害者傾向」一詞在我腦中迴盪，我臉上一熱，顯然是氣紅了。愛黛兒的大臉在我面前遊晃，我非常震驚，氣到全身都在抗拒她，卻還是努力維持平靜的表情。

原來他們大學裡就是在搞這個，袖手旁觀地尋思妳是否做了什麼莫名其妙的事，才會惹上大禍。當然啦，他們並沒有責怪妳，只是妳自己太不小心，把惡魔招到自己頭上。

愛黛兒並不明白我做過什麼，我們做過什麼。她不瞭解珍妮佛和我何其極端地阻絕所有危害，但禍事依然上門了。

我憤恨難平地站在那兒，愛黛兒若想利用我，我也可以設法利用她。不知道能否從她身上套出更多訊息？

愛黛兒曾跟隨傑克·杜柏研究，在他身邊工作兩年，她已告訴我，她對ＦＢＩ探員隱瞞傑克參加性娛虐俱樂部的事，也許是因為她曾染指某種更邪惡的事，說不定愛黛兒就是傑克的同夥，所以東窗事發時，才能如此處變不驚，說不定一切都在她意料中，想到這兒，我胃部就打結。

「我考慮看看。」我終於勉強開口。

「決定了再告訴我。」她從皮包口袋掏出一張卡片，在背後寫著。「拿去，現在妳拿到我所有的號碼了，發簡訊也行，讓我知道一下。妳若有空，我可以重新做些安排。妳要在城裡待多久？」

「不一定，我想跟其他認識傑克的人談一談，有人告訴我，傑克在學校有另一位教授朋友，是史帝勒教授嗎？」

愛黛兒聽到名字時略微一凜，旋即恢復自持。「是的，大衛·史帝勒，他在學校裡。」

「也在心理學系？」

「是啊，事實上，他的辦公室就在我隔壁。」她似乎不太開心。

「不是妳朋友嗎？」

她哈哈大笑：「不是，比較像敵人，我們很久以前是朋友，但現在我們的研究有點雷同，結論卻天差地別。校方樂見其成，讓我們兩個成為會議馬戲秀裡的主角，學校喜歡讓我們一起出席，看我們爭執，那才叫學術界。總之，妳若去找他談，我不會提到妳來找我的事。」

「好的，謝謝。妳說過，我們不該在圖書館裡打擾其他人，那我就不吵妳工作了。」我拿著她的卡片，「我真的會好好考慮。」

她笑著伸出手，彷彿要締結同盟。我盯著她伸在空中的手幾秒鐘，一邊飛快設法轉移重心。

「等一等，我應該把我的聯絡方式給妳。」我從袋裡抽出一小片紙，寫好手機號碼遞給她，並小心避開她的手指。

離開閱讀室時，我回眸看了愛黛兒一眼，她定定地坐著目送我離去，表情全然無法判讀。

# 第十九章

我橫越校園，穿過希臘復興式風格的心理學系大樓旋轉門，想起自己讀大學的日子。我在逃脫後重新出發，獨自去紐約大學念書。

如今回想起來，我在那段期間好像只盯著路面看，三年間息交絕遊，在晚上和暑期拼命修課，趕在三年內完成學業。

第二次上大學，我已不像以前那樣渴望過正常的大學生活了。我不想參加派對，不去圖書館讀書，事實上，我甚至不想讓任何人知道我是誰。我從不跟同學說話，從不在學校餐廳用餐，從不參與任何課外活動。學校夠大，消失了不會有人知道，而我也竭盡所能地隱身。

我在紐約大學首度使用新名字，一個我永遠無法習慣的名字，每次簽名，我都得停頓一秒鐘，訓練自己適應。我不記得教授在課堂上喊那名字時，我曾抬過眼。他們一定覺得我很駑鈍，直到我交出考卷，他們才知道我畢竟還有強項。

我主修數學，從這個只會提供解答的領域中得到了撫慰。我熱愛排列整齊的數字，有時一道題目，得花六七頁演算，一個數字接一個數字，一個符號寫過一個符號，sine接著cosine。

在房間裡，我將所有課堂上的筆記放在床邊伸手可及的架子上，晚上若睡不著覺，便抽出一本，慢慢看著整齊漂亮的數字，欣賞這些每次都能找出相同答案的數學題。

我用自己的方式對珍妮佛表示忠誠，專心研讀統計學，我在一年內拿到碩士學位，教授們求我攻讀博士，但我已受夠跟其他學生一起坐在課堂上了。每天非得互動不可的人數已開始令我吃不消，我的各種恐懼症逐漸浮現，連最大的演講廳也會引發幽閉恐懼。我可以異常清晰的聽見每聲咳嗽、低語或掉落的鉛筆，在腦中迴盪的聲音總惹我驚跳。

下課時，突然有大量人身晃動，大家穿外套戴圍巾時，難免有些不必要的碰觸。我一向獨自僵坐禮堂，等所有人散去，淨空走廊，讓我的身體能在無需、也不被碰觸的狀況下，穿越寬大的時空。

我甩開回憶，望著心理學系的長廊。廊道上三三兩兩地聚著學生，還有幾個獨自在邊緣晃蕩。他們看來如此輕鬆而充滿朝氣，有些人聊著天，有些人兀自沈思，或苦思課業，或想著昨晚的約會。你無法從表面的歡喜看出他們背後的憂傷，我知道在統計上，憂傷是必然存在的，然而光看外表，永遠無法得知。

陽光灑落天窗，潑在刷新的大樓裡，麻煩似乎不可能降臨在這些年少膚潤、歡聲高笑的學子身上。學年即將結束，大家各自準備去實習、暑假打工、上研究所。我從不知道他們須克服什麼，或許永遠不會有人曉得，事情本該如此吧，強者會扎實地去做調適。年輕人本該如此——揮別過去，努力釋放自己。

我擦去淚珠，從他們身邊走過。正在看報的櫃台警衛並未抬眼，我搖搖頭，想到他可能漏失的各種險況，同時又很慶幸他忽略了我。這回我注意到有個小標示，標示上的工整字體指出教職員辦公室的方向，我循著指示回到稍早的走廊。

我穿過一排傳統的橡木門，每扇門的上半，都有一片以黑色字母寫著名字的毛玻璃。誠如愛黛兒所言，大衛．史帝勒教授的辦公室就在她隔壁。他的門微敞著，我輕輕推門，發現裡頭沒人。

偌大的辦公室有片面向院子的高窗，窗前是張巨大的橡木桌，面桌的牆上盡是書架，書都快從架子上滿出來了。我觸著書，大都是主題詭異的心理學書籍，還有幾本我認得的標準統計學指南。

我不經意地瞥見桌後地上有個矮書架，架上的書看起來不太一樣，不像是教科書。我探身靠過去快速掃過書名，《罪惡之地一百日》、《茱莉葉》、《眼睛的故事》、《尼采與惡性循環》，這是翠西的菜。

當我拿出筆記本寫下書名，打算拿給翠西看時，門在身後開了。

「對不起？有事需要效勞嗎？」一個深沈的嗓音問道。

我跳起來，手一鬆，只能眼睜睜看著筆掉落地上，滾到沈重的書桌底下。我轉頭面對大衛．史帝勒。他身材高大，長相頗俊，棕髮黑眼，幾乎看不出瞳孔，讓人看了心慌。

他期待地望著我，等我表明身分以及來意。我嚇壞了，無法集中心神，只好四肢趴地，笨拙地尋找滾到桌下的筆。

「噢，嗨……」我盡可能地拖延說：「我叫凱洛琳．莫若，正在做研究，不知道您能否撥空與我談一談。」我輕易便摸到筆尖了，為了多拖點時間，又將筆往牆邊彈遠些。

「等一下，」他似乎有點不高興，「讓我來吧。」他走到桌後，優雅地撿起地上的筆，利落地交給我。

「妳剛說什麼？」他追問道。

「是的，對不起。」我將身上的襯衫拉平，撥開臉上的散髮，想找回一點沈著。「我剛才說，我叫凱洛琳．莫若。」我沒伸出手，他也沒有。「是社會學系的學生。」我指著校園反方向說，彷彿他並不知道社會學系的位置。「我正在寫一篇跟傑克．杜柏有關的論文，我知道他被捕時，你剛當上教授不久。」

大衛．史帝勒聽到傑克時，反應與愛黛兒不同，他似乎很感興趣，露出諷刺的笑容，然後坐下來，指著對面椅子。

「請坐，這裡再也沒有人想談傑克了，我很好奇，想聽聽妳的計畫，沒想到系上會批准妳的研究，不過我想時代變了，妳的論點是什麼？」

「論點？我還不知道我的論點，我只是覺得這個故事裡，有些尚未被探索的元素，我打算做些原創的、純從事實觀點探索的研究，所以我才會選擇這個主題——因為事情就發生在此地。」沒想到我竟如此擅長自圓其說。他鼓勵地點著頭。

「我知道他以前是你的朋友。」此話一出，他臉上的笑容便消失了。

「朋友？不，不，我不知道妳是打哪兒聽來的，我們是同事，但我幾乎不認識那傢伙，我們的領域是兩個極端，從未處於同一個平台，不過他的確才情煥發，是位明星。」

「明星？」

「拜託，妳現在應該已經明白學術界的運作方式了吧。你得成為明星，才會有得忙，演講、報告、座談會，不斷地做馬戲秀——我是說不斷地巡迴開會。這是一種相當辛苦的生活。」

「那麼愛黛兒．辛頓呢？」

聽到這兒，他臉色一沈。「噢，她呀，只會說傑克．杜柏。」他搖搖頭。

「你這話是什麼意思？」我催問道。

「那件案子的熱頭過後，愛黛兒的演講排到滿爆，我看是衝著她的惡名，多過她的學術專業。我想所有人都等著聽傑克．杜柏的八卦。可別說是我講的，但老實說，那個案子成就了她的事業。」

「所以她獲得許多矚目嗎？」

他揚聲大笑。

「可以這麼說，當時《波特蘭太陽報》甚至還做了專訪，簡直阿諛到可笑，不過她畢竟長相不俗，難怪記者想巴著她。」

他稍稍靠近，瞇眼望著我，確定我完全聽懂他的意思，然後才靠回椅子上，輕輕左搖右旋，繼續說道：

「妳若真想做些原創性的研究，就該考慮另一種角度。傑克的工作量很大，做了很多研究，不斷四處旅行，他的辦公室擺滿了報告、檔案、文件，且極端保護他的研究，只有愛黛兒能拿到那些東西。我知道ＦＢＩ逮捕他後，很快便封鎖所有檔案了，但我相信愛黛兒一定拿走了一些東西，我知道她有。」

他調過椅子，面對窗戶，向外凝視了一分鐘，兀自沈思。

最後他終於像在自語地說：「當然了，對她來說，現在這樣還不夠，她想擠進常春藤，不是嗎？這樣才說得過去，她還背負很多期許。」

他回頭面對我。

「妳大概不曉得，愛黛兒的父親是西雅圖最頂尖的外科醫生之一，成就極高。」他笑了笑，搖搖頭，從椅子上往前移。

「我離題了，回頭談妳的報告吧。我雖無法證實，但我相信愛黛兒在利用傑克．杜柏的點子和研究，妳應該去跟她談才對，一定會有些沒被發掘出來的事。可以的話，我願意幫妳研究一下，若有我能效勞處，請讓我知道。」

他幾乎毫不掩飾自己對愛黛兒的嫉妒與不齒。

我徒勞地試了幾次，想將他拉回傑克．杜柏的議題卻未果，只好起身後退離去，結果差點被椅子絆倒，跟進來時一樣狼狽。

# 第二十章

那天我撥了幾次電話給翠西，但都沒人回話。她顯然在躲我，沒有她，我不可能將手邊的資料拼湊起來，於是我決定不請自來地殺去找她，就像她對我那樣。

我改了當天下午到紐約的航班，轉飛波士頓。回到東岸真好，即便只待上幾天。依照我的計畫，我還得到更遠的地方。

我在波士頓租了一部車，循觀光路線到北漢普頓。沒想到我竟能開這麼久的車，駕車時，我已不再恐慌無力，僅稍微感到心神不寧而已。

我直搗翠西的公寓，當天稍早我Google了她的地址，既然她能殺到我家門口，我自然也能衝到她家。

翠西住在一棟白色牆板屋裡，附近街區靜謐而整潔，對她這種人而言，可說是中產階級到不行。屋上有兩只門鈴，每個門鈴都仔細打出姓名。她的名字在上層，我發現門上的窗口裝了鐵條，也許翠西不若表面上那般無懼。

不知我是否得跟她當時等我一樣，在窄小的門廊上等她。不過一會兒後，我便聽見屋裡樓梯上傳來腳步聲了。翠西從窗口窺望我，然後啪地將窗簾拉回原處，似乎不怎麼高興看到我。不久，我聽到開鎖聲，那是一個很厲害的鎖，翠西快速拉開門，但並未全部打開。

「又怎麼了？」她扠著腰問，素顏的臉上盡是倦容，若不是我瞭解她，一定以為她哭過。

「我得跟妳談一談，我回奧瑞岡找到更多訊息了。」

「原來是女偵探哪。」她聳聳肩，無可奈何地邀我入內，我跟著她上樓。

屋子一樓感覺很舒服，淡淡的黃牆，入口有面黑木框舊鏡子。等我們上樓來到翠西的公寓，牆色就變成暗沈的灰色調了。到了樓梯口，我看到一張被鍊住的男子照片，這使我對門後的狀況稍有心理準備。

翠西的公寓與我的截然相反，為了營造大教堂天花板的感覺，她把閣樓地板拆了，牆壁變得十分高聳，而且也都漆上樓梯的灰色調。牆上覆著黑白照片與銅版畫，全是看久了會讓我做噩夢的影像。單一的色調讓人覺得翠西想把公寓變成一間牢房，效果不錯，我有被囚的感覺。

若非這裡尚保留了窩居的凌亂與咖啡香，我可能就扭頭走了。有一整面牆釘滿了書架，書籍擺滿及頂，大部頭的精裝書橫塞著，小一點的平裝書還前後擺了兩排。書量之多，漫至地上、桌子、椅子，有些書打開趴放著，有些書上擺著啃咬過的破鉛筆。

公寓是開放式的大房間，底處的閣樓當成臥房，從我的角度可以看到翠西未經整理的床頭，黑色的被子在床緣垂著。翠西顯然正在工作，她的筆電在前面角落的書桌上嗡嗡響著，旁邊圍散著一堆草稿。

「這下妳明白我對妳的公寓為何會如此驚豔了吧，坐。」她說。

翠西指著桌邊一把書本堆疊到椅背上的椅子，走過去抱起書，扔到豪華的長毛絨沙發上。半數的書籍滑過天鵝絨墊子掉落地面。翠西再次指指椅子。

我坐下來，忙不迭地說明最近到奧瑞岡的事，我很緊張，極力想說服她，因為吉姆的意興闌珊，使得爭取翠西的參與成了我這輩子最重要的事。我不知道自己能否繼續隻身闖盪，假如翠西也不把新的線索當回事，我在回途的機上籌設的計畫不知能否有把握執行。

翠西靜靜聆聽，當我談到性娛虐俱樂部時，她揚著眉，瞪大眼睛。等講我跟蹤廂型車到倉庫時，翠西連下巴都掉下來了。我不清楚她是在訝異我看到的事，或是我的行為，也許是後者吧。最後我跟她談到大衛．史帝勒辦公室裡的書，她只是聳聳肩。

「每個學界的人都會讀那些作家的作品，否則就甭混了。傅科改變了學術界的生活，他賜給每個人新的撰寫角度，我自己就有一大堆跟他相關的藏書，這是在研究所混跡多年，無法擺脫的印記。」

她指著書架中央一片區塊說，我走過去，「巴代伊也是，我是說，他寫的是性與死亡，學術界就愛關心這個，其實，所有人都在乎這個。」

「那跟傑克對我們所做的事，有直接關係嗎？」

「我相信傑克會利用理論，將自己的行為合理化，跟其他想征服女人又要講得冠冕堂皇的許多男人一樣。我可以輕易看出傑克一定很喜歡『極限體驗』，不按社會規範生活之類的想法，傅科、尼采，所有這些人全都是藉口的販子。」

我起身邊聽翠西說話，邊細看她的書架，我找到一排擺滿巴代伊作品的架子。她的藏書甚至比大衛的廣，我抽出幾本書，看到《巴代伊的讀者》時，我愣住了。

我無法相信，加了黑邊的白色封面上竟然畫了一名無頭男子。男子一手舉著一顆裡頭射出火焰、像心臟的東西，另一手握著短刀。男子的胯部畫了骷髏，乳頭成小星星狀。我顫著手把書拿到翠西面前。

「翠西，這本書看起來不就像……」

她不解地望著我，顯然沒看出來。

我終於衝口說道：「烙印，這不就是那烙印嗎？」

我拉開牛仔褲與內褲一側，讓她細看我臀上的印子。翠西看著圖片，再看看我的傷疤，老實說，有點不易辨識，因為結疤已蓋過原有的烙痕了，但輪廓絕對是一樣的。

翠西默視片刻，終於抬眼看我。

「妳有可能說對了，我以前從來沒注意到，或許是因為我一直迴避去看那個鬼東西──我討厭那個紀念品。還有一點，我的烙印並不完整，烙鐵碰到我的皮膚時，我奮力往右扭，所以印子只烙上一部分，看起來很不一樣。」

她站起身露出她的印記，差不多在臀上相同部位，但較挨近背部。我明白翠西的意思了──男子的半邊身子和一條腿全不見了──但我也發現她的烙印右上方比較清晰，能清楚看到無頭男子手中的握刀。

「那是什麼意思？」我問她。

翠西坐下來，我也跟著坐下，手裡緊抓住《巴代伊的讀者》。

「這個圖像是為巴代伊參與的出版刊物設計的，不過就我記得，這也是某種祕密社團的符號。三〇年代時，一批知識分子在戰前組成這個社團，這些人全都在尋找神祕的狂喜經驗，但我不是很確定，我只上過一門超現實主義的課，約略記得跟活人祭有關，那團體好像很快便解散了，我們得查一下。」

「翠西，我對三〇年代的藝文社團雖然不熟，對數學倒是懂一點，既是團體，必超過一人。妳覺得，這是否表示傑克會以這個團體為基礎，在大學祕密結社？或許跟大衛．史帝勒一起？」

我翻著巴代伊的書，偶爾停下來閱讀段落，內容都十分不合理且變態。

我又抬眼看翠西：「這些人是哪裡有病啊？『恐怖』、『欲望』、『屍體』、『猥褻』、『獻祭』……天啊，難道珍妮佛被當成祭品了嗎？」

我緩緩放下書本，緊抓住椅側，書中放蕩罪惡的影像在我腦中旋繞。

翠西戒心大起，我想是因為看到我血色漸失，而非剛才的發現。

「喂，妳這樣會不會太小題大做？雖然傑克喜歡某些已故的哲學家跟變態的社團，但大部分的瘋子至少都會有些怪癖。」

「可是這三個人很怪，大衛．史帝勒對愛黛兒有很強的恨意。」

「歡迎來到學術界，妳才知道啊，學術界本來就像一場馬戲秀。」

「馬戲秀？」我想到一件事，「大衛．史帝勒也用了那個詞，傑克也是……他在信中提過。」

「其實這是個非常普通的隱喻。」翠西淡淡表示。

「不過大衛．史帝勒是不小心說溜嘴了，他說……」我想了一會兒，「他說會議馬戲秀，然後又自己糾正說是巡迴。」

「那倒好笑了，因為應該是會議馬戲秀才對。」

「此話怎說？」

「有些人視之為一種學術生涯的成就，因為學校會支付旅費，會議通常在高級的地點舉行，有演說、座談小組，每個人都像羅馬帝國的元老一樣，在外頭大吃大喝。有很多的外遇偷情、學術密謀、聯手和撕破臉等之類的事發生。的確有點像巡迴的馬戲班子——但都是些自視甚高，無所不知的知識分子。」

我從袋中取出傑克的信，小心地在翠西的書桌上一一攤展，她嘆口氣，幫我清出一些空間。我讀著信，終於在寄來的第三封信裡找到。

「在那兒。」我得意洋洋地指出。

翠西拿起信大聲朗讀。

「『我在馬戲班的火車上遇見妳，兩場雜耍，更多的旅者。』」

「『遇見妳』……翠西，妳想他擄走珍妮佛和我時，是不是到城裡參加學術會議？妳呢？吉姆會有這些細節嗎？我們得打電話給他。」

翠西看著我慎重尋思，最後點點頭，拿起電話轉成擴音，然後撥號，原來她把號碼都背熟了。吉姆跟平時一樣立即接聽。

「吉姆？」翠西照例先發制人，「我跟莎拉在一起。」

吉姆沈默了一會兒，我想他一定不敢相信自己的耳朵。

「那……很好啊。」他終於表示。

我插話道：「吉姆，我被……被擄的時候，傑克是不是在城裡參加學術會議？」

吉姆在給我們任何案情的新訊息前，照例會先停頓一下，不知是因為擔心我們的精神狀態，還是掙扎著該不該保密。最後他說道：「是的，他確實在城裡參加學術會議。」

「那我被擄走時呢？」翠西問。

「我們無法確定，杜蘭大學在一週前雖然有場學術會議，但不是傑克的領域，而且就算他參加了，也找不到確實的記錄。」

「是哪方面的會議？」我發現自己正在憋氣，我看看翠西，發現她也一樣。

「是場文學會議。」

「你還記得主題嗎？」翠西問，現在我們都知道傑克的興趣比任何心理學家都廣了。

「等一下，我查查看。」兩人等著，聽到吉姆在電話一頭敲鍵盤。「看起來好像是……會議主題是『超現實主義文學的神話與魔法』。」

翠西和我同時抒口氣，這裡頭必有蹊蹺，不管吉姆是否會意到了。翠西和我四目相視，她對我點點頭，要我先說。

「吉姆，我知道你有大量資料庫和人手能查出那些資訊，我希望你能幫我們做一件事，我很清楚你認為我現在所做的一切都太牽強，不過你若願意幫我做這件事，我就答應你，一定出席聽證會，並且在假釋評審委員前，把眼睛哭到腫。」

「我還是得先聽聽是什麼事。」

「你能找個人分析傑克．杜柏在執教生涯中，參加過哪些學術會議嗎？我不知道你該怎麼做，但你一定可以辦到——也許透過他的信用卡收據，也許透過大學……」

翠西接著說：「叫大學交出他的消費報告，也許他們留有記錄。」

我興奮地繼續說：「然後，你能把那份清單跟當時在同一地區報案的失蹤人口做交叉比對嗎？」

吉姆沈默良久，最後才說：「妳們認為還有別人嗎？兩位小姐，我們沒有證據顯示他還抓了別人。我們已用盡所有能破案的工具了，嗅探器、紫外線燈、發光氨，我們搜遍房中每一吋地方，做過大範圍的血清和DNA檢測……」

我不想讓吉姆知道我或翠西其他的盤算，因為他一定會認為我們瘋了。

「拜託你，吉姆，求求你，只要把報告弄出來就好，行嗎？」

「就算我查了，也不能把報告給妳們，這點妳們瞭解吧？因為兩位並非FBI探員。」

翠西正想說話，卻被我抬手制止，我知道我們已經贏了。

「好，那麼你會去查嘍？」

「我看看能怎麼做。現在要找人做專案並不容易，我們部門的經費又被砍了，所有錢都跑去反恐組織了。」

我使出王牌說：「你不覺得這是你欠我們的嗎？經過那次審判後？」直接拿吉姆開刀，令我有點罪惡感，我知道那是他的痛處。

吉姆沈默了一會兒，然後用極輕的聲音說：「我會把事情辦好，妳們兩位何不重修舊好？我很高興聽到妳們見面了，這讓我很開心。」他柔聲笑道。

兩人一聽，立即彼此別開臉，喃喃道謝後，便匆匆掛斷電話，等掛完電話，才又彼此互看。兩人都說不清自己的感受，我只好改變話題，回頭談最初來訪的理由。

「我有個提議想跟妳說。」

「什麼提議？」

「我把這些事想過了：性和死亡相關的文學、性娛虐俱樂部、學術鬥爭。翠西，我需要妳幫忙，妳瞭解所有這些不同事物的含義，妳能跟雜誌請個假，跟我一起去嗎？只要一兩個星期就好？」

翠西對我皺皺眉，「妳認為ＦＢＩ遺漏了一些事？」

「我知道聽起來很不可思議，不過，是的，我想去南方調查西薇雅的過去，跟她的家人談一談，我覺得我們還有很多事需要知道，關於諾亞．菲賓、愛黛兒，關於大衛．史帝勒。當時發生了很多事，ＦＢＩ卻連皮毛都沒摸到。我想那裡有我們要的答案，翠西，但我們得親自去找。」

說罷我吸口氣，期待地望著她。我對自己感到訝異，自從逃跑後，我再也不曾求人幫助過，當然更不希望有人實質或象徵性地接近我，而翠西又是我最沒勇氣求助的一位。或許我心底覺得，兩人若能一起渡過這關，她終會明白我並不是她所想或我所想的那種爛人。

就在翠西正要回答時，我的手機偏巧響了。我接起電話，想當然爾，是西蒙絲醫師的簡訊，我按掉開關。

「是我們的心理醫師。」我尷尬地笑了笑。

翠西哈哈笑說：「說不定她比我們想像的厲害，還是位靈媒。」這下子兩人都笑了。

「妳願意去嗎，翠西？」

她看看自己的電腦，環視一屋子的書，然後嘆口氣，走到桌邊靜靜關掉筆電。

「好吧，我去，但有一個條件。」

「什麼條件？」

「我們得先繞路到紐奧良，我得去個地方。」

# 第二十一章

由於翠西還要幾天才能成行，我在附近訂了間旅館，兩人都不提借住她家的可能性。在地窖裡比鄰度過那些夜晚後，我們知道那種親近會勾起太多回憶。

當夜我輾轉難眠，等終於睡著，又做了重複的夢。與其說是夢，不如說是盤據我睡眠的痛苦回憶。

我在樓上傑克的屋中，他正試探性地賜給我渴望且力求已久的機會。

傑克在毫無預警的情況下，默不作聲地引我下架，走出圖書室，來到房子前門。我本能地扭身回望圖書室門口，悲傷地對刑架行最後注目禮，希望藉著痛苦的回憶來鞭策自己。木架似乎散放出光暈。透窗而入的陽光讓架子覆上一層魔幻的光芒，我緩緩轉頭，再度看著通往戶外的前門，我以前從未見過門開，我的腳一定是在移動，但在夢裡，我是完全無法控制地不停滑過去，如鬼魅空氣般地飄移。

傑克向前指說：「妳想見她是嗎？」

他以前逗過我說，等有一天終於能夠信任我，可以讓我去見屍體時，他會專門為我掘出珍妮佛的屍首，並任我觸摸屍體，躺到它身旁。

我不清楚傑克是否對我以死相脅，就像他將珍妮佛虐死一樣。

我看著門外，經歷過這段期間後，我竟對戶外的空間害怕起來。我耗費數個月，建立起傑克對我的信賴，讓他相信我已接受自己的「命運」，絕對不會逃跑。我用極高的代價建立那份信賴，我可不能在此時前功盡棄。

然而此刻真的就是千鈞所繫的那一瞬間嗎？只要稍有閃失，我便可能喪命，不是死亡，就是重獲自由，沒有其他選項了，而且很可能二者同時兼受。無論如何，此刻過後，一切將會不同。這是一個轉捩點，我的心臟都快爆了。

我萬萬沒料到機會來得如此快速，即使我一直在盤算，卻沒算到這麼遠。我不知道時機是否適切，我已兩天沒進食了，腦子幾乎無力估算機率，感覺像數據不足，無法演算，而且我痛楚不已的身體一絲不掛，脆弱到不行。然而我卻鐵了心。

我相信自己很堅強，也知道自己動搖過。過去幾個月，我曾數度考慮放棄，認命地這麼過後半輩子，留在這裡當傑克的奴僕，直到他決定殺我為止。如果我不反抗，甚至連心裡都不去抗拒，他對我的肉體懲罰至少會下手輕些。只要能爭取到一丁點喘息，我就很開心了。

我看到打開的門扉外有一小片門廊，門廊後是泥土車道，車道盡處有一大棟紅色穀倉。高聳的穀倉相當破舊，斑剝的漆色下是老舊的木板，倉門打開約兩英尺寬，但我僅看到裡頭漆黑一片。

我並未立即發現屍體，等眼睛適應能看得深入後才見到。倉門左邊地上有一具用藍色防水布仔細包裹的人體。

當我看見防水布底處冒出一隻浮腫而血色盡失的腳時，心臟差點停止跳動。你幾乎認不出那骯髒的腳是人體的一部分，泥土在浮腫的踝部和指上結成泥塊，傑克顯然沒用任何棺木去埋葬她。

他將我推入打開的門，我朝屍體慢慢走過去，我雖知道他在幾個月前便殺死珍妮佛，也以為自己度過了哀傷，但看到她躺在那裡，我的悲傷與恐懼刹那間爆增十倍。我推開一波波襲來的悔恨與痛苦，將焦點收回自己身上。我該在此刻逃跑嗎？我該看看她嗎？我心愛的珍妮佛。

夢裡，我總是在這一刻渾身冷汗地醒來，腦中充斥著傑克的邪笑。我坐起身，走進旅館消過毒的小浴室，一杯杯灌著冷水，再走回床上坐下，不想開燈。

我的眼睛終於適應黑暗的房間，約略可看出家具的形貌。我瞪著對面鏡中自己陰黑的輪廓。那是我熟悉的朋友，我唯一的朋友。我可以假裝那反影便是珍妮佛的鬼魂，我經常同她說話，雖然她從不回答，就像她在箱子裡的那些年一樣。

今晚我凝望鏡中人良久，最後站起來走到鏡子邊，用手指描著她的影像，她是我唯一敢碰觸的另一個人。這位幸運兒是誰？我問。只要我在這裡，珍妮佛就不會再孤單了，她將鎖藏在我的箱子裡，沒有人能闖得進去。如圓鼓般緊封的箱中，只有各種恐懼與妄想，引領我這個殘破而無可救藥的囚徒。

# 第二十二章

幾天後，翠西和我飛到伯明罕，再從那裡租車，沿四線道的高速道路開了數小時，最後來到一個有四散的農舍、門可羅雀的商店街、半廢棄的小型商圈，和退伍軍人郵局的美國小鎮中心。翠西似乎很放鬆、很開心能回到南方的家鄉。

也許是心情大好吧，翠西才能忍受我的許多怪癖。當她用力關上後車廂時，我嚇到驚跳。我一絲不苟地檢視袋子、手機、再三查看皮夾裡的信用卡、緊繫安全帶，而且還得拉扯三遍，確定帶子沒壞。我在副駕駛座上下指導棋，像參加賽馬般地瞄望其他「騎士」，深怕他們會把我們擠出路面。

幸好翠西只是覺得好笑，我想跟我一起旅行一定很煩，不過我若不用西蒙絲醫師所說的對抗機制，焦慮感必會飆升，最後爆發出來。我必須逐一執行清單上的事項，以平靜自己。火爐關了、前門鎖了、鬧鐘撥了。

六月的阿拉巴馬州實在超乎想像，我雖預期會又熱又濕，但沈壓的濕氣，真叫人想遁入土裡逃開。我將車子冷氣調到最高，翠西則把收音機音量轉到最大，她大概懶得跟我說話吧。

我打算直接開到西薇雅的父母家，他們住在阿拉巴馬州東南角，塞瑪附近，柏科轉運站的小鎮。

我們好不容易抵達了這座凋敝的小鎮，鎮上鬧街兩旁是褪色的三〇年代紅磚建築，除了窗口的「出租」招牌外，什麼也沒有。小鎮中央有間銀行，我們還經過一間郵局、市政廳和連鎖藥局。沒有一處停車場的車子超過兩輛，有間小餐廳雖掛著「營業」的牌子，從窗子看進去，椅子卻都翻放在桌上，燈也沒開。

「這裡的人都靠什麼維生？」我望著空盪的大樓問。

「有野心的跑去製毒了，其他人則嗑藥或跑到『新』區的速食連鎖店打工。歡迎來到美國其他地區。」

我們繞過街角，來到一條岔路。路上無人，但翠西跟我保證說，到了週五人可多著呢，因為這條路直通灣區海灘。

我們按照GPS指示，來到一間磚造農舍，房子位於綿延起伏、混種棉花與牧草的農地中央。我們開上車道，那不過是一條偏紅的泥沙路。下車時，太陽再次烤曬著我，我真希望能穿些比灰色棉褲及白色亞麻襯衫更輕質的東西。

我還未及踏出第一步，便聽見翠西吼道：「小心！」我低下頭，看到一座比生平所見大上七倍的蟻丘。蟻丘有一英尺高，我靠過去研究蜂擁擠簇、東奔西竄的蟻群，有些扛著細小的白物，有些停下來與同伴輕略接觸，然後繼續前行。

「是火蟻。」翠西說，我皺著眉，小心翼翼地繞過蟻丘。

我們並未事先打電話，所以不知道西薇雅的父母是否在家，我們知道他們是農人，就像翠西說的，由於南方暑熱，農夫得早早收工。

此刻四點鐘，是一天最熱的時間。

我們敲了門，立即聽見裡頭有人喊問。一名六十出頭的男人打開門，我發現門並沒上鎖。男人像剛從午覺醒來，因為他穿著牛仔褲、白T恤，光著腳站在我們面前。但願他會邀我們入內，因為屋裡有清爽的冷氣，讓人不自覺地想靠過去。

「有什麼事嗎？」男人用友善客氣的語氣問，算不上熱切。他一定以為我們是來推銷東西的，但他完全不顯粗魯，且似乎對翠西的怪異打扮不以為忤，即使她臉上的釘環在豔陽下閃閃發光。

翠西率先表示：「鄧翰先生，我們想來談談您女兒的事。」

男人立即面露恐懼，他一定以為我們是來報喪的，我連忙插道：

「她沒事的，先生。」老先生臉上表情登時一鬆，「嗯，至少我們希望她沒事，其實我們並不認識她，但我們想跟她取得聯絡，我們得問她一些問題。」

「她是不是惹上麻煩了？」老先生痛苦地問，我的心都碎了。

「不……不是，先生，就我們所知並沒有，她可能只是……目擊了一些事。」

「一些她老公幹過的事嗎？」他語帶怨怒，脖子肌肉僵緊，好像快哭了。

「的確跟他有關，」我說，「但我們現在無法多談細節。」這算是實話。

「妳們是警方的人嗎？」他斜眼瞄著翠西問。

「不是……不盡然是。」翠西答道，「不過警方……知道我們在調查。」

他細細打量我們，好像剛注意到翠西部分剃光的頭髮，湊近去看翠西。不過老先生只頓了一下，便邀我們進屋了。

「艾琳。」他用輕快的聲腔喊道：「我們有客人。」他雖被我們勾動痛處，卻仍和善地衝我們一笑。我本能地喜歡上他，這種男人怎麼會有願意嫁給傑克．杜柏的女兒？

他的妻子到門口跟我們打招呼，邊走邊在圍裙上擦手。我們自我介紹，但都沒使用本名。

「什麼？大熱天地，丹尼竟然讓妳們站在外頭？快進來呀，女孩兒們！進來坐。」

我們走入明亮的客廳，坐進大花布沙發裡。滿室的地毯讓人有置身子宮的錯覺，完美的空調將這裡變成一個小小的生物圈，一塵不染的客廳飄著室內除臭劑的淡淡人工清香。

我很困惑，我以為西薇雅是來自破碎或家暴家庭，而不是來自美國鄉村小鎮的和樂人家，因從小自尊受損，才會受傑克迷惑。

丹尼．鄧翰轉頭看著滿臉期待望著他的妻子。

我好後悔貿然跑來打擾這對善良的夫婦，女兒的不知去向顯然令他們憂心如焚，就像那些年我的父母一樣。我看著翠西，知道她亦有同感。這對夫婦也是傑克．杜柏的受害者，方式雖然不同，卻不改其實。

丹尼表示：「艾琳，她們是來談西薇雅的，她沒受傷。」他很快地說，「不過她們想找女兒問些問題，她們認為咱家西薇雅可能目擊了什麼。」

「噢。」艾琳挺起身凝視遠方說：「那就恕我們無法幫忙了，她近來也不太跟我們聯絡。」

丹尼幫她把話接下去，「事實上，從她離家參加那個宗教團體，已經七年多了。我不懂她為什麼要跑那麼遠，我們這附近也有很多宗教團體啊，畢竟這邊是基督教盛行的地區。」

「她是怎麼……西薇雅怎麼會跑那麼遠去參加那個團體？」

他嘆口氣，「還不都是電腦害的，我們家沒電腦，她會到鎮上圖書館用幾個小時。」

「她是在網路上找到該團體的嗎？」我訝異地問。

丹尼點點頭，「西薇雅一旦做了決定，誰也攔不住她。她離家時二十歲，我們已管不住她了。」他搖著頭，「我好希望她至少能先讀完專科學校。」

「她主修什麼？」翠西問。

艾琳嘆道：「宗教。那時她一心只在乎宗教，我看得出她她越信越迷了，對那種年紀的女孩似乎不是很健康。但妳也知道，每個人都得找到自己的道路，你沒辦法替他們過日子。」

「但也太走火入魔了。」丹尼接著說，「整天祈禱、參加團契、教會內部活動等等之類的。一開始我以為她愛上那邊的年輕牧師了，他雖是牧師，卻是個好人。」他勉強擠笑道：「可是後來牧師娶了從安達魯西亞來的蘇·坦娜華爾。」

丹尼和艾琳各自望著不同方向思念他們的女兒。不知西薇雅究竟在圖書館的電腦上找到什麼。

接著艾琳回神說：「我真是太失禮了，兩位小姐一定是大老遠從城裡跑來的，我能邀妳們一起晚餐嗎？」

翠西幾乎難以覺察地朝我輕輕點頭，我向艾琳表達感謝盛情。

艾琳張羅餐飯時，丹尼帶我們參觀農場。我們步入暑熱中，探索西薇雅成長的地方。我希望能感受到彼此的共通處，看看她童年成長的田野，她夢想未來的地方。

翠西和我遙望盤環的山丘，丹尼掏出一把小口袋刀，拾起一根棍子削了起來，他低著頭，不理會地平線上沈陷的輝煌落日，最後，他終於開口了。

「我們家西薇雅是個很聰明的女孩，學校說他們給學生的標準測驗從來沒人考過那麼高分，而且她很與人為善、溫和、樂於助人又充滿愛心。可是西薇雅到青春期時，整個變了樣，大家都說孩子到了青春期就會這樣，我們根本不信，總覺得她會去上個好大學，住在紐約那種大都市，甚至歐洲。即便將來我們不能常看到她，但應該能應付得來，因為那是我們期待的，可是誰料得到，事情竟會變成這樣。」

「事情是怎麼開始的，鄧翰先生？」我問。

他沈默片刻，將棍子握近到面前，檢視剛才的削工。

「她從高三開始熱中宗教，剛開始還會跟我們談——想跟我們深入討論哲學。我跟她表示真的沒興趣，但我知道，我若不跟她談，她會將我排拒在外。所以我跑到圖書館借了一堆書，晚上試著去讀，可是忍不住就睡著了。

「直到西薇雅開始上網後，我才擔心起來。不久，她開始談到她的『宗教領袖』。我摸不清他們的底細，是某種詐騙集團嗎？他們是想要錢嗎？但西薇雅根本沒錢，我們也沒有。」

他扔開第一根削妥尖頭的棍子，再拾起另一根。

「她跟我們越來越疏遠，餐桌上幾乎不跟我們談話，而那一向是我們家的生活重心。

「等西薇雅真正離家前，已與我們生疏了好一陣子。她最後終於收拾行囊，告訴我們要去城裡車站跟她的領袖會面，叫我們別擔心，她會保持聯絡。我們想送她，但她不依，似乎很害怕我們會跟去，所以我們只好讓她走了。

「她僅留電郵地址給我們，當天我便請圖書館員幫忙設個帳號，西薇雅確實也寄了幾次e-mail給我們，但很快就杳無音訊了。」

「她……她結婚時有寫信給你們嗎？」我試探性地問，深知此事極度敏感，但又希望他會知道一些事。

他搖搖頭。

「我們整整兩年沒有她的消息，之後聽到的消息並不是她捎來的，而是從報上看到的。報上說她一直寫信給一名囚犯，還說要嫁給他。我們知道那男人的底細後，艾琳哭倒在我懷裡，老實說我也哭了，我也跟著哭了。」說到這兒，他抬起頭，把刀子收回口袋，遠望山丘。

「這很難解釋得通，你能想像，在這片由她祖父母和前人耕耘的土地上長大的小女孩，竟會嫁給一個變態的瘋子，一個傷害其他女孩的男人嗎？想到自己女兒竟捨棄你供給她的，而選擇那種生活，還有什麼比那更悽慘。」

我看到丹尼眼中堆淚，只得扭身走開幾步。我不知道該如何面對這種傷痛，更無法目睹爸媽在我被囚禁的那段期間，所受的相同煎熬。那些夜晚，我多麼希望能向他們報平安，嗯……並非全然平安，但我還活著，並時時想念他們。

翠西盯著地面，老先生的真情流露，讓她見識到從未見過的父愛。她一定很痛心，這樣的親情竟浪擲在一個棄如敝屣、自願投入惡魔懷裡的女孩身上。

丹尼昂然一挺，擦乾眼淚說：「反正現在我也不能做什麼了，她是大人了，可以自己做決定。」

我轉身走回丹尼身邊。

「鄧翰先生，我知道這個問題很冒昧，但你是否還保留西薇雅幾年前寄給你的e-mail？」

丹尼將自己拉回現實，「我當時有把信印出來，大概可以找得出來吧，但我不覺得對妳們有用。」

等吃完烤火腿和數種炸蔬菜後，大夥將餐桌收拾乾淨，丹尼拿出他的舊檔案盒。盒底的一份厚夾子標示著：「西薇雅」，他取出檔案夾，西薇雅二十歲前的生活便在我們面前展開了：她的出生證明、預防針注射卡、成績單，以及放在粉紅小信封袋裡的班級照。

我拿起一張相片。

她是個漂亮的女孩，髮色金棕，眼睛碧藍，笑容明麗。她看起來自信又討人喜愛，丹尼告訴我說，那是她高二時的照片。

接下來的照片，西薇雅剪了相同的髮型，年紀僅稍大一些，但笑容緊繃，眼神飄向遠處，丹尼根本無須贅言。他看了一會兒照片，然後喟嘆一聲，將相片收回信封裡。

三人翻看舊日點滴時，艾琳都沒離開廚房。當我們透過這些記錄，細究她女兒的一生，她卻獨自待在廚房，站在漆黑的窗前，痛苦地奮力地刷洗鍋子，手被洗碗水泡得又紅又燙。

最後，丹尼用拇指翻閱檔案倒數幾頁印出來的電子郵件，翠西和我一一讀過，卻找不出任何有意義的內容。這些信令我想到傑克的信，充滿詩意，卻全是胡言，信中相當樂觀，對她追隨領袖的新生活充滿了想望。

最後一封信讀起來應該還有後續，因為西薇雅的語氣像個興奮的十四歲孩子，從營隊寫信回家，談論他們終於要泳渡湖面的事。她很興奮「要融入一場神祕而神聖的經驗」，「透過真實切身的奇蹟，讓夢想成真」。

我真希望這是從營地捎來的信，一封蓋上郵戳的信，這樣我們便可知道她最後在哪兒了。

丹尼和艾琳留我們過夜，翠西和我婉拒了。我們開了一個多小時車，才在高速公路邊，看到一間燈火明亮的汽車旅館。翠西瞄著我，我搖搖頭，我辦不到，她只好繼續開車，尋找更大更安全的旅館。最後我們整整開了兩小時車回伯明罕，在城中心找到一間堅固寬大、頗有歷史的旅館，而且還有代客泊車。

藏身在堡壘般的旅館裡，我大鬆口氣，將行李放到柔軟的米色地毯上。旅館房間感覺像避難所，床單整潔緊緻，被子軟厚，房間鑰匙卡的紙盒上寫著旅館Wi-Fi的密碼，讓我宛若置身天堂。

我拿起遙控器打開電視，然後開啟筆電搜尋西薇雅·鄧翰。我發現那是個很普通的名字，但首批跳出來的一批資訊，就是我要找的西薇雅·鄧翰：奧瑞岡地方小報上的新聞，還有幾個較大的新聞網站，全都是她嫁給傑克·杜柏的報導。報導內容多為這妖孽如何透過電郵尋獲愛情。如果報導的主角是個「人」的話，應該會很有趣吧。

其中一篇甚至充滿戲謔諷刺和蠢不可及的笑話——甚至在標題中稱他「痛苦教授」——彷彿傑克不過是漫畫裡的壞蛋。看到這兒，我憤然關上筆電，結果只得再度打開電腦，確定螢幕沒被我摔壞。我抓起遙控器關掉電視，靜靜坐著，瞪著自己在電視螢幕上的反影。

我究竟想從新聞報導中找尋什麼？大概是想看看她的近照長什麼模樣吧——是高二還是高三的那個女孩。想當然爾，新聞裡只有傑克詭笑凝視的照片，因為他才是報導中的明星。

難道花樣年華的西薇雅真的認為，她的幸福繫在傑克這種男人身上嗎？

我能理會西薇雅的魅力——她那從嚴肅的學生照中，綻放出來的燦爛笑容。就我對傑克的瞭解，他一定很樂於遇見如此年少、脆弱而活潑的人。我可以想像他會多麼珍愛她的熱情與天真爛漫。更重要的是，他將何其享受用除了我之外幾乎無人能夠理解的殘酷，去澆熄她那特有的明光。

# 第二十三章

第二天，翠西和我出發繞道紐奧良。我比平時更焦慮，因為我急著想回奧瑞岡調查。這個案子的所有線索已漸漸開始兜攏了——我可以感覺得到——但我還看不出答案。這趟旅程是翠西開出的條件，所以我知道我們非去不可。不知翠西打算帶我去哪兒，我沒多問，怕侵犯她的隱私。

傍晚時分，我們終於抵達紐奧良。看到實景，我竟然十分興奮，生動地憶起那些年，翠西在地窖裡告訴我們的神奇故事。

法國區果真漂亮，破舊中攙雜著富麗。翠西載著我滿街跑，指出她童年時不可磨滅的地標：乞丐聚集的街角、破爛不堪的熟食店、一條恐怖的暗巷。

「觀光客手冊上不會有這些吧？」她笑著在一間破舊的餐廳前平行停車。

我們很快吃過飯，直到兩人回到車邊，我才發現翠西變得相當嚴肅。

「好，我們走。」

我完全不知道我們要去何處，但依舊點頭，我總是對翠西點頭，就像那些年，幾乎被她跟傑克．杜柏控管我的生活一樣。她從不認為我會違逆她的指令，現在也不會問我有什麼想法——如同當年的絕口不問。我有點不爽，但強壓了下來。我欠翠西這份情，人家都陪我來冒險了。

翠西將車掉過頭，往紐奧良城中心的反向行駛，我看著紐奧良在照後鏡裡漸次遠退。

「翠西，」我有些怯怯地問，「我們是不是走錯方向了？」

「不算是，」她說，「我們並沒有離開城市很遠。」

我沒再吭聲，即使我們已經離開高速公路，開上一條似乎很多年沒人走過的泥土路了。地面泥濘濕軟，車胎陷得有點深，感覺不甚安全。翠西使勁駕著車，打到低檔，催著引擎。我突然慌了起來，翠西那決絕的表情讓我有些害怕。

「翠西，」我再度開口，這回近乎哀泣，「我們要去哪？」我重重吞嚥，不太敢知道答案。我突然想到——也許翠西仍記恨於我，現在終於要復仇了。也許那才是她此行的動機，此時我只能任她宰割，她對這些荒棄的道路瞭若指掌，附近又半個人都沒有，她可以對我為所欲為。

焦慮自胃部揪擰，竄過胸肋注入腦中，我開始發昏，所有熟悉的徵候全冒出來了。謹慎如我者，怎會著了這種道？翠西多年前在地窖裡就跟我說過，無論我去哪裡，做什麼，只要我們逃離地窖，她總有一天會宰了我。當時我沒將她放在心上，因為得專心逃脫，然而現在，現在我全副心神都在她身上了。

我極力想解讀她的眼神，這部便宜的租車在泥路上都快被她操散了，她特別要求手排檔的車，所以就算能阻止她，我也哪兒都去不了，因為我不會開手排檔。

翠西緊盯路面，沒回答我，跟兩人剛結伴同行時——那個跟我保持距離、讓我覺得自在的女子——截然兩樣。我還以為她的怨怒已經散去，被淡淡的厭惡取代掉了。顯然我錯了。

車子在路上重重顛簸，我的頭都快撞到車頂了。

「翠西，」我結結巴巴地說，「翠西，我很抱歉，真的，我不……」

「閉嘴。」她簡單說道，往右急靠，避開一處壺穴。「先別說話。」

我閉上嘴，握緊門把，考慮要不要跳車。我盤算自己能跑多快，要往哪兒跑，我無法跳開很遠，但至少我的證件和信用卡全在袋子裡。我抓起袋繩，在腕上纏繞數次，萬一真有勇氣跳車，便能隨身帶著了。路邊雖有高長的樹叢，但我若高舉雙臂，應能免於臉部受太多傷，而且我可以用背部滾入草叢裡。

我好害怕跳車，卻更怕翠西的表情。

我終於勉強輕拉車門的金屬手把，將車門解鎖。我閉起眼睛開始數數。一、二、三……

第一次我實在沒勇氣跳車。

我查看計速錶，感覺時速好像有八十英里，實際上還不到四十五。

我看著路面，前方似乎有片軟草，那是我的機會，我得打開門、跳下去、翻滾。

三、二、一……我重重吸口氣，打開車門，盡可能地把身體探出去。風似乎將我吹了回來，但我知道那是車子前行時造成的錯覺。

我聽到翠西大喊：「搞屁啊！」然後奮力踩住煞車。

車子又往前衝出幾英尺，煞車器發出尖銳難聽的叫聲，車子緩下停住。翠西跳下車，我聽見她朝我衝來。

我花了點時間才站起來，應該沒受傷，只是摔得七葷八素而已。我慢慢起身，奮力沿泥土路奔跑。不過翠西的速度很快，比我快多了，她四五個箭步，便追到我的後頭了。

我聽見自己在尖叫，卻覺得與自己的身體無關，那叫聲彷彿出自他人。我依舊緊抓袋子，即使在恐懼中，還是懂得到了鎮上會需要用到。翠西對我大聲咆哮，我被自己的尖叫吵到聽不清楚，我們兩人幾乎同步劇喘，又等了一兩分鐘後，我知道自己沒力氣再跑了，幸好翠西比我還先不濟。我繼續盡快走著，努力喘息，一邊尋思下一步動作。

「搞屁啊?妳搞屁啊?」我只知道翠西一再地說。

「求求妳別傷害我，求求妳別傷害我。」我已經快要抓狂了，翠西朝我逼近，手指離我的手臂僅數英寸，我盯死她，再次尖叫——這回像恐懼的嚎叫——翠西渾身一顫，往後退開。她岩石般地釘立在我前方，未有分毫移動。

翠西冷靜地說道：「莎拉，莎拉，別這樣。我不會傷害妳，我不確定妳在想什麼，但不管妳在想什麼，妳都錯了。」

我從沒哭得這麼凶過，我涕泗縱橫，抽噎不止。

翠西還是沒敢向我走來，只是一個勁地安撫我說：「我不會傷害妳，我絕對不會那麼做，莎拉，妳冷靜一點。」

我看到翠西面露驚懼，不懂怎麼會換她害怕，她大概從沒見過我這樣，反正從離開地窖後就沒看過，或許這讓她想起過去。

翠西目不轉睛地看著我，然後閉眼深深吸氣，準備說出要說的話。

「聽著，我知道幾年前我講過一堆瘋話，老實說，我們那時全都瘋了。」她頓了一下，拿捏措辭。「我知道即使是現在，我對妳的感覺並非百分之百理性，這點或許永遠不會改變，但我希望妳瞭解，我已不是從前地窖裡的翠西了，至少我對妳當年的很多做法，有一定程度的理解。這不表示我們會變成好友或什麼的，但……」

我不知道該說什麼，翠西再次頓住，擋住眼上的陽光，以便看清我。她在等我回應，我卻辦不到。

我開始能正常呼吸了，我拿袖子擦鼻子，癱倒在路邊，揉著眼，思忖她剛才的話。翠西身體一鬆，但仍看緊我，保持距離。

我想對她說點什麼，卻找不到說詞，我想道歉，說我現在也不同於以往了，卻又不確定是真的。我只好慢慢點頭，知道她不會殺我，我被自己的恐懼蒙蔽，再次錯解周邊的訊息了。我到底能不能恢復正常？

二人不再多言，開始沿路走回尚未熄火的車子邊。等坐進車內，翠西將車上檔，踩動油門。她沈浸在自己的思緒裡，流露出我前所未見的悲傷。我直直望著前方，繼續抽著鼻子。

翠西小心翼翼地開上另一條泥土路，這條充其量只算得上是小徑的路，勉強容下一部車寬，樹枝刮著行進的車頂和車身。小路盡處是一片草地，翠西把車停到旁邊。

「從這裡得用走的。」她關掉引擎下車，我跟著下車，抓住自己的包包，袋繩仍緊纏在我腕上。我蹣跚地踏到草地上，然後向前走了約五十碼。

我看到遠處水光粼粼，原來我們在一處廢棄的營地上，老舊的火坑邊雜草叢生，空地上滿是垃圾。我檢視手機，發現時間晚了，太陽很快便會西沈。

我四下環顧，如果捨去四散的垃圾，這裡還挺美的。林木有著南方或熱帶地區的蓊鬱蔥蘢，空氣不若城裡那般窒濁，湖上的清風吹散了濕氣。

兩人沈默片刻，望著湖對面的夕陽，最後我終於忍不住問了：

「翠西？」

「什麼事？」

「我們在這裡做什麼？」

她停頓良久，然後才答說：

「這裡便是我人生的轉折點。」

我耐心地等她往下說，我知道翠西得做好準備，才能訴說她的故事。她終於揮手要我跟上，兩人來到湖畔，天際橫陳著豔橘與粉桃的霞雲，湖上反射的斑斕七彩，映得我們燦然生輝。

「就在那兒。」她指說。

我再次候著。

「他在那裡動手，『大災難』就是在那兒發生的，班尼就死在那裡。」

原來如此，我摀住嘴，好想安慰她，卻因自閉太久，而拙於言詞。我發現，我的無力揮別過去，讓世界縮小到僅容得下我自己。此刻我才覺悟到，原來心神的錯亂也可以變成一種自戀，讓我對別人的需求渾然無覺。

我明知沒有用，還是向翠西靠近一步。翠西揮手要我別過去。

「他大概是沿這邊走入湖裡。」翠西指著離我們二十英尺的一小片沙地說。「他們在這個方向找到一些鞋印：他的帳篷搭在那片林子裡，他跟我們幾個無家可歸的朋友住在這裡，一起廝混喝啤酒，其中一人有吉他。以前我也會到這兒，一次待上兩三晚，一群人很開心。

「後來某晚深夜，他等大夥都入睡——或者說是喝掛吧——起身走入湖中，毫不回頭，有個朋友聽見水花聲後，試著跑去救他。

「但救不回來了，班尼就這麼沈入水中，再也沒回來。第二天他們打撈到屍體，班尼用撿來的鐵鍊將自己沈到湖底，死意甚堅。

「我每隔兩年便會回來這兒，我想跟他談一談，問他為何這麼做。我好痛苦，卻覺得在這裡最能親近他。」翠西涉入水中幾英寸，然後再走深些，緩緩將一腳挪到另一隻腳前。有一瞬間，我懷疑她會不會繼續走下去。翠西像是被擊垮似地垮著肩，低下眼，嘴角垂墜。

「我不該獨自丟下他，千不該萬不該丟下他。那時我沈迷於俱樂部，想找地方逃避，其實根本沒有用。我的缺席使我失去班尼，失去我唯一所愛的人。」

我什麼都沒說。經驗告訴我，不管任何人說什麼，都無助於你度過悲慟，你得任由悲傷一再席捲，直至浪潮漸退。我默默呆立，瞭望旁徹塔朗湖和壯麗的落日。

翠西雖然不說，我卻知道，從此地引動的一連串事件，讓她最後落入傑克的地窖。若非喪親之痛，讓翠西注射海洛因，她會變成傑克的獵物嗎？看到此刻的她，真不知何者更慘——是傑克對她的影響，抑或是弟弟的棄世？

兩人佇立良久，直至天色晚得令我緊張。在昏暮中，越來越看不清楚了。

接著附近傳出聲響，雖只是一記樹枝的斷裂聲，卻讓我所有神經末梢豎起。我看著翠西，她坐在地上抱著膝，仍處在恍惚中。

聲音再次傳來，我看得出翠西這回也聽見了。沒想到我對她的肢體語言如此瞭若指掌，彷彿我們仍關在地窖裡。兩人豎耳傾聽，彼此雖然沒打暗號，但都已曉得，就像在地窖裡聽見傑克的車從車道底處開上來，我們的身體會跟著緊繃一樣。當他進入屋內，我們項背上的肌肉和下巴便會微微拉緊，警戒地等著，聆聽他的動靜。

「翠西，」我悄聲問，「我們可以走了嗎？」我看看自己的手機，本能地做例行檢視。翠西點點頭，火速站起來，我們一上車，翠西便按鈕鎖死車門，我連問都不必。她扭開車燈，開動車子，先是慢速，最後越開越快，竄離營地。

我們看到前方道路上，有個模糊的男子身影，翠西猛踩煞車，兩人同時高呼出聲。男人穿著格子衫，鈕釦大開，裡面是件白色T恤。男子留著長髮與山羊鬍，攤開兩臂——我看不出究竟是表示投降或打算攻擊——開始朝車子走來。

我再次檢查車門是否全都緊緊鎖死，並火速四下張看，確定外頭沒有別人。我的眼角餘光瞥見一些動靜，接著驚駭地看到另一名男子從陰影中衝出來，直奔我這一側的車門，男子還伸手扯門把。

翠西和我齊聲尖叫，接著她便猛踩油門，催油到底。穿格子衫的男人跳向一旁的樹叢，以免被撞倒。即使老早已從照後鏡看不到他們了，翠西仍不斷催速。車子每撞到崎嶇的路表，便重重彈跳。我緊閉雙眼，規律地做深呼吸，默默數數。

等我們來到都市的速限範圍，翠西才放緩車速。我們在燈火通明的雪佛龍加油站停車加油，然後繼續開車，最後在一間鬆餅屋前停車，兩人坐到角落的包廂裡，點了咖啡，默默坐著，等心臟停止狂跳，讓腦袋慢慢沈靜。

# 第二十四章

兩天後，翠西和我一起在波特蘭下機，我開始自覺像個老練的旅遊者了，我已不再犯恐慌症，也學會了適應。我買了一只小型的滾輪行李箱，在登機門被空服員另行收去放置了。我胸口上斜背一個更小的袋子，貴重物品都放在拉鍊內袋裡，每隔半小時準時檢查一遍。至少我的隨身物品都安然無恙。

翠西和我自離開紐奧良後，幾乎沒說到話，我實在不明白。該不會是因為跟我說了那些話後覺得尷尬，而在離開傷心地後又深覺懊悔嗎？或許翠西希望我能有更多回應——表示我拙於表達的瞭解或同情。或許她其實跟我一樣，無法斬斷過去——無論她嘴上怎麼說。

我告訴自己，反正我並不特別想跟翠西重修舊好。我雖這麼想，卻知道自己根本不信。我不能再待在自己的小泡泡裡了，詭異的是，我也不想那麼做。

不過像這樣子跟翠西一起待在外邊，沒有牆壁的圍繞，感覺很不真實。總之我們倆真的又來到奧瑞岡了，以前打死我們也不相信，會有任何事情能讓我們再回到這個地方。

我掏出手機檢查，藉此分神。我看到西蒙絲醫師又寄來簡訊，覺得在繁忙的公共場合回電應該無妨。

醫師立即接聽，「莎拉，妳在哪裡？」

「我在度假，西蒙絲醫師。」

「莎拉，吉姆跟我談過了，妳在哪裡？一切還好嗎？」

「我很好，承蒙妳長久以來的幫忙，真的，但我得自己去釐清一些事情。到時候我們再一起慢慢地仔細討論吧。」

「我瞭解，我只是想告訴妳，那並不全是妳的責任，請千萬記得。」

我停下來，行李箱的輪子在機場平滑的地上慢慢止滑。西蒙絲醫師總是有辦法踩到我的痛處。

「這話是什麼意思？」我問。

「沒別的意思，我曉得妳給自己很多壓力，這件案子還涉及許多其他人，他們也有責任讓傑克．杜柏繼續坐牢，不能全靠妳。」

「嗯，我當然知道。」我的話講得有點太急了。

「好啦，我只想對妳說，祝妳旅途愉快，回來後打個電話給我，需要時早點也沒關係。」

我掛掉電話，望著一間烤肉店的燈牌。西蒙絲醫師說得對，我不必承擔所有責任，但事情並不盡然。即使我不必為所有人的痛苦負責，卻對珍妮佛有責任，我欠她太多。

我想起兩人被擄的情形，那晚我若不磨著她跟我去派對就好了，珍妮佛想準備考試，我卻逼她出門。我還記得她的猶豫，以及後來為我讓步。如果我沒逼她，現在我們會在何處？

我怎麼又來了。我搖搖頭，讓腦子清醒。

翠西直直朝出口走去，用眼角瞄我：「是西蒙絲醫師嗎？」

「是的。」

「我不懂妳幹嘛還讓她看診，她基本上是公務員。」

「妳是指，因為她跟吉姆密切合作嗎？」

「我是指，奧瑞岡州政府不是還在付她錢嗎？而且她一開始就幫我們三人看診。拜託，莎拉，他們是在監視我們，好確定我們不會再跑去立法院索賠。我立即就改看私人心理醫師了，一年只見西蒙絲一次，省得吉姆來煩我。吉姆總說是去報到一下，他說得一點都沒錯。我們早就被賣了。」

「什麼意思？」

「得啦，莎拉，西蒙絲一定什麼都跟ＦＢＩ說了，他們早把我們放到大資料庫裡了。哪天他們一定會跑來找妳，祕密訓練妳當刺客。說不定還在我們腦袋裡裝了晶片，傑克．杜柏做不到的事，他們說不定能辦到。」

我聽不出這是翠西的黑色幽默，還是世界恐怖得超乎想像，我決定先把這事記在心底，以後再好好琢磨。

我們的第一站是奇勒鎮，西薇雅家。一切都沒變，信箱依舊塞滿，郵差曾試圖關上信箱，但僅能闔上一半。我們把車停到近處，我跳下車，左張右望，確定沒被瞧見。

我從郵件頂端抽出一張通知，上面告知西薇雅以後她的郵件會扣在郵局裡。我往裡翻，只找到更多垃圾郵件，沒有傑克的信。我猜他大概知道西薇雅在哪裡，或至少她不在何處。

「好，走吧！」我回到車裡對翠西喊。

「又有人在追我們了嗎？」她說，聽不出是否在嘲弄我。

「沒有，但我得離開這個令我發毛的鬼地方。」

翠西依言加速，趕往城鎮另一端去拜訪范兒和雷恩。我安排跟他們一起吃飯，當我們把車停到他們潔淨的平房車道時，我告訴翠西，她在這兒得用假名莉莉，翠西聽了扮起鬼臉，問我下回能不能自己挑名字。

雷恩在門廊的搖椅上等我們，他揮手請我們入內。他們家十分舒服明亮，色調柔和。屋子裡煮著燉肉，撲鼻的香氣讓我們想起自從中午吃過可悲的飛機餐盒後，就不曾進食了。

我介紹莉莉，看到翠西並未抗拒，心中鬆了口氣。雷恩開玩笑說，她那些釘環一定很痛，翠西點點頭，露出微笑，至少表現得很客氣，這時范兒也來了。

「接到妳的消息真好，凱洛琳。」范兒說。這名字令我驚跳一下，我的身體還是無法接受。范兒與翠西握手，「妳當凱洛琳的研究員有多久了？」

翠西趁沒人注意時，對我翻白眼，然後咬牙低聲說：「沒多久。」

「很高興妳們能留下來用餐。」范兒幾乎一刻不停地接著說，「吃完飯後，雷恩有些東西想給妳們看。」

吃罷甜點，雷恩暫且離開，幾分鐘後拿著一大本相簿回來，他得意地將相簿放到我們面前。范兒咯咯笑道：「噢，他想對別人炫耀相簿很久了，這事和我一點關係都沒有，通常我不會讓他跟任何人分享，免得別人以為他是怪咖，不過我們覺得妳們會感興趣。」

翠西伸手翻開相簿首頁，但裡頭不是相片，而是仔細保存的新聞剪報。每張剪報旁，都有一張寫滿左斜得厲害的細字索引卡。

「是我的筆記。」雷恩發現我們在注意紙卡，「我會把電視新聞報導記下來，然後加上自己的評語，我總認為還有內幕，媒體只會報導表面而已。」

我看看翠西，她整個人都入神了。我知道我們的消息上了媒體，但我從未讀過任何報導，因為那時他們還不許我讀報看電視。爸媽將我關在家裡，避開媒體的騷擾，我只記得那段日子，我不斷用媽媽做的菜，或鄰居們送來的熱鍋菜，將自己餵到快吐。

如今想來，我那時在爸媽家裡幾乎形同囚犯。我耐心地靜靜躺在沙發上，爸媽則謝天謝地的不斷看著我，我想要什麼，他們都會去張羅。新拖鞋、檸檬薑茶，任何我小時候愛吃的點心都行。

然而我已不再愛吃那些東西，我所有味蕾都被經驗改造掉了。事實上，我懷疑老媽已在疑心我並非她的親生女兒，因為我改變甚巨。媽媽想知道我們遭遇的一切，但我僅告訴她篩濾剪輯過的片段。我只透露一點點，不想讓她受到真相的衝擊。我相信只有我能衡量她的承受度，我得保護她，以免她受不了。

回家後，整個世界變得模糊明豔而不真實，我長久禁錮在自己的心靈裡，推卻其他一切事物，我沒辦法活在當下。媽媽雖然盡了最大努力，我們還是十分隔閡。

我永遠不知道該如何跨越那道鴻溝，媽媽最難過的是，我無法忍受被她擁在懷裡。她真的只想抱抱我，但對我而言，我所有的網絡都切斷了，除了一名埋在奧瑞岡某處的女孩外，我跟一切都斷了聯繫。

我媽對珍妮佛的事當然十分難過，但女兒能再次返家陪她，削減了她對珍妮佛的哀痛。我覺得——我知道——珍妮佛應享有更多哀榮，該有人真正為她痛悼，我自覺是唯一能做到這點的人。

珍妮佛與她父親斷絕聯繫時，我們倆還在念高中，她老爸自此也就不再跟她聯絡了。他跟媒體大談自己的哀痛時，對此事當然隻字不提，他來探望我時，我戒慎地看著他，知道他其實只想被注意罷了。對我來說，他的眼淚全是虛情假意。

此時此刻，我在奇勒鎮的舒適廚房裡，空氣中飄著餐後的咖啡濃香，細讀恍如隔世的新聞剪報。我瀏覽著，不時讀上幾個片段，發現報導語氣隨著每日進況而改變。我在那些內容中偵測到熟悉的職業性熱切，但這回是因為記者發現了故事背後的聳動元素。

接著我發現，大部分報導的署名都來自同一人：史考特．韋伯。他一定就是大衛．史帝勒提過的那名很哈愛黛兒的記者。我對翠西說，不知道我們該不該去找他，垂眼讀報的翠西頭也不抬地回道：「當然要。」她眼中泛著淚，連她都受不了了。

「雷恩。」翠西仍垂著眼，「你為什麼會對這個案子那麼感興趣？」

雷恩咧嘴一笑，「噢，不止這個案子，不過這絕對是比較誇張的事件之一。後來等西薇雅搬到這一帶，這就變成我的癖好了。」

我抬眼看他，「怎麼說？」

「呃，小姐們，請隨我來。」我們跟隨他沿著走廊來到屋後一扇門前，我遲疑著，突然覺得幽閉。我跟別人靠得太近了，我不喜歡狹窄的走廊，即使是在這麼舒適的住家中。

我拉開兩步距離，隨他們走進雷恩的小書房，當我繞過轉角時，忍不住抽口冷氣。牆上貼滿一張張報紙，上面盡是最恐怖的犯罪標題與照片。桌上靠牆而立的，是加了框的歷史文件影本，全都跟知名的犯罪有關。雷恩顯然花費不少心血創造這個精緻恐怖的陳列室，自過去挖掘、搜集人虐人的檔案。

牆上一個長架上擺滿了相簿，跟他拿給我們看的幾乎一模一樣，每個相本都標示著不同的名稱，我難過地想，不知是受害者或罪犯的名字，不過大家通常記得的都是罪犯的名字。

我回頭看看雷恩，發現他正得意地笑著，對自己的癖好絲毫不以為恥。是啊，在他看來，這些僅是故事罷了，雷恩可曾想過，受害者真有其人？他可瞭解那些相簿所含納的悲劇與慘絕人寰？他把別人被毀的一生，當成集郵般的嗜好在收集。

我不必看，也能感受到翠西的厭惡。我們兩人連話都說不出來，我無法理解，怎麼會有人喜歡我拼命逃避的東西。雷恩看著我們驚愕的面容，開始試圖解釋。

「我知道妳們在想什麼，妳們覺得有點，呃，奇怪。請別誤會我，有很長一段時間，我也懷疑自己是不是有病。不過我認為……我覺得……我只是想瞭解人們為何會幹這種事，究竟出了什麼事。

「人常會執迷不悟，做出意想不到的事，在瞬間改變自己的一生。有時，則純粹是因為瘋狂——精神有病——但不能算是他們的錯。不過偶爾，只是偶爾而已，似乎真的有惡魔在作祟，像傑克．杜柏那種真正的惡魔。」

「你不認為他是精神有病嗎，雷恩？」翠西打起精神問。她似乎突然感興趣起來，原來翠西仍在尋找答案，我還以為她全都仔細分析過，已拋開從前了。翠西向來無所不知，也許，她還是有她的疑問與困惑，就像我一樣。

「不，我不覺得他有病，他……他太精於算計了，他所做的一切，都需經過仔細的籌劃與控制。我跟西薇雅打聽過他的事。」

雷恩頓住，我覺得他不打算再說下去了，因為他別開眼神。

「請繼續說，」我表示，「那會……有助於我們瞭解。」

「呃，她只在我要求下談過傑克．杜柏一次，後來她還求我——真的是懇求我——別讓任何人知道她提起過他。我無法背叛那可憐的女孩，我絕不能讓她在書上讀到自己說過的話。」他捏著鼻梁，緊閉眼睛，也許是在忍淚吧。

「我不會……我保證不會在書上提任何事，但這也許能幫我們找到她。」

翠西也跳進來說：「是啊，雷恩，也許你在不知情的狀況下，知道了某些能改變事態的資訊。」

「真的嗎？妳們覺得她很久以前說過的話可能會有用嗎？我的確滿擔心她的下落。」

「雷恩，拜託你，我們只是想幫她而已。」

雷恩凝望窗外尋思，然後坐到角落的躺椅上。我們在對牆邊的小沙發上坐下，將一疊某位最近失蹤的女孩剪報推到一旁。

「西薇雅跟我說，傑克是個天才，所以她才會嫁給他。她說，傑克想像的世界非常特殊而罕有，僅只少數人，少數能敞開胸懷、體驗各種可能性的人，才能夠理解。她說那話時，整個人散發著狂喜與恐懼。我從沒看過像那樣的表情，她的臉似乎會……發光。」

我看看翠西，想知道她怎麼想。她正在努力思索，不知她是否跟我一樣，覺得這不像是一個洗心革面、想離開監獄、到尋常靜巷裡過平凡日子的人會說的話。他聽起來像背負著使命，而且是可怕的使命。

當晚兩人開車回旅館時，翠西將掩飾自己情緒的收音機關掉了，我們默默坐了一會兒。

「妳有什麼想法，理性小姐？」她終於問道。

「關於哪一點？我有很多事情得消化。」

「問題最大的那一點吧，傑克是神經病？或是惡魔？」

「他能有什麼心理疾病？」

「嗯，至少《精神疾病診斷與統計手冊》會跟妳說，他是一個『有自戀型人格障礙的反社會分子』，至於這在道德責任上是什麼意思，我就不得而知了。他病了嗎？是一個該讓人同情而不是懼怕的人嗎？我覺得這是有差別的，在他們所謂的『走出過去』上，會有很重大的差異。」

「走出過去？」我甚至不明白這幾個字的含義，我還不打算跟翠西解釋這趟旅程的目的，就是找出「走出過去」的意義。

「是的，『走出過去』。揮別過去的情緒，不再糾結於他在地窖裡對我們所做的事，過正常的生活，走出過去。」

她頓了一下，瞄我一眼，然後將眼光移回路面。我們沈默地坐了一陣子。

接著翠西又開口了，這回較顯遲疑。「妳不覺得我們好像有……有義務……去瞭解這件事？

解決這件事嗎？我們若不解決，傑克就等於還在我們心裡控制著我們。」

我們的談話有點太敏感了，我又開始封閉自己，就像對西蒙絲醫師那樣，我不想談這件事。

「我不敢期許自己能『走出過去』，至於我對傑克怎麼想，跟我能不能『走出過去』，好像也沒太大關係。」

翠西搖頭道：「妳連門都沒踏出來。」

她踩著油門，車子馳向無人的路上。翠西扭開收音機瞎摸一陣，直至找到吵鬧快捷的音樂。之後兩人便一直保持這種狀態，巨大的死寂，更勝音箱中震耳的龐克搖滾。

# 第二十五章

翌日我決定到《波特蘭太陽報》的辦公室走一趟，去找史考特．韋伯。我要翠西跟愛黛兒聯絡，她們當天稍後會碰面。但願她們能操同一種語言，至少能夠解讀對方的學術用語，也希望翠西能取得一些我得不到的資訊。

抵達新聞社時，一名友善的二十多歲年輕人將我攔在安檢處。

「我能為妳服務嗎？」他開朗地問說，意思很清楚，若沒有人授權，我無法進入大門。

「我想見史考特．韋伯。」

「妳有預約嗎？」

「沒有，可是我……我有些資訊，他可能會感興趣。」我天外飛來一筆地說。

「是嗎？嗯……可惜他人不在。」接著他對我擠擠眼，「但我可以告訴妳，他三秒前才離開大樓。」看來我長得夠善良。

我立即衝出大樓，果然，一名髮色金棕、面色紅潤的男子正橫越停車場。男子看來年紀相符，且頭髮凌亂，像是熬了一夜趕截稿。

我跟上男子。「對不起，請問是韋伯先生嗎？」

男子聽到自己名字便轉過頭，我們在停車場中央碰面。「是的，正是在下，有事嗎？」

「嗨，我叫凱洛琳．莫若。」我又搬出這個名字了，我努力說得平順些，也講得更溜了。他望著我，等我發言。「我是奧瑞岡大學社會學系的學生，正在寫跟傑克．杜柏相關的論文，或許您能提供許多……」

史考特開始走人，他抬起一隻手，似乎想把我擋開。「很抱歉，恕我無法幫忙。」

我使出撒手鐧，希望這個善意的小謊言，能博取他的注意。

「是我其中一位指導教授愛黛兒．辛頓叫我來的，她說她認識你。」史考特登時停腳，但並未轉身，我不知道愛黛兒這名字效用有多大，也不確定自己該不該扯謊。我等著看他會不會轉身，一邊對自己數數，一、二、三……

數到七時，他轉過來了。

「愛黛兒．辛頓？」他面露詫異地說，「是愛黛兒．辛頓叫妳來找我？」

「是啊，還記得她嗎？杜柏的助教？你曾為她寫過專訪。」

他定定站著，一臉疑惑。「是的，是，沒錯，我記得她，愛黛兒。」他低頭看看手錶，「我們散個步吧？」

他指著對街公園，掏出手機，豎起一指，示意要我等一下。他走開幾步打了通電話，我僅聽出他在喬另一場會議的時間，愛黛兒的魅力比我預期的還大，他一定很哈她。

我們沿著一條精心修護的小徑，來到一片有六張野餐桌的區塊。史考特坐到我對面，似乎十分緊張。

「愛黛兒還好嗎？我已經很久沒聽到她的消息了。」

「噢，她很好，非常好，你知道她有終身職了吧？」

「是的，我聽說了。」他紅著臉承認道，原來他一直在關注愛黛兒，「我猜她改變心意了吧？」

「怎麼說？」

「我是指關於傑克·杜柏的事。一開始她似乎挺喜歡案子為她帶來的關注，後來就變得有點忌諱，不過那是很久以前的事了，現在應該都已過去。」

事情越來越有意思了。

「一開始？所以你那時在跟她交往嗎？」

他臉又紅了，似乎有點不悅，「她沒提嗎？」

「沒有，她沒提。」他一臉失望，「是的，我們，呃，在我寫完那篇報導後，我們約會了一陣子，只有幾個月而已，不過，嗯，她是位非常傑出的女性。」

是啊，相當傑出，我心想。不知愛黛兒對這段關係是否別有居心，這個女人越來越有意思了。

「那種互動一定很奇怪吧，你在寫報導，而她又是案子裡的一環。」

他搖搖頭，「我能說什麼？那是我的工作，不過等傑克判罪定讞後，我們也只能寫寫背景故事——扒點小消息，繼續炒新聞。例如訪問他的初中老師、描述他的屋舍、看看他的會議論文之類的，讓壞蛋的新聞能繼續延燒。」

「他的論文？」

「是的，我最後一篇報導跟他的學術研究有關。」他頓了頓，看起來十分不安。

「我怎麼不記得那篇報導？有刊出來嗎？」我逼問道，覺得他在隱瞞什麼。

「沒有，反正也不是什麼大事，夠不上頭版。」

「是不是因此給愛黛兒惹麻煩了？」

他聳聳肩。

「我懂了。」愛黛兒顯然覺得傑克的研究跟某些事有關，而且不該讓別人看到。

他接著說：「可惜事情沒能成功。愛黛兒當時很忙，尤其還參加了那個團體。」他在故意改變話題。

「什麼團體？」這下我真的很感興趣了，心想究竟是團體，還是祕密社團？

「我也不是很清楚，好像類似耶魯大學裡的『骷髏會社』，很神祕，不過愛黛兒就是那樣，所以才會那麼有魅力，讓人覺得很有挑戰性吧。」他自顧自地耽想起來，眼光飄到我後方遠處。

「你這話是什麼意思？」我大聲問，揪回他的注意力。

他凝神回到當下，看著我，掙扎著該不該繼續往下說，也許他發現對我傾訴，並無法挽回愛黛兒的心。

他終於聳聳肩，接著說：「我的意思是，我詢問過她的家庭、過往，甚至她成長的地方、讀的學校等瑣事，但她總有辦法迴避我。」

他在椅子上不安地挪動，臉色紅到泛光。不知他憶及愛黛兒什麼，但肯定是有很多事可以回憶。

「你知道那個團體裡還有誰嗎？」

「不知道，我只曉得他們聚會的時間都很怪——全在晚上，有時是臨時通知。愛黛兒非常投入，社團若有聚會，說什麼也阻止不了她去，那是她的首要之務。」

我謝過他，起身待走。他又是一臉不解。

「等一下，我們只談到愛黛兒而已，難道妳不想多談談傑克．杜柏的事嗎？妳不是要寫論文嗎？」

我已經從他身上找到需要的資訊了。

「我們再通電話吧，我上課遲到了，不過真的很謝謝你。」我亂七八糟地搪塞，慢慢後退，對他揮手。

「噢，好吧，呃，請幫我跟愛黛兒打聲招呼，還有，她若想碰面……我們可以談談妳的研究或別的，或許我可以找出一些舊筆記……」

「當然，一定會的。」我大聲喊著，火速走到車邊。

現在我很確定一件事了，愛黛兒是這幅謎圖裡重要的一片拼塊，她不僅置身其中，而且還隱瞞了很多事。

# 第二十六章

珍妮佛最後一次上樓時，我已在地窖裡待了近一千個日子。她待在樓上的每一天，我會呆望箱子數個小時，想像她經歷的一切。珍妮佛直到最後都維持決然的靜默——即使嘴巴沒被塞住，即使傑克不在身邊。傑克已完全控制住她，讓她害怕到骨子裡了。

稍早時我還會傾聽她的動靜，覺得珍妮佛一定會試著偷偷再度跟我溝通，就像最初時一樣。我覺得她一定會掙脫傑克的控制，再試一遍，讓自己回到正常。

當我聽到她像困獸般在箱子裡抓搔，便努力聆聽其中有無模式或暗號可循。為何我無法理解那些箱中偶發的鬧聲，我急得都快瘋了。

我連續傾聽很長一段時間，其他人若都安靜下來，有時我能聽見她咀嚼食物，慢慢啃食傑克當天留給她的吃食。她若在夢中突然翻身，我也會在夜裡驚醒。有一回，我以為聽到她在喟嘆，之後我像石頭般定坐了一個小時，等她再次發出嘆息。

但她從來沒有。

在某種程度上，珍妮佛也許比大部分人更能承受這種孤絕。珍妮佛向來抑憂內斂且心事難測。她總在想事情，做白日夢，心神飄散。高中時她從不聽課，眼神飄在窗外雲端上，心思跟著邊在外頭，天知道她在想些什麼。不過我們還是合力將功課應付過去了，就像我們一起熬過所有的事。到了晚上，她會將我的課堂筆記用不可思議的工整筆跡抄好，然後我們再讀她的筆記。

我好懷念那段兩人沒被十呎的寒冷地窖阻隔，沒被木箱子和傑克施加的心魔隔離的歲月。不知珍妮佛有沒有留下足夠的美好回憶，讓她支撐下去，或者她同我一樣，想像力已被恐怖侵佔，腦中僅擠得出噩夢。不知她會不會偶爾希望，多年前能跟著母親一起命喪車禍。我知道自己經常這麼希望。

應該就在同一天吧——至少在我的記憶裡是如此——翠西跟傑克待在樓上一整晚後，一大早便被送了回來。她似乎昏過去了，傑克半拖著她癱軟的身體下樓，將她摜到牆上。翠西皺著臉，睜了一下眼，我看到她的眼睛往後翻。

總之，她沒死。

傑克彎腰鍊住她，小心地重複檢查鎖鍊，然後轉身看著我和克莉絲蒂。

我知道克莉絲蒂跟我正在做同樣的事，身體本能地想躲，卻努力不去迴避，因為傑克最討厭那樣，但我們還是盡量把瘦弱的身體縮擠在最小的空間裡，祈望他下一個不會挑上自己。傑克俯望著輕聲發笑，氣定神閒地細看我們，欣賞他的私人動物園。

屋裡悄寂無聲，我們望著他，心頭恐懼糾結。我用盡全力，以意念叫他走。**別找我，別找我，別找我，求求你。**

最後他緩緩轉身，重步走回梯邊，一路吹著口哨上樓。

這回他只是在開我們玩笑罷了。

傑克離去時，我在腦中數著階梯，咿咿呀呀的踩梯聲，在陰灰的空間裡回響。克莉絲蒂心下一鬆，發出嗚咽，我緩緩重喟一聲。我們聽到傑克在樓上廚房輕鬆地四處走動，顯然做著例行的雜事，彷若剛才只是在大雨後，到地下室檢查有沒有漏水罷了。

那天翠西幾乎睡了一整日，她像屍體般地蜷縮著，我得仔細觀看，才能確知她的胸口仍在起伏。

我們僅能從難得的窗間隙縫窺知天色剛暗。這時翠西驚醒了，她瞄都沒瞄我一眼，兀自爬回浴室，鍊子差點搆不到。我聽見她對著馬桶狂嘔。

之後翠西在裡頭待了很久，我尖著耳朵傾聽，似乎聽見她悶聲哭泣。我會心地對自己點點頭，翠西從不讓我們看見她哭，她一定是在裡頭等待淚停。

我守著她，熬等漫長的時間，看她接下來會怎麼做。

回想當時對她的冷漠，我感到十分羞愧。我的憐憫早已被剝削殆盡，僅能感知那些攸關自身肉體痛苦的事物，或能否稍減日復一日、噬人心魂的沈悶。那時我的感受力只囿限於此。

翠西終於爬回床墊上癱躺了，她轉頭面牆，一開始我以為她不打算說話，甚至不知道我就在數呎之外。

克莉絲蒂又睡著了。

「別再看我了。」翠西終於說道，聲音不若我想像的虛弱。

我別開眼神，最後翠西翻過身，我坐在自己的床墊上，靠牆定定望著反方向。我雖然忌憚翠西，幾分鐘後，卻又忍不住調回眼光看她在做什麼。我太好奇了。

翠西當然注意到了，她像罹患狂犬病的狗，向我咆哮。我本能地縮開身，鍊子被扯得大聲碰響。

克莉絲蒂受到驚動，睜了一下眼，然後繼續蒙頭睡覺。

我向來佩服克莉絲蒂的睡功，那可說是人類適應力的最佳典範，她能用我們其他人辦不到的方式阻隔這場經歷，這項能力最後或許救了她，也許關鍵就在於睡覺。

然而我再怎麼努力，最多也只能連睡十小時，那還是情況好的時候，我的身體慣性頑強，害我老是失眠，我只得靠發呆幻想或設法找人講話來打發時間，兩者都挺令人痛苦。

但有時候，談話確實頗有幫助。大夥談興甚高時，連克莉絲蒂都會走出她陰暗的私人空間，我們幾乎像正常人一樣地談話。我猜她們跟我一樣百無聊賴，疲於跟內心痛苦奮戰，所以才能放下自身的問題，讓腦子稍稍正常運轉。

我們互道真實與修飾過的遭遇與過往，聊著任何能讓時間繼續推進的事物，雖然沒有人知道時間將推往何方。

問題就在這兒，我們總是在等待，彷彿會有新的事物發生。我們經常如此盼望，因為無事可做會讓人更加狂亂。然而真的發生新狀況時，通常都很傷人，最後我們又全都將希望收回。

不過那一天，翠西擺明了不想說話，她面色蒼白，渾身盜汗——雖然地窖裡十分陰寒。她又閉上眼睛了，翠西通常沒睡這麼多，她不太對勁。

我一直等她呼吸穩定下來，相信她真的睡著後，才挨到她身邊。我大概花了整整十五分鐘，才沒讓鐵鍊礙到事。我盡量抱起鍊子，每次小心地在冷冰的水泥地上放幾段鍊環，免得鍊子拖動時刮出吵人的聲音。等終於挨到翠西睡覺的地方後，我審視她全身，尋找生命的跡象。

接著我看到了。

翠西的手臂上，有一排暗淡卻清晰的傷痕，七個小小的斑點，整齊有序地排在她蒼白的皮膚上。我可以看到針頭刺入的地方，甚至從微紅的外緣辨識出今天新打的針痕。

傑克為她注射海洛因，並非出於同情或想讓她逃避，不是的，他是在處罰翠西，讓她上癮，這樣就更能控制她了。

傑克不會隨性選擇這種特殊的折磨形式，他的瘋狂向來有方法理由，傑克一定是發現毒品對翠西的意義，以及在她生命中的分量了。傑克知道沒有什麼比毒品造成的喜悅與放鬆，更能令翠西痛苦。

但他怎麼會知道？翠西堅決不讓傑克侵入她的回憶與心理，傑克一定是苦苦相逼，難道翠西一時軟弱，對傑克洩漏她的母親，以及那晚在俱樂部的事？

看到針痕後，我盡速悄聲摸回自己的地方，等翠西醒來。

幾小時後，翠西起身，再次慢慢回到浴室。我聽見她又吐了一會兒，然後看她將自己拖回床墊上，她似乎舒服些了，至少已能怒目瞪我，叫我滾遠點了。我什麼都沒說，知道最好等著看她接下來怎麼做。

她盯住箱子，自顧自地悲愁著，不知是否在安慰自己。

我按捺住整整十分鐘不去看她，後來又忍抑不住，再次瞄她的手臂。第二次，翠西發現我在偷瞄了，兩人四目相接。她立即將臂膀轉開，用手遮住針痕。

未料我竟淚水盈溢，這是數個月來，我第一次流淚。雖然我跟大家一樣，難以忍受地窖的生活，但當我擦去淚水時，卻覺得心中塊壘已然輕釋。

因為我在為翠西哭泣。

淚水證實了我的感情仍能穿透冷硬的心牆，我還以為自己早已鐵石心腸了。也許我還未淪落為禽獸，也許，我還保有一絲絲的人性。

# 第二十七章

跟史考特．韋伯談過話的第二天早晨，翠西和我在旅館餐廳聚首。那是個美好的六月天，讓人幾乎想拋開此行的目的。兩人吃著炒蛋，交換資訊。

翠西說：「關於愛黛兒．辛頓，我已做好分析了，想聽聽看嗎？」

我點點頭。

「典型的不得志學者，高中時名列前茅，總以為自己是曠世奇才，會在學界大放異彩，結果卻流落到鳥不拉屎的三流學府裡。」

「那不算三流學校吧？」

翠西搖搖頭，「這話是她說的。愛黛兒在為一年後的會議做一份大型計畫案時，自己說溜嘴的。她對計畫內容相當保密，這在學術界很正常，愛黛兒顯然認為她能藉由這個計畫獲得晉升。我覺得她表面上雖自信滿滿，私底下卻認為只要繼續待在這裡，就是個失敗者。」

「嗯……滿有道理的。」我吞下滿口的蛋，喃喃說。「性娛虐的那一塊怎麼解釋？」

「誰知道？也許就像妳說的，愛黛兒真的很想瞭解傑克。不過我懷疑那只是她搞怪的手法，她越往極端走，就越能吸引學術圈的注意。」翠西正要繼續說時，我的手機響了。我抬指接電話。

「哈囉？」我認出是吉姆的號碼，但他並未立即答腔。

「吉姆，你還在嗎？」翠西好奇地看看我，然後低頭繼續在吐司上抹奶油。

「我在。聽我說，我有些訊息要告訴妳。」

「你把研究功課做完啦？」我淡淡一笑。

「莎拉，事情還很難講，不過好像……好像真的有個模式。我們查看大學的檔案、傑克的個人財務狀況、消費報告等資料，掌握住很長一段時間的可信記錄，包括妳們被擄之前，以及被拘禁期間的資料。其中似乎有對應到，他參加的每場學術會議的城市，都有年輕女子失蹤，我這裡有一份名單。」

「有多少名字？」

吉姆頓了一下，我又放軟聲音問了一遍。

「我想知道有多少名字。」

翠西的抹刀停在半空中，用極為緊張的眼神看著我。

「吉姆，我們有權利知道，我們需要知道。」

他喟道：「有五十八個，包括妳們四個。」

翠西見到我的表情後，開始憤怒地狂塗吐司，直到奶油都滴下來了，才放下麵包，重重嚥著口水，望向遠處。

我深吸口氣，「我要那份名單，吉姆。」

我可以想像吉姆聽到話時，用手掩住臉的模樣。

「莎拉，妳明知道我沒辦法這麼做。」

「為什麼不行？」

「就技術層面而言，這是機密，但更重要的是，我覺得妳最好先別看，讓我先做進一步調查，看看我們能找出什麼關聯。」

「名單上有人被找到嗎？有屍體被指認出來嗎？」

他又頓住了。

「只有妳們三個。」

「這些案子都還沒結案嗎？有積極在進行搜尋嗎？」

「莎拉，別忘了，美國每年失蹤人數超過八十萬人，這類案子很快就沒人聞問了，而且某些人失蹤都超過十五年了。」

「所以，假設那些女生還有人活著，大概也只比我大一些而已。我若是她們，還是會希望被找到，吉姆。」

「那種機率……」

「我很清楚機率有多高。」

吉姆默不接腔。

「妳在哪裡，莎拉？我們從妳那兒開始，我去跟妳碰面。」

「還有許多家庭在等待他們的女兒，吉姆，我想看她們的名字。」

「妳在哪裡？」吉姆又問了一遍。

我猶疑著，「我還在波特蘭，跟翠西在一塊兒，你把名單帶過來。」

我掛掉電話，看著翠西。

她依舊望著遠處，「有多少人？」

「五十八，包括我們。」

翠西耷拉著下巴，「我得告訴克莉絲蒂。」說著翠西放下叉子靠向前，「她得明瞭這件事的規模，這不單只是尋找珍妮佛而已。」

「可能也不單限於傑克。」

「妳這話是什麼意思？」

「五十八名女孩，傑克有可能真的獨自行動嗎？假如有某種祕密社團，如巴代伊的活祭……說不定與此事有關？」

翠西仍凝視遠處，說道：「我們得回去那間倉庫，看看它以前或現在是用來做什麼的。」

我的胃翻了一下，「我們何不等吉姆抵達再說，由他去探索那棟可能是活祭殿堂的陰暗老倉庫。」我期望地建議道。

「莎拉，就算吉姆有意願，FBI也不會重啟這些舊案，因為他們沒有承受任何壓力，而且新聞媒體也不關心。這事得炒熱才有用，相信我，我專幹這種事，我們得給他們一些線索，逼他們深入調查，而且刻不容緩。」

「可是吉姆說，他還需要一點時間。」我懇求地說。

「他們有好幾年的時間可以調查，我開始相信妳是對的了，果真如此，我們得立即行動，不能等政府探員曠日費時地慢慢準備。諾亞．菲賓跟傑克一定有關聯，西薇雅會參加他的教會，並透過教會跟傑克搞到一塊，這事大有蹊蹺，而且諾亞．菲賓還現身性娛虐俱樂部。我們得查明諾亞的倉庫裡有什麼。」

# 第二十八章

「我辦不到。」一個小時後我對翠西說，她打開旅館房間的門，招手要我進去。翠西的房間亂七八糟，黑色衣服和誇張的首飾到處亂撒，有如颱風掃過。我移開窗邊椅子上幾樣物品，然後坐下來打直背，昂起下巴，決心說出自己在房中練好的說詞，來對付她的瘋狂念頭。

翠西交疊著腿坐到床沿，用手肘抵住膝蓋，雙手交十。她期待地等著，彷彿知道我想說什麼。

「我仔細考慮過了，我覺得自己辦不到。」我說。

「妳的意思是說，妳沒辦法去找珍妮佛？」

「我的意思是，我沒辦法在夜裡跑去倉庫，得有警察陪同才行。」

「警察？別鬧了，妳覺得他們有當回事嗎？他們根本不認為有人犯罪，而且搞不好真的沒有。我們純粹是入侵私人土地，如果我們再勇敢些，也許會非法入侵私宅。」

「所以我們就更不該這麼做了。」我反駁說。

「妳還有其他更好的辦法去找線索嗎？」

我一時語塞。

「我就知道。所以呢，妳打算放棄嗎？哪一項更糟糕？是到倉庫窗前探頭探腦，還是讓傑克・杜柏自由自在地跑到妳家門口？」

我渾身一顫，「我當然不希望那樣。」

「其實我也不是很想幹這件事，但我一直想到其他那五十四名女孩，我們如果有機會，即使只找到一位……」

「我們能不能至少在白天去？」

「妳是指，在任何人都可以清楚看到我們在那兒的時候嗎？天啊，我應該不必告訴妳，這樣有多危險吧。我們得摸黑去。」

我的雙肩開始顫抖，拚命忍住淚水，不想讓翠西又看見我哭，可是我真的不敢回去那裡。

我需要透氣，旅館窗戶沒開，於是我拿起客房服務菜單的薄板子為自己搧風。翠西看著我，但我早已放棄解讀她的情緒，連細看她的表情都懶。

「好啦，莎拉。」她終於耐心地哄說：「妳非去不可，瞧妳進步了那麼多，一個月前，妳連自助洗衣店都不敢去，我知道這些事對妳來說相當不易，對我也一樣艱難，不過妳別忘了，這一回，妳不會獨自一個人去了。」

翠西走進浴室，拿了一卷衛生紙出來。

「拿去。」翠西鄭重其事地將衛生紙遞給我，「要哭就哭吧，妳會覺得好些的，哭完後把自己清乾淨，然後我們一起去查Google地球。」她頓了一下，接著說：「假如妳真的辦不到，沒關係，我會自己去。」

我抽口冷氣，「不行！」

「我行的，我一定會去，妳知道我的理論——跳進去，正面迎向恐懼，絕不退縮。」

好個激將法，我心想，擺明了要在我的良心上再添一具屍魂。是我將她拖到此地，拖到回憶的夢魘裡的，我不能讓她獨自赴湯蹈火。萬一翠西出事，我會一輩子內疚，我得振作起來，勇往直前。我好恨翠西，更恨自己是始作俑者。若非我窮追不捨，我這時應該還坐在十一樓的寧靜白色公寓裡，叫泰國菜外送，獨自觀賞看過不下百遍的經典老片。

去他媽的，我卻偏偏得幹這件事。

那晚十點，我倆一身素黑，穿上最舒適的鞋子，駕車駛離旅館停車場。我希望自己無法再次找到那間倉庫，希望它被大地吞沒，連倉庫裡的變態儀式一併消失。

途中翠西告訴我說，她早上跟克莉絲蒂聯絡過了，她說服吉姆把克莉絲蒂的號碼給她。

「結果呢？」我問。

「克莉絲蒂沒有立刻掛我電話，還聽我把話說完，已經算是奇蹟了。不過她對此事沒多說什麼，事實上，她沈默很久，我還以為電話線斷了。後來她異常冷靜地感謝我『給她最新資訊』，最新資訊，就這樣，然後她說她得趕飛機，就掛電話了。」

翠西對克莉絲蒂的冷漠顯然相當感冒，但她不想讓我看出來。我自己原本就不抱什麼期望，只是聳聳肩，坐在黑漆漆的副駕駛座上調整自己的黑手套與帽子。

走錯一兩次路後，我們找到去「拱頂」的路了，還是一直來到入口才確定。我們把車停到停車場，然後熄掉車燈。我們得慢慢來才行，翠西在黑暗中窺見一名男子，男子獨自站在車邊，將一件加了鬢邊的黑皮夾克套到肌肉虬結的肩膀上。

「這是妳會去的地方吧，翠西？」我終於說了。

她悄悄地笑了。

「難道妳不會……不會想到……」我語音漸落。

翠西只是盯著俱樂部入口，「會的，的確會讓我想到過去，但也讓我能有所控制。」

我們在闃黑的車中默默坐了幾分鐘，然後才開車回路上。翠西專心開在蜿蜒的路上，我則望著外頭的樹林，凝看左側每條泥土路，尋找彎口。那天晚上我太害怕了，根本記不得自己究竟是開了二十分鐘、還是四十五分鐘的車。

我終於看到路了，我相當篤定是這一條，因為一看到路，便汗毛直豎。我們在超過小路數百碼處找地方藏車，最後發現一條雜草叢生的小徑，翠西將車慢慢倒至最深處，以便必要時能快速開車離去。我要翠西檢查兩遍，確定車子不會陷在泥裡，也不會被長草阻擋去路。我希望能做好急速閃人的準備。

至少這回我的裝備很齊全，我將手機綁在腰上，另一邊腰側還有一支備用的預付手機。翠西搖著頭，我看出她也相當害怕，搞不好還偷偷慶幸我帶了手機哩。我們各有一把手電筒，我另外帶了一個小相機和一瓶催淚瓦斯。我將珍妮佛的照片放在口袋，以資激勵。

兩人面對面，大眼瞪小眼地站著，搭住彼此肩膀，各自深吸口氣，然後不發一語地上路。我們幾乎一來到路上，便聽見車子的引擎聲了。兩人立即鑽到溝裡，直到車子開走。

「為什麼我覺得自己像個罪犯？」翠西問。

兩人繼續慢慢前行，來到車道，然後沿著樹林躡足而行。等來到山丘頂上，便能清楚看到下方的倉庫了。倉庫看來廢棄已久，沒有廂型車、轎車或人，什麼都沒有。

我們向前走近，我輕輕吁口氣，也許倉庫已廢棄不用，我們這兩個業餘偵探根本沒戲唱了。我覺得這樣也好。

倉庫側邊一盞鐵絲罩的孤燈在門前地面映出大片半圓形的光塊，翠西身子微微一抽，示意要我跟隨。我緊挨在她身後，兩人一起繞過倉庫，潛入陰影中躲藏。

樹林裡萬籟俱寂，唯有夏風輕拂樹葉，傳出隱約的沙沙聲響。空氣微涼，這樣的夜晚若在自己公寓，我說不定會將窗子打開一條小縫。

等將倉庫整個繞過一圈，確保遠處沒有停放別的車子後，我們摸回車庫窗邊往內窺探。我們什麼都看不到，翠西朝門口的方向點點頭，我還來不及阻止她，她已伸手去扭動門把。門鎖住了。

翠西不死心，折回車庫門邊，彎身抓住手把奮力拔抬。我低聲叫她住手，幸好門動都沒動，不過翠西也悄聲答說，若用足力氣，應該可以將門打開。她比畫著要我握住門底另一個手把，我拼命搖頭。

「休想。」我喃喃說。

翠西定定站著，在黑暗中直視我的眼睛，「這是為了珍妮佛。」

我環顧無人的四周，重重吸口氣，終於讓步了。我走到門的另一端，抓住手把，翠西舉拳頭用手指比著，一、二、三，兩人合力使勁往上一抬，門鬆開了些，我們再度彎腰更加使力拉抬。門卡住了，但已被我們舉起離地面一英尺半。翠西腹部趴地，開始鑽到門下。

「妳在幹嘛？」我的聲音有點大。

「不入虎穴焉得虎子？」

我的呼吸加速，脈搏狂跳。

「我在這裡等妳。」我懷疑這樣感覺會更安全。

「隨便妳。」

我看著翠西鑽過底下，離開我的視線。我開始四處踱步，點數走到樹林的步數，估算翠西能多快出來，要花多久才能躲回濃密的樹林。接著我聽到咚的一聲巨響，當即折回倉庫。車庫門已重重關上了，裡面若是有人，這會兒一定知道我們來了。

我害怕地走回窗邊，心驚膽戰地往裡瞧。燈光乍亮，一張臉孔在離我數吋處隔著玻璃回瞪著我。我尖叫一聲往後跳開，這時才恍惚意識到是翠西。她笑了笑，指著門口，兩人在門口會面，翠西放我進去。

「瞧，啥都沒有，裡頭沒人。」

從內部看去，倉庫大上很多，像個巨穴，但四周牆壁仍似朝我壓攏。我緊張地回頭瞄著門口，確定門是開的。

建物裡除了排放在牆邊的不鏽鋼貨攤外，別無他物，攤子均約四英尺寬，我想可能是用來擺放肉品的。每個攤子尾端，都有拴在地面上的鐵架子、夾滿空白紙頁的紙夾筆記，以及用細鍊懸吊的鉛筆。

所有攤位的棚頂都吊著噴嘴橡皮管，後牆四角掛著小鉤子。懸在上方的一排昏燈無法充分照亮倉房，燈泡微晃時，映出斑駁的陰影。

翠西站到其中一個攤位，彎腰檢視地面中央的排水溝。她跪下來盯視一個很小的東西，我蹲到她身邊。翠西伸出戴著手套的手，掐起那東西舉到微弱的燈光下。我噁心到全身一縮：那是一片完整的人類指甲，上頭還黏著一絲乾掉的皮肉。翠西一臉肅然地看著指甲，然後小心翼翼地放回原處。我們兩個都快怕死了，蹲在地上想弄清這小片指甲背後的含義。

由於我背對著門，因此翠西率先看到燈光。我看到她驚懼的眼神後，才明白出了什麼狀況。太遲了，我聽見外頭傳來隆隆的引擎聲，接著門砰地一聲打開，引擎仍繼續轉動。有人來了。

我們來不及關燈了，鬧聲出處與前門同一方向，因此翠西和我只能衝向車庫門口，各自抓住手把，想把門拉回原來的高處。然而車庫門在掉落時鎖住了，怎麼也抬不動。

我渾身刺寒，除了從大門出去，已無路可走。兩人聽見腳步聲逼近，連忙奔往最遠的攤位。我們緊貼牆邊，幸好角落有個大塑膠桶，可以把腳縮藏到桶後。

我詛咒自己，這全得怪我，翠西開燈是為了讓我覺得安全，如果我們當初用隨身手電筒，應該還有機會。

就在我們躲入攤子時，聽見兩三名男子逼近的腳步聲。有個聲音在燈光昏暗的屋中響起，「放輕鬆，放輕鬆，我們是為和平而來的。」另外兩人爆出粗魯的高笑。

翠西和我明知躲藏無用，卻更使勁地往角落裡鑽。他們遲早會逮住我們。我從皮帶裡慢慢抽出手機，拿在身側低處，我看到自己細微的動作反映在陰影上，因此若是移動手，必然會引起他們注意。翠西也發現了，由於無法揮手阻止我，又無法說話，只能懇求地望著我。自從離開地窖後，我從沒見過翠西那種表情。

我真是進退維谷，若把手機放到耳邊，必會敗露形跡，但若不打電話對外聯絡，又可能橫遭不測。我垂眼低望，不敢稍動，從聯絡人上選了吉姆的名字，以單手傳簡訊給他。我該跟他說什麼？我人在奧瑞岡的倉庫裡，又不確定地點何在？沒有用的。不過我認出對方的聲音了，我只能在不敢動彈的情況下，慢慢打出四個字：諾亞．菲賓。他是唯一的線索。

我才打完最後一個字母，按下傳送鍵，三名男子便朝我們的角落衝來了，他們八成彼此互打暗號。翠西發出小小的尖叫，這時我已嚇僵，連聲音都擠不出來了。

我還來不及消化狀況，便被其中一名男子抓起，單手將我的雙臂緊緊拽在背後，同時用另一隻手利落地拆去我的皮帶，我所有隨身配備悉數掉落地上。另一個男的同樣緊揪住翠西，接著諾亞．菲賓冷靜無比地朝我走來，拾起地上的手機。

「歡迎來到我們的聖堂，莎拉……噢，對不起，妳之前說妳叫什麼來著？我真的記不住了，但我記得莎拉。」

他伸出手用單指緩緩揉著我的下巴，我的身體不由自主地迴避他。任何人的碰觸都令我排斥，尤其是他那種淫蕩滑溜的觸法，更令我無法忍受。我開始盜出冷汗，我抽身時，抓我的男子加重使勁，甚至將我推向諾亞．菲賓。

「很訝異我會知道妳的名字嗎，莎拉？」他再次哈哈大笑，然後停下來掏出一根煙。「介意我抽煙嗎？應該不介意吧。」他點好煙，慢慢抽一大口，然後一如預料中地將煙噴到我臉上。我一邊咳嗽，一邊壓抑自己的情緒。

「我從一開始就知道妳是誰了，親愛的，從妳走進我辦公室，自己送上門的第一天！我無法相信自己的好運，所以啦，之後我便跟蹤妳，妳的每一步都在我們掌握中，妳以為妳們兩位女童軍去湖邊時，遇到的是誰？」

我看著翠西，她好害怕。此時說什麼大概都無濟於事了，如果我覺得哀求對方饒命有用，我一定出聲求饒。可是看到諾亞的眼神，我知道這只會惹他訕笑，讓他得意地看我乞憐，但絲毫無法改變他的計畫。

「知道我們在這間美妙的倉庫裡做什麼嗎？這裡當然就是我們舉行儀式，每週布道數回的地方了，對吧，男孩們？」

兩名男子粗聲獰笑，抓住我的男子手下稍鬆。我望向他們進來的門口，門是開著的，白色廂型車停在外頭，背景是漆黑的天色，我沒看見車邊有人，卻能聽見引擎嗡響，我心中閃過一絲希望。

我瞄向翠西，看她是否也看出機會了，但她眼中盡是懼色，無法或不肯與我相視。看來我得再度丟下她脫逃了，我猶豫了一下——結果證實是致命的一下，因為在我未及付諸行動前，諾亞已朝門口偏了偏頭，兩名男子手下一緊，將我們拖往門邊。

我奮力掙扎踢踹，放聲尖叫，我的狂亂終於讓翠西從恍惚中驚醒，跟著開始大吼了。我從童年及後來所有經驗中得知——包括最慘的那一次——絕不能讓他們把我們推進車裡。一上車，就都完了。**永遠別進車裡**，這是我從慘痛的教訓裡學來的。

我使盡所有力氣，但男人死扣住我的胳膊，連皮肉都快從骨上扯下來了。我的手好痛，我知道那種痛法，痛楚激發我奮力掙脫。我抽扯著，軟身後再緊抽，施出全力相抗。諾亞會將這些人帶在身邊，可不是借重他們的腦力，他們壯得跟牛一樣，將我們吃得死死的。

# 第二十九章

我們還搞不清狀況，廂型車的後門已經打開了。我看到七八名女孩，面無表情或詫異地看著我們，女孩全都比我們年輕，穿著一式的薄白袍，眼色憂鬱，面容頹垮。我們被粗魯地扔進車裡，跌撞在好幾名女孩身上，她們並未躲避，事實上，她們幾乎沒去注意我們的存在，顯然新血的加入，只是個標準過程。

我及時抬眼，看到車門重重關上。我聽到車前門開了又關，引擎聲加速轉動。牢固的金屬分隔片將我們和開車的人區分開來：我們無法看見他們，他們也看不到我們。貨艙兩側各有一道長方形的窄窗，在黑暗中雖看不清楚，但我猜窗子應該黏了黑色反光片。這是教會的車子。

我狂急地敲打車門，直至翠西將我拉開，推到車子前方的下拉式座椅上，我發現車上有安全帶，卻沒有一個女孩使用。翠西和我並肩而坐，我拉過安全帶，顫著手指繫上。即使情況已如此不堪，翠西還是忍不住對我皺眉，不過她也跟著繫上帶子了，至少不會因車禍而亡。這些女孩大概覺得死於車禍，好過另一種死法吧。

後車廂雖暗，車頂卻留有一盞小燈，所以我能清楚看到身邊幾名女孩的臉龐。近距離地看，她們似乎更年輕些了，有些很漂亮，或者說在受折磨前應該很美，有些則不怎麼樣。女孩們似乎都餓壞了，就像那幾年的我們一樣。

我認得她們自我防禦的表情，所有人或多或少地向內微偏著臉，遊蕩在心裡殘存的安全天堂裡，一個無人能夠觸及、連肉體的痛楚也無法到達的遙遠地方。我知道那個地方，因為我已在那裡住了十三年。

我們對面的女孩以前應是短髮，但髮型已跟她本人一樣殘亂不堪了。女孩瞄著我們，眼神比其他人多些人性，少些獸性。

我在黑暗中悄聲問她：「那些傢伙是什麼人？他們要帶我們去哪兒？」聽到自己顫抖的聲音時，我嚇了一跳，一時間驚詫蓋過了恐懼，我開始專注起來。

女孩淒然一笑，笑容隨即消失，我還以為她不打算回答了。等女孩終於答話時，我發現她掉了兩顆牙。

「妳們真的想知道？」她問。

「是的。」翠西在黑暗中探向前，「是的，我們真的想知道，我們得設法離開這裡。」翠西雖極力掩飾，聲音仍怕到發顫。

女孩抽抽鼻子，「好啊，祝妳們好運。」她猶疑地又說：「妳們若想得出法子，讓我知道，算我一份，什麼都行，不過我懷疑妳們能瞭解自己在對抗什麼。」

「那就告訴我們啊。」我說。

「我們曾目睹過一些駭人聽聞的事，妳一定會很訝異。」翠西又說。

女孩直視我們說，「不，不會，我不會。」

她眼神一飄，死盯住黑窗。

「那妳們認為會是什麼？」她終於低聲說道，眼神未曾稍移。

我不敢多想。

接著她看著我說：「無論妳們認為是什麼，都要再想得更壞些。」

我告訴自己，女孩不瞭解我的想像能變得何其陰毒，我試著專注在更有建樹性的事物上，例如設法逃脫。

「妳覺得車子會跑一整晚嗎？」

「視狀況而定。」

「什麼狀況？」翠西嘀咕說，顯然十分不悅，她不喜歡猜謎。

「看命令。」

「命令？」這下我也希望她能講重點了，我想知道會發生什麼事。

「是這樣的……」她用手指做打字狀，「看客戶在網路上下什麼單，聽我建議，乖乖照他們的話做，可以少吃很多苦頭。」

我從後窗看到快速後退的高速公路，想像她意指的畫面。

翠西抬起旁邊女孩垂軟的手腕，女孩似乎壓根沒注意到。「反正我們又沒被綁住。」

「在車裡不會綁，」女孩答道，「他們得備妥一套說詞，以防我們被警察攔下來。我們都知道該怎麼做，我們是教會的人。」她揮揮白袍袖子表示，然後朝車後門點點頭，「車子看起來跟一般教會的廂型車一樣，不過他們把我們這邊的手把焊死了，怎麼也動不了。」

原來如此，諾亞．菲賓的宗教團體只是個幌子，西薇雅也曾經是這些女孩的一名嗎？她急欲脫離，所以才同意嫁給傑克．杜柏？

我搖搖頭，甩開這些念頭。沒有用的，如果我們無法活著離開，多想也無用。此刻我的思路十分清朗，即使害怕，卻充滿鬥志，就像以前逃離時一樣。

似乎唯有在最糟的狀況終於發生時，我才能平靜下來。現在我能專注心神了，我就是在為這一刻做準備的，現在我只須好好思考，唯有思考能解救我們。

「等妳們抵達新地點後，會發生什麼事？請據實告訴我。」我說。

女孩虛弱地笑了笑，搖搖頭，用手摀住嘴巴。

「那得看情況，有時我們會接到特別的指示，有時我們得……得先打扮好。」她朝車子角落點點頭，角落立著一個大木箱，用兩副沈重的金屬掛鎖固定住。

「如果沒有約單，他們就送我們到其中一棟樓房關一夜，他們似乎有很多……設備。」

「他們會讓妳們獨處嗎？」翠西迫不及待地問。

「只有在他們相信妳已被洗腦，徹底服從後，當他們知道妳已怕到不敢妄動，對他們說的故事深信不疑之後。」

「什麼樣的故事？」我好怕聽到答案。

「關於白人奴隸網絡的事。他們說，妳若試圖逃跑，會有個大型組織去追獵妳，將妳殺掉，並殺掉妳的家人……如果妳還有家人的話。」

車子引擎一吼，向右急轉。

「妳怎會流落到這裡？」翠西沈默了幾分鐘後問道，我們兩人正努力消化女孩那番不可思議的話。

「是我自己太笨，才會蹚上這池渾水。我十四歲時與男友翹家，一路搭便車到波特蘭，我們兩個都希望能離開痛苦的家。」

她用手背擦擦鼻子。

「我們早就應該料到，」她接著說，「可是年輕時，你自覺有勝算，總之，我們那時還只是個小孩子。」

我忍住不說，心想，她現在也還是個孩子。

翠西挪向前，「我來猜猜看，是毒品嗎？哪種毒品？海洛因？搖頭丸？拉K？」

女孩先是茫然地望著翠西，最後終於點頭說：「海洛因，是山姆在吸的……所以，妳也知道是怎麼回事——他得付藥錢，所以只得去販毒。他又不是企管碩士，所以錢越花越少，尤其到了最後，他會用掉自己一半的貨。」

女孩搖搖頭，山姆的生意頭腦似乎比他吃毒販毒一事，更令她不齒。「所以他搭上幾位開車載我們四處跑的男人……他得設法還債。」女孩聳聳肩。

「他拿……拿妳去還債？」我憤憤地問。

「嗯……唉，我早該知道有鬼。山姆求我陪他去拿貨，他跪在地上哭說，沒我陪伴，他沒法去拿，說得跟真的一樣。我想人的生命若受到威脅，演起戲來都會很逼真吧。」

她頓了一下，望著天花板，我無法解讀她的神情。

「我知道他愛我，也知道出賣我令他痛不欲生，但妳要知道，當時不是他死就是我亡，我們只有一個人能活下來，而他選擇了自己。」女孩噘起嘴，「算是公平吧。」

「他帶我到一間荒僻的倉庫裡，這件事我在腦子裡轉過幾千萬遍了，這顯然是個壞主意，顯然不會有什麼善終。誰知道呢？那天我會走進那棟建築，可能形同自殺吧，反正我們還是進去了，兩個孩子走入人生的一場大風暴，裡頭有三名壯漢，」——她用拇指朝開車的人比了比——「坐在房間中央，一張小摺疊桌邊，那模樣真的很好笑，因為他們真的……很魁梧。」她張開手在空中比著，「而那張桌子，」女孩哈哈笑說，「在他們前面顯得好小好小。」她雙手一縮，畫出比例。

女孩說不下去了，她笑到無法自己，我們默默等著，實在看不出哪裡好笑。

女孩終於接著說：「我並沒有立即起疑，不過當我看到他們的表情時，確實相當害怕。他們笑到咧嘴，現在回想起來，應該是覺得看到一隻賺錢的肥羊吧。當時我好怕他們會強暴我，哈。」她望向遠方重重嚥著口水，卻沒掉淚。

「我真是太天真了，以為輪暴是世上最慘的事。」她哈哈笑著，但這回絲毫沒有笑點。女孩撥開眼上棕色的髮束，掖到耳後。

我們三人不安地挪動，垂視自己的膝蓋，像是不敢彼此互看，以免從對方眼中瞥見自己的羞愧。我抬頭瞄向旁邊那排女孩，看不出她們是否也在聆聽，每個人似乎都耽溺於自己的心事，或徹底放空。最後女孩又開始說話了。

「總之，他們抓住我，將我拖走。山姆哭叫著說他好愛我，但我從他的陰晴閃爍，看出他是共謀。他當然要哭了，他是為自己而哭。可憐的山姆，以這種方式失去女友。他們叫他滾蛋時，他扭頭拔腿，奪門而出。他倒聰明，將我賣了之後，自己全身而退，不過我知道他很難過，說不定能因此悔悟，反正我是這麼希望的。」她嘆口氣。

沒想到女孩竟如此寬宏大量。

「妳難道……不恨他嗎？」

「噢，恨什麼？」她再次嘆道，這回嘆得更深了。女孩抬起頭，望著上方的昏燈。「他只是跟著命運走罷了，何苦在他身上耗費我的怨恨，事情就是這樣，我得應付眼前的事——已經夠痛苦了，何必再拿懊悔來折磨自己。現在每天早上，我只考慮到自己能不能活下來，以及如何活過這一天。我不是指心理上的，而是實際上的。我，能，活，過，今，天，嗎？有些女孩就回不來了。」

「也許她們逃掉了。」我抱持希望說。

「我說過那是不可能的，瞧瞧這些女孩。」她頭也不回地概略比著車裡的女孩。「她們看起來像是打算逃跑嗎？她們全相信有個網絡，不是嗎，各位？」她繼續盯著我們說：「妳們知道嗎？也許她們想得沒錯，畢竟大家都被打上記號了。」

「打記號？」翠西聞言坐直身體。

「他們給我們烙了印。」她靠向前重重說道，然後再裝模作樣地坐回去看我們的反應。

我們兩人眼都不眨，翠西只是冷冷地命令道：「解釋清楚。」

女孩指指自己的臀部，「一個烙印，就在那兒，他們說外面『網絡』的成員——應該是地下組織——每個都知道這標記。就像趕牛的人一樣，如果我們被任何成員抓到，就會送回我們的主人身邊。」

「烙印長什麼樣子？」我害怕地問，因為我應該知道答案。

「很難說清楚，我不喜歡盯著烙印瞧，而且烙印很少癒合完整，有些女生的印記看起來僅像一小片凹凸不平的肉。我猜網絡裡的成員有辨識疤痕的特殊技巧，看起來有點像公牛的頭吧，不過牛角好像直直伸出去，然後再向上折。」她將雙手舉到頭上，伸出食指比畫示範。

「有沒有……可能是個伸開雙臂的無頭男子？身體有點像達文西的速寫？」

她聳聳肩，不知是對無頭男或達文西的速寫不置可否。「我不知道，也許吧。」

我半站起身，頭差點撞到車頂，我偏過身，解開長褲鈕釦，把牛仔褲扯到臀下，指著自己那一小片扭曲的烙痕。

「看起來像這個嗎？」我咬牙大聲問。

女孩用手指抵住嘴唇，生氣地低聲罵我：「閉嘴！妳想讓他們停車檢查發生什麼事嗎？」

她靠上來，我將臀部往前挪到燈下。女孩仔細審視後，再度聳肩。

「嗯，有可能，但我說過，很難講。」她重重嚥著，突然一臉驚懼。「等一等，這表示妳們年輕時也是網絡裡的人，後來妳們逃掉了，然後……又被抓回來嗎？所以他們沒有唬人？所以妳們才會這麼……這麼老？」

翠西在一旁打著寒顫。女孩說對了嗎？兩人均想，經過這段時間後，我們又被引回「網絡」裡，回到我們主人的身邊了嗎？難道那十年只是夢幻一場，如今我們又回到現實裡了？

女孩坐回去，繼續看著我們說：「所以，我不用告訴妳們是怎麼回事了吧？妳們都知道了？」

翠西挨向女孩，兩人的臉在孤燈昏黑的柔光下幾乎碰到一塊兒。

「聽好了，我們經歷的事比這更悽慘，我被一個天殺的瘋子鍊在地窖牆邊五年，只有受折磨時才會被帶上樓。」翠西靠回去，以為女孩會表露震驚，但她只是聳聳肩。

「聽起來比我們輕鬆多了，妳們好像只有一個男的，一個人比幾百個好應付，很容易計算。對付一個男人，我才不在乎他有多喪心病狂，你多少能搞懂他，瞭解他的習性，事先想好，順著他的毛摸，至少能減輕一點痛苦。可是若總是遇見新的男人，那可就料不準了。」

翠西說：「妳根本不懂自己在說什麼，妳們至少是在外面跑。」

「在外面跑？」女孩譏諷道，「妳真以為我們是在外面跑？如果地下室、加了護墊的房間和精心打造的牢房算是……」

女孩突然住嘴咬緊下唇，別開目光。

等她回頭看我們時，眼神已變得失落陰沈，原本的堅毅悄然無蹤，我僅從她臉上看到恐懼與受傷。

我不喜歡突然湧入腦裡的景象，不想知道是什麼造成女孩的表情。

「我們何不專注在要做的事項上？誰吃的苦多並不重要，我們得設法讓大家都不再受苦。」我轉頭望著身邊那些了無生氣的面容，「各位，我們的人數比他們多啊。」

短髮女孩怒目轉頭看我，憤憤地顫唇嘶聲說：

「住嘴！假如妳想煽動造反，她們會立刻告發妳，她們巴不得有機會告密，因為可以休息一整天，一整天都不會有人去碰她們。所以妳給我閉上他媽的臭嘴。」

我不可置信地看著女孩，再看看翠西。但願翠西聽到女孩的話了，我以前可沒幹過告密這種爛事，我希望翠西瞭解：受苦真的能改變一個人。然而翠西的表情卻淡漠如雕像。

女孩突然不再說話。

廂型車靜靜穿過黑夜，我思忖女孩的話，原有的冷靜開始消散，我的心沈重地敲擊著，都快蹦到體外了。

又過了幾小時，車子在即將破曉時轉了個急彎，在泥路上劇烈顛簸著。車子左搖右擺，發出尖刺的吱吱聲，最後慢慢停下來。翠西和我戒心大起，翠西戳了戳女孩的腿，將她喚醒。女孩緩緩搖著頭，悠悠轉醒，她先是一臉困惑，接著認出是我們，便點點頭。

翠西向她彎身低聲問道：「對了，妳叫什麼名字？」

「呃？」女孩咕噥一聲，似乎不解其意，她該不會連名字都忘了。

「妳叫什麼名字？」翠西又問一遍。

「噢，是了，名字。」女孩咧嘴衝我們一笑，「好久沒人問我叫啥了，我叫珍妮。」

珍妮。這名字賜給我一股勇氣，我看看翠西，在她臉上看到相同的決心，我們蓄勢等待車門打開的一刻。

# 第三十章

眾人坐等良久，車子空轉著，座椅在我們身下輕輕顫動。引擎熄了，前面的車門打開又重重關上，接著一片寂靜，太安靜了。五分鐘過去了，十分鐘過去了。

我們臂膀僵緊，用力抓住身下冰冷的塑膠布候著。有人扯動後車門外的手把，但什麼事都沒發生，接著駕駛座的車門咿咿呀呀地一吋吋打開，簡直快把人逼瘋了，他們彷彿在逗弄我們。大夥定坐聆聽，接著車鎖突然咔地一聲打開，他們要進來抓我們了。

珍妮悄聲說：「我不知道開門的是誰，因為我很清楚他們的動作，八成是新來的。」

「這樣是好事，對不對？」翠西樂觀地說，聲音卻透著畏懼，「他一定搞不清程序，我們可以奇襲他。」

珍妮半站起身，走向門邊。我們跟上去，越過女孩們的膝蓋和腳。她們趁著能睡就盡量地睡。

接著車門轟然開了，我原本打算推開任何擋路的人，一躍而上，結果卻愣在當場，不敢相信眼前所見。接著翠西在我後面顫聲說：「克莉絲蒂!?!?」

我完全想不透怎麼可能，但克莉絲蒂明明站在那兒，她一身光鮮，穿著典型紐約客的黑衣，戴著極適合賞楓健行的鞋帽。克莉絲蒂拉開廂型車門，驚駭地望著這輛人肉貨艙，然後精神一振，開始行動。

「所有人下車！快。」她堅定地低聲說，像個催趕高中曲棍球隊下車的郊區媽媽。大夥七手八腳爬出車外，跟在後面的女孩硬是從睡夢中爬起來。翠西抓住落後者的手臂，將她們摜往曙光中。有些人還在發愣，全然不解出了什麼事。我自己也搞不清狀況，克莉絲蒂在這裡做什麼？

可是我們沒時間多問了。

大夥才下車，翠西便躍下車來，對著茫然杵在外頭的女孩們說：「各位，別發愣了，快跑啊!!!」

我火速掃視四下，廂型車停在一座半塌在麥田裡的穀倉後，對面有棟一樣破敗的農舍，陰黑的農舍僅有一扇點著燈火的窗戶。我不敢耽擱，連忙跟著克莉絲蒂衝下山，遠離房舍，進入森林，沒命地奔逃。

那應該是幅飄然絕美的景象吧，所有女孩穿著飄逸的白袍，赤足急奔下山，如仙女般在荒野的天堂林裡穿行，仿若天使下凡。

時間在這場有如稠液的生動夢境裡緩緩推進，女孩們臉上盡是驚惶與不知所措。我看到飛掠的白袍在枝枒間閃現，翠西、克莉絲蒂和我在一群散逃的女孩中，可以輕易看到彼此，因為我們是沿丘而下的白川中，唯三的黑點。

我突然一陣狂喜，放聲大笑起來，笑聲穿透篩落綠林的閃亮晨光。我望著翠西和克莉絲蒂，她們也聽見我的笑聲了。大難不死、重獲自由、看到克莉絲蒂一早現身解救我們的喜悅，令我心情昂揚，止不住地歡笑。她們也跟著我笑，大夥一起奔跑、絆跌，一群人歇斯底里，瘋了似地大笑著竄過樹林。

最後我們來到一片空地，克莉絲蒂放緩步子檢視手機，然後停下來瘋狂地打起簡訊。幾名女孩跑不動了，也停了下來，很多人按著身側解緩抽痛。大夥在空地上集合喘氣，聆聽有沒有追兵。林子裡悄靜無聲，沒有狗，沒有人，也沒有槍聲，安靜得陰森。

克莉絲蒂含淚微笑，我正想問她該怎麼做時，竟聽見直升機的聲音。上邊應該有四五架直升機，槳片的旋聲齊聚成震耳的巨吼。克莉絲蒂張開雙臂朝我們奔來，一邊指示大家趴下。白袍女孩們驚訝地抬頭望著，看一架直升機降到空地上。

直升機一落地，一名穿黑色防彈背心及飛行裝的高大男子便跳到地面，對著別在肩上的迷你麥克風講話。

「吉姆！」我正想朝他奔去，卻發現翠西和克莉絲蒂也跟在我身旁。

吉姆看著我們，搖搖頭，然後笑道：

「莎拉，還記得嗎？……當時我只是請妳到聽證會作證，瞧妳現在竟搞成這樣。」他差點伸手來抱我，不過在最後一刻突然記起而即時縮手。衝入他懷裡的是翠西，接著是克莉絲蒂，兩人狂烈地再三感謝他趕來相救。

吉姆隔著兩人望著我，我僅能虛弱地對他微笑，吉姆也回笑著緊盯我的眼睛，那充滿悲憫與溫柔的眼神令我吃了一驚。我調開眼神，突然被這位充滿人情味的ＦＢＩ探員感動到不能自已。

他們慢慢將所有人運上直升機，一小時後，我們在當地警局的停車場上降落，不久我才知道，那是波特蘭外的一座小鎮。磚造的警局建於五〇年代，看起來不曾做過任何整修，屋中地上貼的油毯片角都已捲起，牆上的刷漆褪色斑落，而且經過幾十年的使用，漆面都被摸黑了。

看來，郡上所有警察都聚集到這兒了，本州所有記者與攝影小組也都候在屋外。三輛救護車轉著嗚笛，等候我們抵達，我們一進屋內，護理人員便朝我們衝來。

片刻之後，我身上裹著毯子，坐在某位警員的辦公桌上，那位警員則站在數呎外打著呵欠。有人遞來一杯咖啡，我啜了一口。克莉絲蒂和翠西坐在加了輪子的辦公椅上，各據我左右兩側。克莉絲蒂緊張地來回輕輕轉動椅子。

這場景將我拉回十年前那熟悉的場面，只是此刻四周盡是穿著及地長袍的女孩，有些人正在接受警方詢問，有些人喝著咖啡，定定望向前方，大家都想釐清這個新狀況。我知道她們必然非常困惑，但我卻像回到了老家。

「總有一天，得有人來對我解釋剛才發生了什麼事，不過現在我能待在這個破地方，坐在桌邊喝這種瀝青咖啡，已經很心滿意足了。」我幾乎真心感覺到快樂地說，我並不覺得再度受創，反而感到振奮。這種情況感覺更像正常的世界，我可以應付災難，這比等候災難發生容易多了。

「事情其實很簡單。」克莉絲蒂說，「昨天早上翠西打電話跟我講名單的事時……」

「名單？」我震驚到想不起任何事。

「是啊，就是吉姆那份傑克．杜柏在開學術會議期間，失蹤的女孩名單。」我點點頭，克莉絲蒂接著說：「翠西跟我說完後，我心中一震，知道自己一定得出面，防止傑克出獄。就像妳說的，畢竟我還有女兒。

「但不僅如此，自從我見過妳們後，便一直在考慮妳們做的那些事。這些年我拼命想遺忘過去，怕一靠近便會墜入萬丈深淵，可是如果其他那些女孩尚未獲救……我就必須出面。」

她深吸一口氣。

「所以我跟我先生說，我表妹生病了，我得搭飛機去看她。我先生把女兒送到康乃狄克的公公婆婆家了，因為他接下來一週會很『瘋狂』。」我們聽到全笑了，「總之，我訂了下一班飛機，然後從機場打電話給吉姆，他把妳們下榻的地點告訴了我。」

翠西點點頭，「妳需要搭的正是那班飛機。」

「吉姆是怎麼……？」我才開口，克莉絲蒂便聳聳肩，打斷我問話，吉姆顯然一直在暗地監看我們。

「我昨晚深夜抵達旅館的停車場。」克莉絲蒂接著說，「然後在租車裡天人交戰了一個鐘頭，不確定自己能否辦得到。

「等我終於說服自己打開車門時，我看見妳們兩個從我後邊經過，開著車衝出停車場。我跟在妳們車後，想追近些讓妳們注意到，可是妳們兩個卻視若無睹，現在我明白原因了，因為當時妳們正要殺去倉庫。

「我跟丟了一陣子，又折回去，最後找到妳們停在路邊的車子。翠西跟我提過倉庫的事，所以我便把前後的事情串起來。我把車開到離妳們車子最近的車道上——我死也不敢下車用走的——當我開到山丘頂處時，看到前方有尾燈。

「我嚇壞了，立刻關掉車燈和引擎，不知道接下來該怎麼辦。一分鐘後，我看到那幾個男的把妳們扔到廂型車後，我六神無主，當場打電話給吉姆。他叫我先回旅館，由他來處理。可是在這些荒郊野地的小路上，他要怎麼找一輛廂型車？我好怕他們會把妳們帶到別處殺掉。

「吉姆雖然犯嘀咕，仍一直與我保持通訊，我從遠處跟蹤妳們。吉姆說，他可以透過我的手機追尋我，但得花點時間才能透過電話公司搭上線。只是我們已經沒時間了。

「接著我想到我的iPhone上有追蹤的應用程式——這是我用來找保母定位的。」

克莉絲蒂發現我一臉茫然。

她解釋道：「有了這種應用程式，就可以跟別人分享自己的GPS定位了，吉姆用它來追蹤尾隨廂型車的我。」

我讚賞萬分地猛點頭，克莉絲蒂當然會有最先進的科技嘍。

「為什麼會是妳把我們從車裡救出來的呢？」翠西問。

「我們抵達農場後，幾個男的進到屋子裡，他們把廂型車藏到穀倉後，我發現自己可以神不知鬼不覺地摸到車邊。吉姆還要一會兒才到，我可不希望那些惡人在吉姆還沒趕到之前，回來開槍把妳們射死，所以我就豁出去了。

「發現車門無法打開時，我潛入駕駛座，一開始我不懂如何開鎖，因為車子跟我的Lexus不一樣嘛。」她說。

翠西翻翻白眼，但克莉絲蒂只是衝她笑了笑。

接著說：「不過我找到控制桿，然後就聽到門鎖開了。」

「我的媽呀，克莉絲蒂，」我佩服得五體投地，「我真不敢相信妳會那麼做，我真不知該說些什麼。」

她粲然一笑，想當年在地窖，我絕不可能料到今日。或許克莉絲蒂跟吉姆說的是實話——她已經完全康復了。事實上，說不定我們可怕的過往，將她砥礪得更堅強？我好羨慕克莉絲蒂。

房間對面的吉姆與我四目交投，我揮手要他過來，他先走向克莉絲蒂。

「妳知道那有多危險嗎？妳知道妳有可能出事嗎？」他似乎真的很生氣。

克莉絲蒂用紐約上東區悅人的聲腔，冷靜地答道：「其實我很清楚事況會有多糟，吉姆，所以我才不能坐等慘事發生。」

吉姆緩緩點頭，接受她的說法，然後轉頭看我，將我的手機還給我，他們一定是在倉庫裡找到的。

「妳好像忘了這個。」他溫柔地笑說：「妳還好嗎，莎拉？」

「我會再一次活下去的。」我回笑道。「你逮到他了嗎？」

吉姆一陣尷尬，然後打起精神，擺出專業架式說：「還沒，我們沒抓到，不過我們已開始監視他在奇勒鎮的房子了。」

他靠上前，誠心地望著我。「莎拉，很抱歉我沒認真看待妳找到的線索，不過我確實做了功課，我們談過話後，我做了些偵查，我們調查『拱頂』後發現，他們的所有權記錄相當複雜——有許多借殼公司，底下還有借殼公司。不過我們的會計取證人員發現，俱樂部的老闆跟諾亞．菲賓其中一個單位有合夥關係。我們認為，他們用這個單位作為發配中心，透過它來處理大部分的生意。」

「那個無頭男烙印呢？這些女孩都被烙了印子，而且諾亞．菲賓竟然知道我是誰。如果我們能證實傑克．杜柏是人蛇集團中的一分子，他就得永遠吃牢飯了，對吧？」

吉姆猶豫道：「老實說，莎拉，我覺得傑克也許實際掌控整個運作，而且還利用西薇雅傳遞消息。我還沒掌握到實證，但為時不遠。」

我瞪著他，傑克．杜柏即使身陷牢獄，還有可能控制這麼多人的性命嗎？一想到這裡，我就想吐，但我還來不及回應，吉姆已被同事拉到一旁，要他去看幾張桌子外的一個電腦螢幕了。

我轉身看到珍妮慢慢繞過屋裡的桌椅，朝我們所站的地方走來。

「我只是想……謝謝妳，現在我逃出來了，所以……謝謝。」

「妳要走了嗎？他們不需要寫下妳的供詞，確保他們取得所有證據嗎？」

珍妮環視屋中其他女孩，有的坐在桌上，有的站在角落，所有人皆一臉空茫。

「她們有很多故事可說，但我得離開了，這裡讓我覺得做錯事的是我自己。天曉得他們會不會翻臉，反過來指控我們。事情往往會如此，反正打死我再也不當囚徒了。」

「妳打算去哪？」

「不知道，今晚或許會先到婦女安置中心吧，反正已無所謂，我現在自由了，我打算繼續保持這種狀態。」說完珍妮頭也不回地溜出門了。

此時吉姆又被另一名警官找去，兩人正在跟其中一名白袍女孩說話，她濕長的頭髮雖掩住面龐，但從她顫動的肩膀看得出來，此刻正痛哭流涕地訴說自己的不幸。

兩名男子聽得臉色發白，女孩說完後坐下來，將頭枕到桌上，無視於一桌的文件、裝訂工具和打洞機。吉姆不敢遲疑地轉向另一名警官，交辦一連串命令，一邊掏出手機撥話。年輕警官振筆抄寫，每隔幾秒便抬眼瞄看吉姆，一邊點頭。

吉姆兩個大步走向我們，一邊對手機大聲指示，等來到我們身邊才關掉手機。

「聽我說，我們從這些女孩身上聽到相當驚人的事，我在局裡服務了二十三年，從沒見過這種事。這不是一般的賣春集團。」他頓了一下，或許在考慮我們能否接受最糟的情況。「他們販賣女孩去受酷刑、當奴隸，我現在就過去諾亞的總部，我們得殺進去。」

我好想吐，那地方聽起來像傑克的城堡。

吉姆背對我們接聽電話，用兩根指頭堵住另一隻耳朵，擋去噪音。接著他走回我們身邊，警官們匆匆奔走，外頭警笛大作。

「我安排妳們去住另一間旅館——我們會派人取回妳們的物品，並對妳們嚴加保護，我們會幫忙租輛新車——因為我們得將之前那一部扣下來當證物——這位葛納爾警官會護送妳們。待在妳們房裡，等我消息。」

我們乖乖點頭，被四周的忙亂搞得不知所措，並看著吉姆穿門離去。

儘管如此，我還是覺得事情尚未了結，我轉頭對翠西和克莉絲蒂說：

「二位覺得如何？我們要像小小的受害者一樣，乖巧地待在旅館裡等嗎？」

翠西抽抽鼻子說：「我不想，我覺得我們在那個角色上，已浪費了太多年。」她對我說：

「我們接下來該怎麼做？」

我想了一分鐘，很高興她與我同感。「我們也該回奇勒鎮，我覺得妳們應該去見見諾亞的前妻。」

# 第三十一章

幸好葛納爾警官忙到不可開交，所以當我們表示可以自己回旅館時，並未太過堅持。他在自己的名片後寫下旅館住址，表示一小時後會過去看我們。我們嚴肅地點點頭，對他揮手道別，坐進新租的車子裡。但願吉姆發現警官如此草率地放我們走人後，不會把他削得太慘。

大夥一夜沒睡，僅憑腎上腺素支撐，這會兒已經熬不住了。三個人一臉憔悴，不過我還是決定趕在諾亞的前妻海倫．華森從別人口裡聽到消息前，先跟她談一談。希望這則震驚的消息，能逼她透露出更多事，一些她不願告訴別人的事。

翠西大概擔心自己累垮，飆得比平時還快，我真覺得沒必要那樣，每次車子轉彎，我的腳便猛踩地板，想像副駕駛座這邊有個假想的煞車。翠西對我咧嘴笑著，叫我放輕鬆，一邊加速前行。

我跟克莉絲蒂報告目前探知的一切時，還得逼自己別去想車禍的統計數據。克莉絲蒂考慮後，顯然同樣受到影響，決定跟我們站到同一陣線。克莉絲蒂打電話給她先生，說她表妹病得比預期嚴重，她得多待幾天幫忙。

克莉絲蒂掛電話時，我的手機在口袋裡振響。我沒認出來電號碼，那是本地的電話。原來是愛黛兒，她的聲音聽起來比之前激動，幾乎在顫抖。

「妳看到新聞了嗎？」她顫聲問。

「沒有，」我答道，「但我可以猜得到。」

「猜得到？妳也涉入了嗎？這是妳尋找西薇雅的原因之一嗎？」

「可以這麼說。新聞說了什麼？」

「新聞說，ＦＢＩ在通緝諾亞．菲賓——西薇雅的教堂牧師。他們沒說明確切原因，不過他的辦公大樓被封鎖起來了，第十台有現場直播，妳在現場嗎？」

「呃，沒有，我們……我們正要回旅館去等。」

「我能去找妳們嗎？是哪間旅館？」

「我們還要一會兒才到，叫『靜寺』，在……」

「我知道那間旅館，今晚九點如何？在大廳吧台碰面。」

我掛電話時，車子剛好開到教堂停車場。三人沮喪地面面相覷，停車場幾乎是滿的，我們都忘記時間了，現在才想起這時是週日早上，我們來得真不是時候。但我們非來不可，我們把車停進最後一個停車格，三人步下車，互瞄彼此身上折騰了一夜的骯髒黑衣。

「他們會放我們進去嗎？」翠西垂眼看著自己黑布鞋上的泥塊問。

「當然會。」我答說，即便想起海倫．華森拒人於千里之外的態度。「他們應該不會拒絕讓人參加儀式，那是規定吧，我們坐到後頭。」

我們用力推開巨大的教堂木門，莊嚴的管風琴樂曲飄向後方的我們，一行人慢慢穿過前廳，進入主教堂。教堂裡站著一排排穿著得體、正常模樣的家庭，眾人正專心聆聽禮拜。

最後一段聖歌奏完後，信眾們坐下來，接著牧師為大家做終結的祝福。當眾人開始列隊離開，跟朋友鄰居微笑點頭時——甚至連我們在內——人群所散放出的和樂融洽，令我倍感震撼。

我抬頭看著教堂的高窗，欣賞透窗而下的美麗光束，想起自己首次來訪的情形。我打起精神，因為海倫．華森可能會給我們軟釘子碰。

教堂終於空下來了，只有牧師還在聖壇上收拾經書。我們心虛地走過去，自知衣衫不潔。牧師停下來，慢慢將眼神調向我們，仔細打量。

「有什麼需要幫忙的嗎？」我發現牧師的語氣並不怎麼熱情。

「我們想找海倫．華森，她在嗎？」

「噢，在的。」牧師顯然很高興能輕易擺脫我們。「她在接待室裡招待大家喝咖啡，吃甜甜圈，穿過那邊的門就到了。」

我們按牧師指示來到接待室門口，海倫．華森站在擠滿人群的屋裡，跟每個進來的家庭打招呼。當最後一位教友穿過門口時，我們才向她走過去。海倫．華森一瞥見我，眉頭便揪成一團，她迅速地悄悄關上接待室的門，要我們跟她到走廊上。

她帶我們來到一間側邊的小禮拜堂，這裡似乎是作為靜禱冥思用的。她將我們身後的門關上，疊手站著等我們坐下。

她戒慎地慢慢說道：「我不清楚妳的真實身分，也不明白妳為何又跑回我的教堂，但我已經跟妳說過了，我沒法幫妳找西薇雅．鄧翰。我不認識她，也從未見過她，根本無可奉告。不過妳若非跟我談不可，最好先訂個約，挑個其他時間來。」她瞄著牆上的耶穌苦像，又說：「還有地點。」

「真的很抱歉跑來打擾妳，華森太太，但事態緊急，我們實在不知還能去哪裡找妳。」我表示。

她沒答話，等我繼續往下說。

「華森太太……」我決定單刀直入，「FBI通緝諾亞．菲賓的消息，很快就會見報了。」

她的冷漠中似乎掠過一絲震驚，但表面依然不動聲色。

「那與我有何關係？」

「是沒關係，不過等警方知道妳跟他過去的牽扯後，妳的名字最終還是會被提起。他們很快就會查到了。」她揚起眉，還是沒什麼表情。「他們此刻正在搜查諾亞的辦公室。」

海倫．華森一聽，雙肩微微頹垮，快速抽了口氣。她雖極力掩飾，但明顯地受到消息所影響，翠西也看出來了。

「妳很高興嗎？」翠西問。

海倫．華森頓了一下，然後才不甚情願地答道：「是的，其實我滿高興的，我對……對那個組織，從來就……沒什麼好感。」

「為什麼？」克莉絲蒂探身問。

「簡單說，我認為那是個邪門歪道，我可不是唯一這麼認為的人。不過話說回來，我對那個組織一點也不瞭解。」她很快補充說：「我根本不想跟它扯上關係。」

「華森太太，我知道妳年輕時，曾隨諾亞搬離此地兩年，當時是怎麼回事？」

她挺直身子，我們的重提舊事似乎令她詫異且不悅。我猜人們只會在教堂停車場上竊語此事，絕不敢當面跟她提。她小心翼翼地審視我們，然後坐到椅子上，現在她真的比較把我們當回事了。

「沒錯，到底是誰在到處張揚這件事？那是我的一段辛酸歲月，我不願去回想。」

「發生什麼事了，海倫？」現在換我探向前了，「拜託妳告訴我們。聽我說，我若把我們的祕密告訴妳，或許妳便能理解為何我們非知道不可了。」我看看翠西和克莉絲蒂，徵取她們同意，兩人雙雙點頭。

「我原先跟妳說，我叫凱洛琳．莫若，其實我的本名叫莎拉．法爾巴，這位是翠西．艾維斯，還有這位是克莉絲蒂．麥曼斯特。妳認得我們的名字嗎，華森太太？」

她驚詫地瞪著我們，成名的感覺真差。「妳們就是……就是被傑克．杜柏關在地下室裡很多年的那幾個女孩嗎？」

「其實是地窖，是的，就是我們。」

華森太太眼眶一紅，「妳們遇到那麼可怕的事，我真為妳們難過，可是那跟諾亞有何干係？我的意思是，他的確有他自己的問題。」她字斟句酌地說，顯然對諾亞．菲賓十分忌憚。「但他跟傑克．杜柏並無關聯。」

「我們就是想查證他跟傑克．杜柏到底有無關聯，華森太太，我們認為是有的。」我說。

翠西補充道：「而且妳若瞭解諾亞幹了什麼事後，就會明白我們為何非查明不可了。」

華森太太聽了似乎非常緊張，「他……他究竟做了什麼？」

「販賣人口，華森太太，他販賣女孩。他的宗教組織，或隨便妳想怎麼稱呼，只是一個幌子，我們認為傑克·杜柏是這一切的主腦。」

沒想到華森太太聽完後，挺直的身子一萎，開始輕聲哭了起來。她拿出手帕擦淚，但她越是強忍，便哭得越凶，翠西和我隔著房間彼此相望。華森太太一定知道內情，才會被罪惡感引動如此強烈的情緒。我們等了一分鐘才繼續追問，大家都不確定該怎麼做。

「華森太太，」我開口說：「我能理解妳一定很難過，知道以前自己……所愛的人……自幼便認識的人……」

華森太太搖搖頭，坐直身體，用手摀住嘴，若有所思地望著窗外，然後深吸一口氣。

「不是從小認識。我十幾歲才搬來這裡，我十六歲時，開始跟諾亞約會，可是我們……對不起。」她摀住臉，然後把手移開，表情變得比較沈靜了。

「我們非常……親近……我以為……我的意思是，那個宗教團體令我相當困擾，可我以為……只是錢的關係。妳也知道，邪教團體常叫信徒捐錢，但我還是常為諾亞祈禱，我每天為他禱告，希望他能在混亂的情緒中找到自己的寧靜。」

「什麼混亂的情緒？」克莉絲蒂柔聲問。

華森太太坐直身體，仍努力自持，她再次擦著眼睛嘆道：

「他很……每個人都有自己要背負的十字架、要抵抗的誘惑。諾亞心中有很多怨怒，他父親是個很好的人——是我教會裡的牧師，所以我才會認識諾亞。可是等我更瞭解諾亞後，才發現他非常痛恨父親，我無法理解。也許是因為他爸爸在社區裡雖極具影響力，卻不會藉此圖利自己，爭取諾亞想要的東西。老實說，我根本不懂諾亞想要什麼。

「我很早便發現諾亞的反彈了，但當時沒放在心上。我很年輕，他也是，我不願相信自己深愛的男孩有這些情緒，而且我們剛在一起時，他非常貼心，嘴巴又甜，唬得我暈頭轉向。後來我們私奔到多隆，我在那個新市鎮裡，一個也不認識，諾亞完全不讓我跟外界接觸，日子相當……難過。」華森太太含淚憶舊，她在事後顯然絕口不提當年，此時一開了端，便忍不住需要傾吐。

「華森太太，他可有傷害妳？妳為什麼要離開？」翠西輕聲問。

「我……」華森太太把臉埋到手中，動也不動地坐了整整一分鐘，我們等著，她終於放下手，再次恢復嚴肅的牧師娘面孔。「我不想談那件事。」她擦著淚說。

我站起來走到窗邊，望著外邊美麗的廣場。

「華森太太，」我依然望著窗外，「那些坐著廂型車，在鎮上四處繞跑的白袍女孩，並不是自願來的。她們是奴隸，有些人遭到誘拐，有些被她們的男友或家人賣掉，有些則是被騙來的，但她們全都是奴隸，被迫做些有違意願、難以啟齒的事。華森太太，這並不是一般的賣春，雖然賣春已經夠糟了。這些女孩是被送去接受酷刑的，還有比那更慘的命運嗎？妳能協助我們瞭解，為什麼會發生那樣的事嗎？」我淚水盈眶地轉頭看她。

她逐一看著我們，顯然被我的話打動了，但還不確定要不要進一步對我們告白。

「妳當初為何離開？」我堅定地重申翠西的問題。

華森太太默默坐著，臉上陰晴不定。她已經不哭了，但呼吸變得更急促慌亂。我深諳這種模式，她的心防即將瓦解了。

「我離開是因為……」她的聲音變成了呢喃，「因為他叫我做那件事。」

「做什麼事？」克莉絲蒂也低聲回問。

「他要我去……」華森太太閉上眼睛，「……出賣自己。」

她再次張眼，一一看著我們，評估我們的反應。看到我們只顯露同情，並無太多詫異後，她才接著一口氣說：

「因為我們的錢花光了。諾亞想成立教會，他用最後的一點存款租了一小間破廳堂，但我們僅有幾位信徒，所以他……他要求我為他，為我們做點事，但我拒絕了。我拒絕後……諾亞把我打了一頓，然後將我鎖在臥房裡。

「那天晚上他出門後，我從自己的珠寶盒裡找到一根髮夾，把鎖解開。天啊，我花了好幾個小時，但畢竟辦到了。」華森太太重溫當年的畫面，說到鎖終於解開時，人跟著一鬆。「我逃出來沒命地跑，我怕到不敢搭便車——當時的人常搭便車——我不願意冒險，不敢跟任何男人獨處，更別說是陌生人了。我只是一路奔逃，我睡在樹林裡，花了四天才回到父母家中。我媽媽人真好，她只是哭，沒逼問我發生什麼事。她帶我到法院把婚姻撤銷，後來當我……」

她一臉茫然，彷彿根本看不見屋中的我們。她眼中淚水泛漾，慌張地四下飄望，然後搖搖頭，看著窗外鎮上的天空，最後再度哭了起來。她的情緒終於崩潰了，聲音嘶啞得幾乎聽不清內容。

「後來當我發現自己懷孕後，媽媽還帶我到別處把這件事處理掉。之後我會不孕，都是咎由自取，可是我就是沒辦法——沒辦法生下那禽獸的孩子。」這下她哭得更凶了。

翠西靠過去輕輕拍著她的肩膀。

「我背負這罪惡感好多年了，一直無法釋懷。我想盡辦法贖罪，為教會和社區做牛做馬，每次我看見那些廂型車開過……」她打住話語，無法再說下去了。

這時我才明白，原來華森太太知情，也許不是所有事，但已夠教她畏懼，讓她忌憚諾亞．菲賓了。他跑回她的鎮上，當著她的面行惡，藉此為難她、懲罰她，而她卻默不作聲，什麼都沒說。

眾人沈默地坐著聽華森太太輕聲啜泣，接著她開始東拉西扯。

「我不懂諾亞為什麼會變成這樣，我不懂是什麼造就他這種禽獸，我真的不懂。他的家人充滿了仁愛，他們會做一些事，諸如……救濟貧民的流動廚房、分贈食物、寄養孤兒。」

我耳朵一尖，「孤兒？」

「是啊，他們會收養各地來的孩子。」

「諾亞可曾談過這些寄養的孩子？」

她想了一下，然後若有所思地點頭說：

「好像有一個跟他走得很近，即使在多年後，諾亞還稱他是兄弟，但彼此當然沒有血緣關係了。那位兄弟被別人合法收養後，兩人好像還保持聯繫，我知道他們通了很多年的信。諾亞收到信時，會獨自到荒野裡去思考反省——這是他的說法。每次他回來總說，他的使命獲得重申，他走在正確的道路上，無法回頭了。他的使命高過小我，比我們更重要。」

我想跟翠西對上眼，但她直視前方，不肯看我。

華森太太接著說：「我好像——我的意思是，我知道——我有一些那段期間的物件。我在收拾行李時，把抽屜裡自己的一些照片和信件通通塞入包包裡了，其中夾了兩件不是我的東西，有一張照片和一個寫了住址的信封。我……我也不清楚為什麼，反正我把它們保留下來了，或許是覺得有一天會需要用它們來證明什麼吧。」

「東西在哪？」

「收在這邊的辦公室裡，我想把它們鎖起來，只有這邊有保險箱。」她解釋說。

「能讓我們看一看嗎？」

她抹著眼淚緩緩站起來，帶我們穿過走廊，來到角落一間管理良好的小辦公室，然後走入衣櫃間裡。我們聽到咔喳的開鎖聲，接著她拿著信封和照片走出來。

「我相信這應該不是太重要，但我只有這些了。」

華森太太把物件放到桌上，我們三人彎身看照片時，頭差點撞在一起。照片右邊是年少的諾亞．菲賓，約十四歲。他正對著照片中抬望天空說話的男孩哈哈大笑。男孩在拍攝時剛好扭過頭，因此照片十分模糊。

「妳們覺得如何？」我轉頭問翠西和克莉絲蒂。

「有可能，」克莉絲蒂說，「但無法確定。」

「是啊，髮色淡很多，但有可能是年紀的關係。」翠西挨得更近，「鼻子看不太出來。」

我們改看信封，住址是寄給湯姆．菲賓在河灣的郵政信箱，很可能是個假名。我們得查出信箱的主人——那是吉姆的管轄範圍了。

「我們可以把東西留下來，暫借一下嗎？我們會歸還的，這事很重要，華森太太。」

她猶豫了一下，最後點頭同意。我們向她道別，一再稱謝，隨即往車上走。我看了這名飽受摧折、終於吐露祕密的婦人最後一眼，她獨坐在小房間裡的十字架下，倚著板牆，看來如此弱小而無助。

大夥坐入車裡，在停車場呆坐了幾分鐘，沒有人講半句話。

「她在說謊。」翠西終於表示。

「什麼？」克莉絲蒂說，「哪裡撒謊了？」

「翠西說得對，」我說，「華森太太在說謊，她絕對沒說實話，她並不知道孩子是誰的。」

「妳為什麼那樣說？她跟我們說的事難道還不夠慘嗎？」克莉絲蒂非常震驚。

「是很慘，但她這些年對諾亞．菲賓的事守口如瓶，必有緣故，她應該知道廂型車裡的女孩，不是只在樹林裡禱告而已，否則她幹嘛把那些東西存在保險箱裡？華森太太明明知情，卻袖手旁觀，還背負著那麼大的罪惡感，原因只有一個──諾亞知道她當過妓女，而且她曾為某個男人墮胎。諾亞手上一定握有華森太太的證據。」

翠西點點頭，「一點都沒錯，不過我們先離開這兒吧，那些事現在都不重要了。」

「不，很重要。」我靜靜說，「如果她在那些年裡，能對別人說點什麼，也許我們就不會遇到那種事了。如果她所說的話，能揭發十五年前傑克和諾亞的犯罪關係，讓傑克在有機會擄走我們之前，就被關入牢裡呢，那會如何？」

「莎拉，把錯怪到華森太太身上並不公平，加害我們的人是傑克，該負責的是他，錯在他，不是華森太太。」克莉絲蒂靠回座上，望著車頂尋思。「我的意思是，真要追究的話，是追不完的。傑克的母親呢？收養他的人呢？說不定她看出兒子有點怪異，也許他是那種會放火燒小動物的小鬼，但她也不用對此事負責吧。」

「那不一樣，至少海倫·華森知道有人受到諾亞的迫害，也許她並不知道我們的存在，但她一直看著那些女孩搭車在城裡來來去去，卻冷眼旁觀。也許她是唯一知道內情的人，是除了犯罪者跟他們的客戶之外，唯一知情的人。而她竟什麼都沒做，只為了守護她那不堪的祕密。」

翠西扭開引擎，將車開出停車場。「大夥先去睡個覺吧，然後再去查明郵政信箱是誰的。」

# 第三十二章

我們在新的旅館房間睡了一個上午，錯過了被瘋狂報導的諾亞．菲賓新聞。

下午時，我忐忑不安地醒來，查看了一下房間，一切似乎都很正常——空調低聲嗡響，摺好的衣物整齊地擺在衣櫃上。

我去浴室途中，看到門底下塞了張信封，猜想是櫃台送來的，不過我覺得奇怪，他們為何不用床頭几上那種蓋了旅館標章的白色信封套。我彎腰拾起信封，注意到上面的字跡。一看到那熟悉的筆跡，我心都涼了。我沒拆信，沒有勇氣單獨看信，我奔過走廊來到翠西的房間，敲了幾下門才將她喚醒。翠西終於開門了。

「妳有收到嗎？」

「什麼？」她迷迷糊糊地問。

「信，傑克寄到旅館的信。」我的聲音都破了，我心亂如麻，恐慌再次襲據心頭。「他知道我們在哪裡，他怎麼會知道？諾亞．菲賓的手下一定在跟蹤我們，這會兒他們幫傑克傳信了。」

我指著翠西地板入口內側，她的信就躺在那兒。翠西僵愣地瞪著信，臉色前所未有地慘白。

「我們得離開這兒。去拿妳的行李，我去叫克莉絲蒂。」

我衝回自己房間，匆匆將衣物扔進手提箱中。我告訴我們的警衛說，我們決定回紐約，得去趕飛機。他困惑地撥了個電話，接電話的人顯然需要他離開去辦其他事，因為對方答應了。

我在大廳與翠西、克莉絲蒂會合，我們心驚膽戰地退了房，衝回車裡。翠西坐到方向盤後，車輪飛快轉動，一行人駕車衝離停車場。

後座的克莉絲蒂首次表露出緊張，「妳認為他們還在跟蹤我們嗎？我們要去哪裡？另一間旅館嗎？天啊，我怎麼會又蹚上這池渾水？」她撫著車門內側，車子雖然正在加速，我卻想像她打開車門，跳出去攔計程車回公園大道的模樣。

「克莉絲蒂，」翠西用平靜自制的語氣說：「先別說話，除非妳有建設性的意見。我現在無法處理驚慌，把信念給我聽。」翠西正在思考，而且很害怕。

我率先打開自己的信，拎著紙緣，以免接觸太多。我讀道：「『我們的家庭終於團聚了，我很高興。回家吧，妳將找到答案。』」

我把信丟到後座，然後打開克莉絲蒂的信。

「『女孩們，我們來拍張全家福，何其生動的場面啊，我還有好多東西要給妳們看。』」

「可以了。下一封是我的。」翠西開得跟瘋子一樣。

「我們要上哪兒去？」我問。

「去見愛黛兒。」

我喉頭一哽，「妳該不會以為……」我沒敢再往下想，除了警方和ＦＢＩ外，只有愛黛兒知道我們住在哪裡。

「是她幫傑克送這些信的？」翠西幫我把話講完。「不知道，反正我覺得她跟華森太太一樣，都知道一些內情。我們在進一步行動前，應該先叫她跟我們說實話。」

我點點頭，慢慢打開翠西的信，強忍住不把信扔出窗外。

「『翠西，這些年來妳如此用功，讀了這麼多書，我專為妳寫了一本書，就在我們那特殊的房裡。』」

我把最後一封信遞給克莉絲蒂，沒想到她竟然不介意碰信，我看著她將信整齊地疊在一起。

「他如何躲過吉姆，把這些信寄到獄外？」克莉絲蒂問，「我還以為監獄查得很緊，會監視所有進出的東西。其他的信全都是透過吉姆轉交的，我們得打電話給他。」

我同意地掏出手機撥話。

吉姆接了電話，我好像把他吵醒了。

「你們捉到他了嗎？諾亞被逮捕了嗎？」我先問。

「沒有，那地方已經撤空了——半個人都沒有。他們顯然備有末日逃亡計畫，不過他們留下一些電腦，我們的技術人員正在努力解密，他們的組織裡一定有專家，因為他們的防護極端複雜。」

「你們有找到其他女孩嗎？」

「沒有，不過看得出來有人在那兒住了一段時間，那裡的生活環境相當差。莎拉，聽我說，情況非常危險，我們找到——我們在那棟建築裡發現一些令人震驚的事物。我必須一再強調：妳們三位必須留在旅館裡，直到事況穩定下來。」

「什麼？你們到底發現什麼？」

吉姆頓了一下，這次他大概是想威嚇我們，好讓我們別亂跑妄為。

「樓上布置得像教會的靜休室：有公用家具、布告欄、簽到單。但底下……莎拉，整座教會底下盡是迷宮般的房間，真正的活動都在底下進行，那地方太恐怖了。牆上吊著鍊子，到處都是刑具，地上血跡四濺，角落裡塞著裝穢物的桶子，而且到處裝了錄影機，他們把一切都拍攝下來了。」

「拍攝下來？噢，天啊。」我厭惡極了。

「是的，」吉姆接續道：「我們用影像比對軟體比對一些留下的影片，其中一部分最近才上傳到一個針對『真正的奴隸』所設的色情網站。你得分享同質內容的檔案，才能進入該網站，所以使用者全是愛好此道者，諾亞一定是藉由這個管道找到客戶的。」

我閉上眼，彷彿這樣便能將他的話從我腦中驅逐。

「吉姆，聽我說。」我的聲音在發抖，「傑克寄信給我們，信在今天送到我們的旅館——塞在我們的門下。」

「什麼？不可能。」

「是真的，信在這裡，克莉絲蒂拿在手上。」

「信上說些什麼？」

「都是他平常講的東西，沒什麼邏輯可言，重點是，他竟會知道我們的去處，那是否表示諾亞派來跟蹤我們的人，也會跟傑克．杜柏回報？吉姆，那兩個傢伙鐵定有牽連，你能派人查一下，是誰在使用河灣郵政一八二一號信箱嗎？諾亞．菲賓幾年前曾寄信到那個住址。」

「一八二號？」我聽見吉姆搖筆抄寫，「記下了，聽我說，這件事交給我處理，這是我的職責，妳們三位已吃了夠多苦頭。」他頓了一下，也許發現自己太過輕描淡寫。

這時翠西為了閃避對方車道來車，奮力扭動車身，她猛按喇叭，一邊痛罵。

「莎拉，妳們在哪？」吉姆似乎很不高興，「妳們不在旅館裡嗎？」

我暗罵一聲「幹」，然後遮住電話，我不想告訴吉姆我們在做什麼，我們得自己找出答案。我們都已走到這個地步了，不想在此時又變成被動的受害者，坐等某個菜鳥探員來處理。不過我們若拒絕待在旅館，吉姆很可能下令全天候監護我們。

我改變話題說：

「吉姆，你對傑克的童年知道多少？」

「莎拉……」

「吉姆……我想知道……」

「莎拉，我們稍後再談——事實上，我們知道的不多。」

「拜託你，吉姆，多少告訴我一些。」

吉姆發出即將讓步的無奈嘆息。

「他在寄養體系裡流浪了一陣子，直到十四歲被杜柏夫婦收養為止。可惜他被收養前，兒保服務的資料保存系統尚不完備，他的檔案都遺失了。他的社工在十五年前死於車禍，沒有人知道他的過去。」

「或許我們能一起拼湊出什麼，我們明天再談。」

「莎拉，回旅館去，現在就回去。我們會加派安全警衛，把那些信交給葛納爾警官，我們會查明是怎麼回事。有人打電話提供諾亞的線索，所以我可能整晚都不在，我一早會跟妳們聯絡。」

我關掉手機，對其他人轉述吉姆在諾亞辦公室發現的事，大夥直視前方，試圖拼湊其間的含義。

我終於敢去看她們兩人了，克莉絲蒂的雙手已安定下來，眼神卻左右飄忽，面色醬紅。幾小時前，她剛現身救我們時，還精神抖擻，一副上東區貴婦的模樣，這會兒卻開始讓我想起當年所認識的克莉絲蒂了。

難道這名克莉絲蒂一直躲在她心底嗎？難道這才是真正的她，而其他一切，都只是她極力壓抑後的粉飾太平？

我瞄向翠西，看能否悄悄將她的注意力轉移到克莉絲蒂身上，但她只是專心開車，不時瞄著GPS上的粉紅色路線，載著大夥朝校園疾馳。翠西緊握方向盤的指節都發白了。

雖然沒有人願意承認，但我們都知道，傑克想藉那幾封信告訴我們什麼。他在跟我們宣示，他仍掌控一切，不論天涯海角，他都能找到我們。但他也同時告訴我們，他在那棟房子裡留下線索，這條變態遊戲裡的線索，也許能揭露某個重要訊息。但代價是什麼？我們全都知道，卻沒有人敢說出口。

我們會先試試別的辦法。

眾人殺至校園，翠西超速壓過每道減速板，當她把車停到心理學系大樓旁的空格時，輪胎發出尖嘯。停車場上街燈初亮，在天際映出奇異的光芒。翠西從車子另一側下車，我望著她旁邊的校園安全緊急電話亭，心想如果那個電話亭現在能幫我們就好了。

三人走向系大樓，愛黛兒的辦公室燈還亮著。

我們循著走廊，從同一位安全警衛身邊經過，他通常連瞄都不瞄我們一眼。我們在愛黛兒辦公室門口定立片刻，考慮該敲門或直接闖進去。我踏向前，輕輕在門上叩著。沒人答腔，翠西朝我翻翻白眼，示意要我讓到一旁，我照做了。

她轉動門把，把門整個打開。

大衛．史帝勒教授正蒙著眼，跪在愛黛兒前面地板上，一副全然臣服的樣子。愛黛兒看見有人闖入，猛然驚跳，將左手藏到身後。

等她認出我們後，臉上才慢慢綻出笑意。

「請稍候一下。」語氣像是我們剛好碰到她忙著講電話。

她要我們把門關上，大夥目瞪口呆地退回走廊，等回過神後，一群人開始在燈火昏幽的走廊上竊語。

「又是田野調查吧。」翠西冷冷地說，「她一定是拿到補助金了。」

我吞下笑聲，一群人從門口又走遠些。

「我還以為大衛．史帝勒很討厭愛黛兒哩，難不成那是他們的調情方式。」我低聲說。

這時愛黛兒來到走廊上，擺出專業的冷靜態度，大衛．史帝勒跟著她，刻意避免與我們眼神接觸，然後沿著走廊遁回自己的辦公室。愛黛兒甚至沒回頭看他。

她平靜而冷漠，像戴了面具。她客氣地邀大家坐下，我坐在她桌前椅上，克莉絲蒂和翠西則並肩坐在角落裡的小雙人椅。

愛黛兒將雙手疊到桌上，向前傾著身子。

「我們不是晚點才要見面的嗎？一切還好吧？」

「愛黛兒，」我說，「我要妳見見克莉絲蒂。」

愛黛兒驚異地看著克莉絲蒂。

「是的，那位克莉絲蒂。」我說，「所以我們都來了，全員到齊。」

我仔細研讀她的面容，判讀她是否在作戲，那些信件若真是愛黛兒寄的，她一定很清楚克莉絲蒂的身分，以及她過去兩天的去處。

「呃，」她不可思議地搖頭說：「我必須說，我很高興見到妳們毫髮無傷地一起來到這裡，尤其在妳們經歷過那麼多之後。」她頓了一下，「所以今天究竟發生了什麼事？他們……他們並沒有對媒體透露太多。」

「我們知道的不會比妳多。」

她盯著我，知道那不是實話，她話鋒一轉。

「我明白了。無論如何，三位或許願意考慮參加我們的受害者研究，尤其現在妳們又重聚了。」

我最好趁她深入話題前，把話避開，因為我覺得受害者研究學這幾個字會令翠西很不爽。

「妳跟大衛．史帝勒的關係，似乎跟我們……想像的不一樣。」

「噢，那檔事啊。」她冷冷地說，「我們只是在為一場會議做示範排練而已。」

我一點也不信，但決定不追究。

「愛黛兒，傑克．杜柏跟諾亞．菲賓是否有關係？」

她的面色僵了片刻，「我只知道新聞上說的：傑克的妻子是諾亞教會的成員。」

「我是指在那……之前的關係，許多年前的關係。妳認識傑克很久了，他在入獄前認識諾亞．菲賓嗎？」

愛黛兒直視前方，緩緩眨了兩下眼，好像她的眼睛能對我們打密碼，用那塗著厚重睫毛膏的睫毛煽鼓著。愛黛兒別過臉，將桌上的文件疊齊，似乎在瞬間失去了冷靜；接著她恢復自持，看著我們，依舊一臉莫測。

「我怎會知道？傑克和我又不是朋友。我們只是一起做研究，我怎會知道他在校外與誰交友，除了後來我在『拱頂』遇到的人之外。」

說完她坐回去，小心地將手疊在大腿上。我等著看她別開眼神，或不安地挪動，但並沒有，她只是靜靜坐著。

我知道那些信就算是她送的，我們也永遠無法逼她承認。愛黛兒不像海倫．華森那樣容易潰決，也許是因為她有更多心事要隱藏。

我試圖想像她在盤算什麼，這個女人有鋼鐵般的紀律，但總有什麼能突破她的心防吧，我就不信她能防控到滴水不漏。我得設法做點什麼，大膽一點。

只剩一個辦法能逼她了，我知道有個地方能讓她失去沈著，我得讓愛黛兒離開自己的安樂窩，逼她面對被她棄置於後的過去。

但那也形同在強逼自己回去，我們三人都知道，最後非回那個地方不可。那個召喚我們回去，準備為我們揭露實情的地方。沒有什麼比這更令我害怕的了，但我提醒自己要更堅強。就像翠西說的，我們全得孤注一擲，無論愛黛兒跟不跟，我們都得回那兒測試自己，測試傑克．杜柏。

「好，我們走。」我站起來，翠西和克莉絲蒂狐疑地看著我，但也一前一後地跟著站起身，等著看我怎麼做。

「我們去他家。」我異常堅定地說，翠西和克莉絲蒂整個呆住了。

連愛黛兒都臉色發白。「妳為什麼要那麼做？妳們不能進去那兒，警方不是封鎖整個房子了嗎？」她似乎真的很訝異，我開始懷疑她沒有涉案。

「那我們只好闖進去了。愛黛兒，傑克寫信給我們，信件今天寄到我們的旅館裡。」我在她臉上搜尋罪惡感卻未果，「信中暗指他屋裡藏了訊息，也許是文件、相片，或者是他的研究素材。」

愛黛兒一聽猛然起身，抓起她的包包，決定一起加入了。

一行人行經走廊時，克莉絲蒂貼到我身邊，生氣地壓低聲音說：「妳到底在想什麼？沒有吉姆同行，我絕不回去那個鬼地方。」

「吉姆根本不可能讓我們去，我們別無選擇。」我答道，覺得很遺憾非這麼做不可，但此刻對我們至為重要。「傑克告訴我們屋裡有線索，我相信他的話，即使這可能只是他變態遊戲的一環。就這最後一次吧，我認為我們應該聽聽他想說什麼。」

# 第三十三章

我們默默走回租車，翠西坐到熟悉的駕駛座上，但這回我無所謂了，因為我有種帶領眾人的奇異感受。

準備離開大波特蘭區時，我從副駕駛座窗口望出去，心想，不知是什麼讓我堅持回傑克的房子。我沒時間做心理準備，我想起自己曾發過毒誓，永不回奧瑞岡州，更別說那可怕的地方了。我看著翠西，她點點頭，開動車子。

「妳說得對，莎拉，我們非這麼做不可。」

我在Google上查到地址，鍵入導航系統。現在要找一個地點何其輕易，以前卻得出動大批人馬，曠日費時地搜尋。地址就在Google地圖上，有地圖，也有衛星圖。我轉頭看看後座，克莉絲蒂的手又抖了起來，她在大腿上來回搓手。

我的呼吸略微緊促，開始頭腦發暈，思緒打結。我抵死也不會在愛黛兒面前崩潰，這回我懶得借助複雜的減壓技巧了，他媽的，我心想，現在絕不能讓恐慌症發作，絕對不行。

我緊閉眼睛，屏息數到二十。這是為了珍妮佛，我又帶著她的照片了，我抽出相片，注視她的面容良久，然後把照片收回口袋，那是我對抗邪惡之地的護身符。

我的頭腦逐漸清朗起來，呼吸也恢復正常，我再度莫名地感到興奮。也許我們真的能找到證物、解釋、答案，某些我們可以拿來繼續關傑克的東西，讓我們找到珍妮佛的屍體，或者，只是或者，某種可以說明我們遭逢厄運的解釋，我分不清何者在此刻更為重要。

在我終於逃離後，以為自己將永遠過著快樂的日子，因為只要我是自由的，便沒有不快樂的空間。但我為何就是快樂不起來？

也許是因為沒有人能真正擺脫過往？此時此刻，是否有千千萬萬，背負巨大痛苦與磨難的心靈，和承受生命之重的身體，正試圖在偶掠的片刻裡，含淚強歡，即便僅有幾個小時也好？也許，活著便是這麼一回事。

現在的我無法多想，我必須集中心神。不管我們能否找到FBI忽略的事證，我只能提醒自己，他們的搜查方向截然不同。他們尚未探索過去的傑克．杜柏，僅是一味地尋找實證，搜尋被塞藏在岩縫裡的女孩屍體。

而且當年在FBI的業務中，賣春集團算是較次要的，當時網路尚未發達，世上的變態還未聯手犯案。那是連續殺人犯當紅的年代，他們也希望把傑克塑造成獨自行動的瘋狂攻擊者。

整整四十分鐘的車程，沒有人說話。我們只是聆聽GPS的導航，電腦之音充斥在隔絕我們的空間裡，不斷發出「重新計算當中」的語句。我從四人臉上看出，大夥也都在突來的新狀況中，不斷重新調適。我們朝著當年差點喪命的死地逼近，我們在地窖裡曾想宰掉彼此。沒人知道回去會是什麼感覺，但肯定不好。

我們找到屋子的車道，這是我從報上照片認出來的。翠西在路上停下車，方向燈仍兀自閃著，細雨落在擋風玻璃上，翠西默默打開雨刷。一行人默然坐著，GPS提醒我們右邊即是目的地。

「我們都準備好了嗎？」翠西終於問了。

「沒有，還沒準備好。」克莉絲蒂的聲音從後邊傳來，「我們動手吧，反正做就對了。」

我回頭望著她，克莉絲蒂的手已不再亂動，表情堅毅卓絕。我對翠西點點頭，她開車駛進車道，車道沿著小山側邊穿過密林，蜿蜒而上。我看著樹林，憶起那段逃脫後自己像隻迷失的孤獸，裸身在林中漫無目標地亂跑，差點脫水而亡的日子。那是我此生最感到孤單無依的時刻。此刻的天氣與當時如出一轍，我想到那時張嘴朝天，嘗飲雨水的模樣。

車子開近時，我發現破碎的警方黃膠帶，或散落地面，或垂掛樹上，除非事先知道有這些東西，否則幾乎看不出來了。我們終於繞過最後的彎口了，房舍映入眼簾。那是一大棟A字型的深綠色木屋，與林色相融，右邊有間深紅色的倉房。就是那棟倉房，我心想，就是那一棟。我發著抖，車子在倉房前停住。

翠西轉頭看我，但我無法解讀她的表情。我看不出她是在檢視我，或沈浸在自己痛苦的回憶裡。

我回頭看著愛黛兒，她滿臉驚異，不知她是否來過此處——這地方是否也是她的祕密基地——但至少她對此處發生過的事，有一定的敬慎。

我望向克莉絲蒂，她看來平靜嚴肅，雙手十分靜定。

大夥幾乎同時下車，車門一致地輕聲關上。我們各自駐足，沈默而畏懼地望著房舍。太恐怖了，這房子感覺像個邪惡妖異的活物，它似乎在監看我們，傑克仍陰魂不散。

最後我重重吸口氣，朝屋子邁步，刻意迴避那間倉房。想到此時竟要闖進當年處心積慮想逃出來的屋子，其諷刺意味之深，令人忍不住想笑。但我們畢竟來了，大家全提著心吊著膽。

我挨近從門邊窗口往內看，屋子裡相當整潔。不知是何方神聖，在警方大力掃蕩此處後，能有幸清理這棟屋子。

翠西帶頭走到門口，她伸手要去握門把，卻被我打斷。

「不是應該避免留下指紋嗎？」

「我們沒準備手套，不是嗎？」不過翠西還是抓起T恤下襬，覆到手把上。門沒鎖，翠西一下子便打開了門。

「成了，我們第一次違法擅闖，就大大地成功了。」

「太奇怪了，」愛黛兒的聲音從我後頭冒出來，「我覺得很詭異。」

門在我們前方開著，大夥再次彼此相覷，誰要先踏出第一步？

我知道答案，是我把大家拖來的，應該由我先進門。

我微顫著深抽口氣，然後走入屋中，回頭對其他人說：

「瞧，一點都不會痛。」

沒有人笑。

我又走進一步，翠西也跟上來了。

「我們竟然回來了。」她低聲說，四下看著整齊的廚房，那廚房感覺好普通，絕不會有人想到這裡有惡魔觸過的痕跡。

愛黛兒戰戰兢兢地瞪大眼，跟在我們後面。

克莉絲蒂愣在門口，嚇到無法動彈，我發現她的左手又開始顫抖了，接著她用右手握住自己的左臂，緩緩跨過門口，並努力深呼吸。

「好吧。」她只這麼說。

我用通道上的小茶几抵住打開的門，不想讓門完全闔上，然後帶領大家走過走廊，一邊控制自己別過度換氣。我的脈搏急跳，頭又慢慢暈了起來，為了大家，我一定得控制暈眩。

我穿過走廊，在圖書室的雙扇門前獨自站了一會兒。屋子裡若藏著線索，必然就在圖書室裡，但我不確定自己已做好面對它的準備。

我伸手緊握住口袋裡珍妮佛的照片，照片在我拳心裡發皺，可能已被我毀掉了，但此時我需要從中汲取一些質實的力量，讓影像的墨水滲入指尖，讓珍妮佛更貼近我。我慢慢推開門，希望能一點一滴地適應圖書室。

首先映入眼簾的，是依然擺在角落的刑架。

身後的翠西對著我耳後講話，「呃，他們為什麼不把那鬼東西搬走？」

「房間感覺小好多。」克莉絲蒂輕聲說。

「說得很有道理，」愛黛兒開口表示，「因為這房間的威力跟以往不同……」

「閉嘴，愛黛兒。」翠西和克莉絲蒂齊聲說道。

愛黛兒連忙住口，眾人一起走入圖書室，抬眼看著直頂天花板的書架，那天花板是一般的兩倍高。成千上萬的書籍都還在架上。

我走到沈重的橡木桌邊，桌上有捲蓋和深綠色的吸墨墊，這桌子顯然所費不貲，傑克的收養家庭應該頗為富裕，傑克亦然。

吸墨墊中央躺著一封空白信封，我拿起信封，信封封住了。其他人走過來看我找到什麼，翠西和克莉絲蒂小心翼翼地避開刑架，繞到我身邊。

「我該打開嗎？」我看著她們。

「有何不可？」愛黛兒說，「我們都硬闖進來了。」

「我們根本不需要硬闖，」克莉絲蒂提醒著，「反正他從不希望我們離開，我們大可不必客氣。」

我拆封取出信紙慢慢打開，傑克用清楚的粗體字寫著「歡迎回家」。

我將紙一扔，彷彿紙上著了火。

於此同時，我們聽到走廊彼端的門重重關上，那扇我們進屋的門，那扇被我打開的門。

大夥立即跳起來，靜靜貼到圖書室牆邊，翠西在前面，離門最近。眾人豎起耳朵，卻僅聽得到自己的呼吸聲。

翠西窺望轉角，沒有人能不經過圖書室門口而深入屋內。翠西揮手要我們跟著她，慢慢離開圖書室。

房子裡沒人，就算真的有人來過，那人也已在關上門後，走到屋外了。可是為什麼？

翠西走過去握住門把，將指紋的事拋到九霄雲外。這時大家才明白，原來門從外面鎖住了。

「搞屁啊!?」翠西大吼著重重敲門，但一點用都沒有。

「不可能，我們怎麼可能被鎖在屋裡，不可能。」克莉絲蒂發著抖說。

「大家鎮定，」我說，「屋裡有很多窗子，而且我還帶了手機。」我掏出口袋裡的手機高舉，可惜螢幕右上角並未出現收訊格，我剛才一害怕，竟忘記檢查了，「只是收不到訊號。」

「這邊太深入山區了，」愛黛兒說，「難怪房子要蓋在這裡。媽的。」

我奔過一個個房間，望著窗外，四下不見人影，屋子周圍盡是密林。如果對方想監視我們，或心懷不軌，可以躲的地方太多了。

愛黛兒走入廚房試著開窗，但窗戶全被封死，窗鎖怎麼也轉不動。她打開櫃子抽屜，終於找到一把有沈重手柄的掃把。愛黛兒失心瘋似地開始敲擊廚房窗戶，玻璃在房中碎濺，大夥護住眼睛退開，任愛黛兒一遍一遍地擊打窗子，沒想到她力氣這麼大。

翠西憤憤地瞪著愛黛兒，屈身用手護住自己的臉，她靠到我身邊低聲說：「也許我錯看愛黛兒了。」

我聳聳肩，我們退到走廊上躲避飛射的碎玻璃，「說不定她比我們清楚這裡有多危險。」

愛黛兒終於氣喘噓噓地停立不動，她紅著臉，頭髮散亂，我們戰戰兢兢地回廚房檢視破壞狀況時，愛黛兒仍高舉掃把隨時準備攻擊。流理台、水槽和地板上全覆著碎玻璃，我靠過去檢視其中一片被愛黛兒搗碎的窗框，發現兩條薄木中夾著某個東西，我伸手去摸，是冷涼的金屬。這時我才恍悟，每扇窗子都裝了鐵條，鐵條四周的漆木只是掩護罷了。

這地方是個陷阱。

眾人二話不說，連忙分找不同的門，輪番拉扯敲擊，結果全都枉然。門都封死，門把也都卡住了。我聽到屋中各個角落傳出挫折的尖叫聲，因為每個可能的出口都被堵死了。

克莉絲蒂最先放棄，她坐到圖書室角落，蜷起身子開始哭泣，一邊喃喃地對女兒表示抱歉。

但我停不住，我奮力敲擊所有看到的表面，最後挫敗地站在廚房流理台前，望著水槽上方，窗外的倉房。

「唯有思考能拯救我們。」我對自己擠出最後一絲力氣說。

當我轉身打算離開廚房時，剛好看到愛黛兒往地窖門口走，我不敢想會有人去地窖。

「省點事吧，」我說，「那扇門通往地窖，我可以跟妳打包票，下面沒別的出口。」

愛黛兒身子一縮，當即會意，驚畏地從沈重的金屬門邊退開。幾分鐘後，我聽見她用全身衝撞後門，悶哼著撞在堅實的木門上。

所有人陸續放棄，然後一個接一個走進圖書室。我癱在房間中央沙發上，面對偌大的壁爐。

翠西軟坐到我身旁，將頭埋在手裡。

「他做到了，他把我們抓回來了。」翠西沈重地說。

我不可置信地搖搖頭。

「他怎麼知道我們會自己殺過來？」

「我猜他也是冒險一試，反正沒什麼好損失的，何況他可能料中了我們的自大愚蠢。」

「吉姆很快就會知道我們失蹤了。」我說。

「傑克也知道，」翠西答道，「他顯然派人跟監我們，也就是說，不管他對我們有什麼計畫，應該很快就會出手了。」

我掃視房間，不確定攻擊會出自何處，不禁覺得無助而慌亂。

「我們需要一些……武器。」翠西說，她看起來跟我一樣疲憊。我點點頭，大夥分散開來，尋找能抵抗的物件。克莉絲蒂回來時，手裡揮著愛黛兒用來搗窗的掃帚柄。翠西和我顯然是最務實的，我們各從小桌櫃裡抽出一把菜刀，愛黛兒則找到一只沈重的炸鍋。

大夥再度齊聚圖書室，我閂上沈重的木門，大家沒多做討論，逕自分散開來，在房間四周找位子守住。翠西站到其中一個角落，我守另一處角落，愛黛兒蹲在窗邊，從窗台瞥視林子裡的動靜。

克莉絲蒂站起身，爬到窗邊椅上，盡可能地遠離刑架。她曲膝坐著，緊抓住窗簾哀哭，一邊小心地將掃帚柄立在身邊。這次的大難臨頭，克莉絲蒂能否發揮功用，我實在沒信心，因為克莉絲蒂又變回以前的模樣了。

「那是什麼聲音？」愛黛兒身子一顫，突然問道。

「什麼？」翠西偏著頭聆聽。

「有個聲音，我聽到有東西，好像是從地窖裡傳來的。」

「打死我也不下去。」我堅決說。

翠西搖搖頭，喃喃道：「我什麼也沒聽見。」

有可能大夥都處於否認狀態。

「所以就這樣了嗎？」愛黛兒說，「我們就坐在這裡，被動地等著被人找到？然後祈禱希望是好人先找到我們嗎？」

「應該是吧。」翠西無奈地說。

愛黛兒再度表示：「哼，我打算貫徹我們來這裡的目的，我要四處查查看。」

翠西怒目瞪她，「有什麼用？妳根本不懂我們面對的是什麼。」

我坐在自己的角落裡觀察每個人，我們已經開始起內訌了。大家顯然都很惶恐，但我也看出每個人都想不計一切地求生。我逼自己拋掉這個念頭，我告訴自己，我只是害怕再次淪為野獸，而將自身的憂懼投射到她們身上罷了。

都是這個地方害的，回到這間房子讓我自覺像頭困獸，我再次感到，我願不擇手段地逃離此地，就像從前一樣。如果走到那個地步，我所有的尊嚴和理性，將在瞬間被獸性所取代。其他人也都如此嗎？或者我的本質，跟翠西所想的一樣，是個沒心沒肺、對別人毫無悲憫的人？難道翠西說對了嗎？這回我為了逃走，會犧牲掉誰呢？

# 第三十四章

等我好不容易擺脫一堆黑暗的念頭時，發現愛黛兒正繞著傑克的書桌查看。

「我還是認為，」她口裡邊說，邊專心看著最上層抽屜裡的東西翻找，「我們可以在這裡找到一些……能幫助我們的東西，也許是鑰匙或什麼的。」

她已開始害怕了，平日的冷靜自持眼看就要不保。她的動作變得更慌亂了，還粗魯地把筆和便利貼推到一旁，伸手往抽屜底處翻探。

「妳究竟在找什麼，愛黛兒？」翠西揚聲問，難道她也開始驚慌了嗎？「是研究報告嗎？妳以為抽屜裡有什麼能讓妳功成名就嗎？提醒妳一點，愛黛兒，怕妳沒注意到，如果妳死在荒郊野外的棄屋裡，就不可能有事業可言了。等一等——也許我說錯了。我想妳現在應該能寫出一些東西，等死後再發表。」翠西想了一下，「事實上，說不定那是讓妳名利雙收的捷徑——寫一部變態狂之屋的囚徒記實。」

翠西轉頭看我，「莎拉，妳何不也動手寫一本？寫妳以前如何意外救了我們，然後又千方百計將我們騙回原點的事。」

愛黛兒停止翻找抽屜，抬頭說道：

「等一等，翠西，據我所知，若不是莎拉相救，妳們至今還是傑克的囚徒，現在坐在這張桌邊的人也不會是我，而是傑克了。」說完她站起來，速速離開桌子。

我看著愛黛兒，她眼中似乎透著一絲同情，她是想幫我解圍嗎？

「愛黛兒，」翠西答道，「妳該不會沒注意到吧，我現在人在這裡，這點也得感謝莎拉，我還是回來了。所以中間那十年其實沒啥鳥用，看起來，我很可能會死在這裡。」

血色自我臉上褪去，我還以為翠西快要原諒我了，以為一起查案，能撫平我們的嫌隙，看來我錯了。此刻的壓力，將她真正的感受逼出了檯面。

翠西以為我逃跑後，沒幫她們求援。她向媒體表示，若非警方嚴加盤問，她相信我會永遠丟下她們不管，因為我已上樓一陣子了，在她們獲救前，我已離開地窖整整六天了。在那六天裡，傑克很可能會殺害她們，掩飾自己的形跡。

翠西錯了，我確實去搬救兵了。

我只要解釋清楚當時的狀況就行了，但我一直無法談論這件事，面對翠西的指控，也從未想過為自己辯解。我不曾跟任何人談過此事，包括我的母親、吉姆或西蒙絲醫師。他們根本不知道出了什麼事，每次意圖引導我談論，我便緊張到發僵。

恐懼逐漸圍攏，但我若表露害怕，翠西只會更瞧不起我，依舊是個可憐的恐慌症受害者。翠西勇敢地面對過去，並刻意去轉化利用，她揮開痛苦不堪的經驗，將之提升成理想——一種完全符合現代世界需求的理念。翠西沒有時間，也不會同情那種不懂得跟她一樣，從苦難中找尋意義的人。

我若想解釋，就得趁現在，否則永遠沒機會，甚至沒時間了。也許諾亞和傑克的手下此時已在外頭，我希望翠西能瞭解一件事。

我走到傑克的書桌邊。我在刑架上被折磨得死去活來時，常看他坐到桌後，在筆記本上揮毫疾書。詭異的是，這桌子竟成為一種平靜的表徵，我知道傑克開始寫東西後，自己至少能暫喘片刻，當天便不會再受凌虐了。

我拉出巨大的橡木旋椅坐下來，感覺像小孩子坐在大人的座椅上，整個人都被吞沒了。詭異的是，我覺得坐到椅子上，或許能賜給我說話的力量。

我看著翠西，她還是不肯看我；看看愛黛兒，她正小心翼翼地盯著我，看不出心裡在想什麼；我看著克莉絲蒂，她已停止哭泣，蜷縮在窗椅上，茫然地望向前方，拿著不知何處找來的面紙擦拭淚水。

終於，我拿起桌上的華特曼牌鋼筆，開始重複有韻地拔開再套上筆蓋，我等待著，希望翠西最後能忍不住地看我。她必須看我。

翠西果然緩緩轉身面對我，從染黑的劉海下窺望我了。直到那一刻，我才喉嚨發乾，猶豫地逼自己說出那天的事。

關在地窖的最後幾個月，我努力讓傑克相信我已接納他的想法。我試圖操弄他，因為我知道他也在操控我。我曉得傑克總有一天會測試我，但我無法預料他會怎麼做。他已好幾個星期給我特別待遇了，他不再定期地凌虐我，只會嚇唬我而已。他假裝喜歡我，幾乎⋯⋯幾乎像是在愛我。

傑克若能相信我已對他言聽計從，便可能放鬆對我的管控，說不定會要我到外頭幫他跑腿，甚至帶我離開房子。

那天，他終於打開門，也就是現在將大家困在屋子裡的那扇門。傑克將門打開，我一絲不掛地站在門口，渾身痠疼，我已數日沒進食了，因此十分虛弱。然而，在我面前……門扉敞開著。

我看著前方，傑克就站在我身後，他的呼息吐在我頸上。我看到倉房，倉房前的院子和傑克的車子。我緩慢穩健地走出門口，希望能拉開超過一臂的距離，讓傑克無法輕易將我拽回屋裡。我覺得頭昏眼花。

傑克跟我說過，我可以看到她，他信守承諾了。就在倉房旁邊的地上，有具用骯髒藍色油布草草包覆、動也不動的纖長形體。我僅看見底處有一坨浮腫瘀紫的肉塊，那是人的腳掌。

我已哀求傑克好幾個月了，求他讓我看她的屍體。我需要跟她道別，我覺得他會願意為我做這件事。她就在那兒了，當我看到從油布底下冒出來的肉塊，見到他為我掘出來的屍體時，我突然再也不想看到她了。我當即了悟珍妮佛的屍體對我的意義——一切都已結束。我看夠了。

我在那個當口沒辦法想清楚，到底該不該再多花些時間，讓傑克相信我的忠誠。若不是我當時飢疼交迫，若不是我害怕倉房前的那具屍體，那麼我的身體也許不會對突來的自由和觸著肌膚上的新鮮空氣，做出本能的回應。那一瞬間，我的心像著火似地，只想逃開。我心一橫，雙腿不知哪來的力氣，整個人驚跳起來拔腿狂奔。傑克一定以為我會怯於逃脫，因為他愣了一秒才追上來。

萬一被傑克逮到，先前四個月的辛苦付出必付諸流水，他永遠不會再信任我了，而我也永遠不會再有機會。成敗盡看今朝。

我拼全力奔逃，幾乎立即喘了起來。我的肌肉已有三年不曾正常使用，自是十分虛弱。我的雙腿幾乎載不動我，更別說是逃離他的魔掌了。但恐懼驅策著我，我從他身邊一溜煙跑掉了，但傑克早就料準會有這種事，當即衝上來，快速追在後方。

那時世界整個變成了慢動作，我像在穿越蜜膏，耳中淨是自己粗重的呼吸，耳外是他追在身後的腳步聲，他踩斷每根樹枝，重重踩在地面。我可以感受到他的粗壯。

我的肺臟哀求我放棄，我已沒法再呼吸了。我的胳臂發麻，雙腿失去知覺，但我知道自己的四肢還在移動，因為傑克還沒逮住我。我繞過車道彎口朝山下奔去，我看不到路的盡頭，但能感知尚在遠處。我覺得自己無處可逃，事情很快便會結束了，但另一方面，我知道自己的求生意志十分頑強，他只能使壞而已。

我又奔出一百碼，事後回想，簡直是奇蹟。我奮不顧身地逃跑，可惜體力不濟，傑克則是怒急攻心，所以才能緊追不捨。

幾秒鐘後，我被傑克緊抓住右臂，我永遠忘不了那一刻，我深知自己過去三年受過什麼折磨，也知道這下子必受到更殘虐的懲罰。

我可以從自己發出的聲音聽出來，那聲音像發自野獸，而非人類的女孩。一旦結束了，我將永遠飽受凌虐。那一刻，我沒機會細想被自己搞砸的機會，沒時間去懊悔，但在稍後，在許多個小時之後，我將感受錐心的痛楚，瞭解自己因一時的衝動而功虧一簣，再無回頭的可能了。

傑克揪住我，將我扛到肩上，我身子立即一軟，被徹底擊敗。我覺得自己就這麼完了。我只希望自己還殘存一點意志力，能遁開世間，從即將承受的痛苦中抽離。

我在這些年間，慢慢培養出讓心思遠遁的能力，不再去預期疼痛或緩解，讓一切感覺失去憑藉。每一刻都是一樣的，所有的感覺最後都會消失。要抽離，我告訴自己。

他將我拖入倉房，新的環境令我一時慌了手腳，接著我逼自己抽離，不許有感覺，也別參與。我進入可以任意漫遊的心靈空間裡，我的肉體只是一副遠飄在時空裡的皮囊。

我試著不去在乎，準備赴死，或承受比過往幾年在地窖中所受更慘酷的酷刑。傑克狂怒地揪住我的一隻手臂和頭髮，將我扔進倉房深處的長箱中。這木箱比地窖裡的小，橫擺著頗像棺木。他將我垂弱的身軀扔進裡頭，然後走開。

我本能地抓住箱緣，試圖爬出來，我一坐起，便挨了一記老拳，被擊回箱子裡。我護住臉，避開他的拳雨。幾秒鐘後，一具腐爛的長物跌到我身上，珍妮佛沈重冰冷的屍體像毯子般地蓋到我身上。接著傑克重重地闔上木箱蓋子，我聽見他將箱子釘死，同時一邊尖聲叫罵一些我聽不懂的話。

一時間我覺得如釋重負，至少與他相隔數呎，中間橫著釘死的木門，他的魔掌搆不著我。幾分鐘後，我才意會到自己跟珍妮佛的屍體一起封在棺材裡，她雖先我而亡，卻並未亡逝很久。傑克釘完最後一根釘子，拖著腳步離去後，四周突然寂靜下來。傑克一定是回屋裡去了。

天終於黑了，我擠到箱子角落裡，盡可能地蜷著身子，避開珍妮佛的屍體。我開始出現幻聽幻覺，以為看到珍妮佛在動，看到她抬手撫摸我；以為聽見她的聲音，要求我別離開她。這一切我都聽得清清楚楚，我不知道自己何時開始哭泣，只知道我用手撫著臉，擦拭淚水、鼻涕和口水。我慌亂地想，不知會是什麼先奪走我的命，是脫水還是缺氧。想到這兒，我發現木箱裡並不缺空氣，我可以正常呼吸，箱子裡一定有些小開口。

我離開角落，小心避開與珍妮佛屍體上的乾髮相纏。我發現箱子直接嵌入倉房的側邊，我趨近細看，發現建物本身有些狀況。也許在我來之前的幾年，成千上百隻小蟲子預期到我的出現，一直傻傻地工作，以解救我的性命。

牆緣與倉房最外邊的角落相接處十分潮濕，且遭過啃蝕。白蟻、木蟻、粉蠹蟲——將木板蛀得亂七八糟。我試了一下，板子很鬆，幾乎可以將它拆掉。可是這回我不會再那麼衝動了，我不想活在懊悔中，我要等到清晨，看傑克是否離開後再說，因為明天是他教書的日子。我躺在黑暗裡，聞著屍臭和泥地的濕氣，對那些神奇的蟲子滿懷感恩，謝謝它們以木為食，我好想親吻它們，但我耐心等候。

翌日我聽見倉門打開，接著腳步聲走入倉房內。傑克來檢視我的狀況，我先是盡量保持不動，希望他以為我已嚇死了。傑克重重敲擊箱頂，想將我吵醒，我不希望他進一步檢視，便稍稍動了一下，讓他知道我還在。他又用指節重重敲了一下木箱，然後才走開。我聽到他發動引擎，沿著車道揚長而去。傑克的作息向來一成不變——我知道他四天後就會回來了，但我也知道若沒喝水，自己絕對撐不了那麼久。我的喉嚨已在灼燒了，箱底下的土濕香誘惑著我。

我用指頭摳著木縫，連挖好幾個小時，我使出僅存的力氣將木片剝開。幾小時後，我勉強弄破一片木板底端，看見倉房後的田野，以及農地後方的樹林。那是我見過最美的景致，呼喚我投向自由。

我用拳頭、頭部重重捶擊木板，結果竟將眉眼割傷了，我氣急敗壞地舔著血，希望藉此解渴。

板子緊緊楔入，任憑我再怎麼努力都不管用，也許我應該放棄，陪珍妮佛一起蜷在地上，到黃泉路上相逢。可是我又想到若就此放棄，爸媽永遠不會知道我出了什麼事，我也永無機會說明珍妮佛的遭遇，讓傑克．杜柏繩之於法。想到這裡，我繼續奮戰。

最後我硬扯掉一些木片，肩頭已幾乎快能鑽過開口了，可惜還不夠大。我得設法在箱子裡轉身，讓腳搆到板子上端，再用雙腿的力量踹開板子。箱子寬度僅能容下兩人，因此我得抱住珍妮佛被我推到箱子一端的屍體。

屍臭令人難以消受，但我還能勉強忍住。我更痛恨的，反而是她僵硬的身體與冰冷的肌膚。我明明在哭，卻無淚，因為毛細孔裡的水全乾掉了。

我終於轉到另一頭了，我曲起雙腿，使出這副可悲的皮囊殘存的力氣，用腳一遍又一遍地踹著板子，我的膝蓋將屍體震到一旁，兩人一起跳著詭異的死亡之舞。

不知過了多久，木板終於鬆脫了。我的呼吸加快，握緊拳頭閉上眼睛，打起精神鑽出開口。那是一片寬木，但僅夠我躺在底下。我好感謝傑克把我餓得這麼瘦，我從板子底下鑽出，來到箱子外。

我轉身小心翼翼地將木板原封不動地擺回原處，盡可能為自己爭取逃走的時間，因為我知道傑克在林子裡設了監視器，這說不定只是他用來自娛的新遊戲。我知道自己還沒自由。

我奔向樹林，其實沿著車道下山應該比較快，但我不能冒險，萬一傑克突然決定回來，我一定會遇上他的車子。

我站在房子前猶豫片刻，掙扎著要不要救其他人，可是風險太高了。那房子是個陷阱，傑克必然在門上設了我無法解開的密鎖。等我一回到文明世界，一定盡快找人救援，希望在傑克尚未回來發現我失蹤的這四天中，時間能夠用。

於是我拔足狂奔，其實應該說是蹣跚而行。我無衣蔽體，腳底已無多的皮肉能保護我的腳了，我被每顆石頭每根樹枝絆倒，不久雙腳已開始流血。我奮力奔下山，什麼都不在乎，我覺得……好興奮。

山腳附近處有條小溪，我在溪邊狂飲，彷彿此生不曾喝過東西。直到那時，我才知道自己會活下來，我感受到三年來不曾有過的歡樂。之後我的力氣似乎增強了千百倍，我像草原上的小馬疾馳下山。我依舊害怕，但我看到山腳下有一大片農地，後面還有棟荒廢的舊農舍。那邊一定有人能幫我。

來到農舍後，我發現裡頭空無一人，且上了鎖，但我在倉房邊找到一件破外套和沈重的工作靴。兩樣東西對我來說都太大了，但我還是穿上。我來到馬路上，雖然在戶外方向感盡失，但我決心遠離傑克的房子。

終於有部車子停了下來，一對年輕夫婦在車後載了兩名幼兒。我問他們警察局怎麼走，他們似乎有點被我嚇到——一名髒黏的女子，一身滑稽打扮，講話顛三倒四，但他們似乎很替我擔心。女人遲疑了一下，詢問地瞄著她先生，最後終於叫我上車，說他們會載我去求救。我開始哭了起來，說我不敢，說我太害怕了，不敢再坐陌生人的車子。他們問我發生了什麼事，我只會不斷地哭說，我被關在地窖裡好長好長一段時間。

兩人一聽臉色大變，當即叫我留在原處，他們去找警察。我以為我把他們嚇跑了，我得自己想辦法，但我再也走不動了。我對他們點點頭，緊抓著外套冷硬的布料坐在路邊，任由他們開車離去。

我一定是昏過去了，因為等我醒時，兩名警官正合力將我抬到巡邏車後。途中，有位溫柔的女人在車座後，同情地聽我低聲用破碎雜亂的語句訴說我們的遭遇。我說得纏夾不清，她卻極有耐心地慢慢拼湊。接著我談到翠西和克莉絲蒂，他們便立即打電話到總部。幾小時後，我在醫院看到她們被抬進來，不過警方堅稱，房子附近沒有屍體。

醫生們幫我注射點滴，為我補充液體，我幾乎無法動彈，而且又昏厥過去了，但我知道拘禁的歲月終於結束了，一切都過去了。

# 第三十五章

翠西繼續盯著自己的膝蓋，剛才聽我敘述時，她一直這樣。克莉絲蒂已停止哭泣，坐直身體專心聆聽。愛黛兒則努力抄寫筆記，等我說完了，還在奮力搖筆。

四周死寂一片，我只能等待。不知道這樣能否讓翠西瞭解，為何我沒先回來救她們？她會相信我真的盡快去求救了嗎？我又默默等了一分鐘，唯聞愛黛兒書寫的聲音。

接著翠西看著我的眼睛，極其輕柔地說道：「愛黛兒，妳他媽的把筆放下來。」

愛黛兒抬起眼，不再寫字。我吁了口氣。

翠西雖然說得不多，但已足矣。

「對不起。」愛黛兒把筆放下說。

「有什麼差別嗎？」我靜靜表示，「反正現在我們早晚得死在這裡。」

「不會的。」翠西說，眼中突然冒出晶光，「我們一定能離開這裡，我們只是需要多知道一些訊息，愛黛兒得說實話。」

翠西起身轉頭面對愛黛兒。

「愛黛兒，妳以前來過這裡對不對？我不管妳在對我們隱瞞什麼，現在都得據實以告。或許妳不瞭解自己握有讓大夥逃生的關鍵，或許妳已經知道了。到底還有誰涉案？那些信件是誰遞送的？誰把我們關在此地？誰為我們設置這間房子？誰誘我們入甕？傑克畢竟還關在牢裡，他一定有幫手。」

這時我們聽到腳底傳出一記鬧聲，這回錯不了了，那是一聲重擊。大夥一齊坐起身，探身仔細聆聽。重擊聲再次從地窖裡傳出，這下子不可能忽略得掉了。

「那是什麼？」克莉絲蒂率先發問。

大夥同時起身，朝通往地窖的鐵門走去，愛黛兒滿面驚惶地跟在我們身後幾呎處。

我們站在走廊邊的地窖入口，密碼鎖雖然還在，門卻微開著，彷彿有人希望我們下去，彷彿房子本身在引誘我們下樓。我們又聽見聲音了。

翠西重重吸口氣，拉開門，朝階梯踩下一步，當她的腳踏在第一道梯板時，克莉絲蒂抵死不從地說：「我沒辦法下去，我真的真的辦不到。」她往後退到圖書室門裡。

「妳可以進圖書室，卻沒法下地窖？這說不通嘛。」翠西懊惱地咕噥。

「別逼她，我也有同感，可是我們得查明是什麼聲音，也許克莉絲蒂可以在樓上幫忙把風。」我要翠西繼續走，翠西搖搖頭，最後還是硬著頭皮往下走。

我們如履薄冰地走下樓，那些夢魘中熟知的咿呀聲，搞得我神經緊繃，我本能地數著階梯，沒意會到自己正大聲數著。翠西轉頭怒瞪我，我才收聲。

我倆四目交接的瞬間，共處的時光自我腦中掠過，糊成一片灰黑的記憶。所有痛楚、悲傷、懊悔，突然在我體中竄流，融合成對往昔的強烈回憶。而翠西這位對頭、死敵，這個百般折磨我的人，卻也是眼前唯一能真正與我分享此刻的人。我們在那一瞬間，成了為同一理念並肩作戰的疲兵。

我們瞭解彼此的會意、沈重的心情、喉頭糾結的恐懼、飛掠心口的邪念，只有我們才可能瞭解這種能量、這種交流、這個鬼地方。翠西和我同時別開眼神，無法多看。

下到地窖後，我覺得胸口發緊。地窖潮濕陰寒的氣味絲毫未減，鍊子雖然移除了，但嵌在牆上的陰毒鐵環仍在。箱子也仍在原本的角落裡緊閉著，地窖裡沒有半個人。

一看到箱子，我的胃又糾擰起來。沒錯，一切都是真的。是的，我確實失去了珍妮佛。木頭、釘子與苦惱全擺在眼前，你很難想像，卻不容否認。

當愛黛兒走下最後一道梯階時，聲音再度傳來，這回我們聽出聲音源自箱子內。我的腦袋自動轉回幾年前的模式，努力想辨識聲音的模式。

愛黛兒一聽到聲音，連忙扭身衝回樓梯上，但她還沒跑到半途，便被翠西緊抓住胳膊了。

「喂，別逃，愛黛兒，妳現在得跟我們一起。」她說。

這時樓梯口有身影晃動，克莉絲蒂站在那兒，死命握緊掃把柄，緊張兮兮地看著我身後角落的箱子。

「我也要下來。」她只這麼說。克莉絲蒂躡手躡腳地下樓時，似乎連氣都不敢喘了。我指著箱子，大夥點點頭，碎步朝箱子小心輕移，在漆黑的地窖裡，一吋吋挨近我們絕不想看到的東西。

箱子門用一條細繩綑緊，仔細打了死結。翠西是唯一敢走到箱子旁的人，其他人則在幾呎外停住腳步。大夥站在翠西身後，舉著臨時拼湊的武器，靜候片刻，再次聆聽箱子裡的聲音，沒有人想去碰箱子，它就像一頭危險孤單、活在我們回憶煉獄中的活獸。

翠西似乎絞盡身上最後一分勇氣，突然伸手抓起繩結，擰眉咬牙地奮力解繩。那是環環相接的拜占庭式繩結，但繩結終於鬆開了，翠西很快將門打開。

箱裡有名男子，身上纏著綁箱子用的繩索。眾人倒抽口氣，我靠過去仔細看，男人雖然滿面愁容，害怕到脹紅了臉，但還是被我認了出來。

「雷恩？你是雷恩嗎？」我震驚地說。

男子點點頭，但嘴裡塞了破布，無法說話，表情極盡驚駭。等他的眼睛適應光線，看出是我們之後，原有的驚恐化成了放心。翠西走過去打算為他鬆綁，愛黛兒卻抬手制止。

「這會不會是陷阱？他有沒有可能跟傑克一夥，等我們放開他，就會回頭對付我們？」連愛黛兒都慌亂地尖起聲說。

「我們讓他解釋一下。」翠西抽開雷恩嘴裡的布塊。

「水。」雷恩啞聲低語。

我點點頭，克莉絲蒂回樓上廚房拿了杯水來，把玻璃杯遞到雷恩唇邊，雷恩飢渴地喝完，又要了一杯。等灌完兩大杯水後，雷恩才終於開口。

「謝謝妳們，」他說，「能先幫我鬆綁嗎？」

「我們得先談談，」愛黛兒說，「是誰把你綁起來的？」

雷恩看起來又要哭了，像是害怕告訴我們發生了什麼事。

他以近乎呢喃的聲音說：「是西薇雅，西薇雅把我關起來的。」

「什麼？」大夥齊聲喊。

「是真的，我下班回家經過鎮上，看到她離開郵局，也許我不該跟蹤人家，尤其是年輕小姐，但我只是想……想看看她是否無恙。

「這事講起來很丟臉，總之後來我一路跟蹤她到此地，我打電話給范兒留了話，告訴她我會晚回家。我應該跟她說我在做什麼，但她一定會認為我在幹傻事，我想……我真的是幹了傻事。」

雷恩停下來，再要杯水，然後接著說：

「等我搞懂西薇雅要去哪兒後，我好害怕，我知道這是傑克．杜柏的老巢，但我想看看自己能不能幫西薇雅……我很誠心地想知道究竟。門開著，所以我就走進來了，我在圖書室找到她，並跟她坦承自己一路跟蹤。我告訴她說，很高興能看到她，因為我好替她擔心。

「沒想到她竟然一臉冷漠地對我搖搖頭，說我不該跟蹤她，她覺得非常遺憾。接著她走到我身邊，掏出一把槍，再度表示遺憾，然後便逼我下地窖，將我綑綁起來，然後她……」說到這裡，雷恩忍不住哭了，「我真不敢相信，她竟然把我丟在這狹窄擠簇的箱子裡等死，那個西薇雅。」

# 第三十六章

大夥回到圖書室，默默坐著慢慢消化真相，不敢彼此相視。西薇雅並非我們所想的受害者，她是捕捉我們的人，她一直在此處，獨自設置我們的死亡舞台。

雷恩的狀況糟透了，還在消化我們的真實身分，以及我們到此地的原因。不過當大夥對他重述我們的故事時，所有人也都更清楚地知道，我們除了等待傑克動手，實在無計可施。

窗座上的克莉絲蒂終於打破沈靜，由輕聲的哀吟急速轉為低沈接續、無法辨識的囈語。我熟知那種聲音，就像回到地窖的歲月，我早已學會漠視克莉絲蒂的胡言亂語了。這房子以其方式侵略每一個人，潛入我們體內，將我們變回當年的自己。

我好害怕這其中的隱意。

接著克莉絲蒂毫無預警地乍然停止哭泣，起身走到房屋中央，大夥戒慎地看著她。克莉絲蒂似乎十分困惑，雙手緊揪在腹上，然而當她開口時，聲音卻出奇地平靜。

「西薇雅並不是這裡唯一的壞人，我跟她一樣有罪。」克莉絲蒂頓了一下，鎮定自己。我屏息以待，不知她接下來要說什麼。

「我在地窖時不敢告訴妳們，因為我太慚愧了，當時我不認為妳們能夠理解，但現在……現在我一定得說出來，以免太遲了。

「這個……」她對整個房間揮揮手臂，但我們知道她指的是更大的東西，「這全是我的錯，這裡發生的一切，都是我造成的。」

她沈默片刻，毅然決定說出這番令她十分痛苦的話。

「我在求學期間──在當他的學生時──不單只是他的研究助理，我還……跟傑克有不倫之戀。我以為自己愛上他了，而他也愛著我。」大夥目瞪口呆地望著克莉絲蒂，我無法想像有人會願意親近傑克。

克莉絲蒂強忍著淚水，決心說出心底話。

「於是他將我誘到此處，我實在太傻了，我是這所有一切的緣起，」她痛苦地接著說，「我是他天殺的實驗，由於我疏於反擊，鬥智輸陣，不敢反抗，他才敢大膽地把妳們帶到地窖裡。」

克莉絲蒂走到翠西和我熟知的架子邊，傑克每回所站的地方。她在那裡靜立著，雙眼垂視地板，努力不讓自己崩潰。

她抬眼看向翠西，然後看著我，往下說道：「更糟的是，有件事我以前從來不敢跟任何人提，連警方都不敢。是這樣的，在妳們之前，還有另外兩名女孩被關到地窖，是我……」她幾乎說不出口，「是我幫傑克誘拐她們的。」

「妳……妳是什麼意思？」翠西彷彿被甩了一巴掌。我無法動彈，只能坐著瞪她。

「傑克將我帶在身邊，我以為那是我唯一逃離的機會，所以便表示一定聽命，其實我不是真心想幫他。我們坐在他車子裡，對一名年紀跟我相仿的女孩說要載她一程。我還記得她的模樣，女孩綁著馬尾，背著深藍色的背包，而且一直看錶，好像她的公車遲了。女孩似乎非常天真，我永遠也忘不了：她徵詢地看著我，想知道是否安全，我好想尖叫說不要，這裡一點也不安全，卻因為害怕而噤聲不語。」

沒有人稍動，沒有人呼吸。

「後來我們又幹了第二次，這一次我根本不敢直視女孩的眼睛，之後就太遲了。」克莉絲蒂不得不停下來，重新鼓起勇氣。

「她們在地窖裡都沒撐太久，兩人都立即被送進箱子裡，幾天後便帶到樓上，然後就再也沒回來了。我根本不敢問她們出了什麼事。

「現在，我每晚都會夢見她們的臉，媽的，每次我一閉眼就能看見她們，而且還想像她們透過我女兒的眼睛望著我。所以妳們打電話給我時，我才會立刻趕來。當妳們告訴我說，也許還有其他女孩時，我覺得……我覺得也許我們能找到那兩名女孩。」她怨懟地轉向我說：「但現在我們沒法子找了，因為我們就要死在這裡了。」

翠西無助地站在克莉絲蒂身邊，克莉絲蒂雙膝一跪，開始哭了起來，先是輕聲慢慢啜泣，接著越哭越凶。

我正在做最壞打算時，克莉絲蒂突然坐起來，然後彎身貼近地板，盯著某個東西瞧。

「等一下，這是……這是什麼？」她擦著臉說，然後用手指奮力推著一處地板，一個同樣的點，傑克的點。「搞什麼屁啊？」

克莉絲蒂沿著木板摸索，找到一個像控制桿的東西，然後一推，卻毫無動靜。大夥全擠到克莉絲蒂身邊。

我心想，應該又是傑克的另一個變態遊戲，他故意擺個東西給我們找，好讓我們被殺前知道答案。

「來，給我試試。」翠西說著更加使勁去推，但桿子卡住了。

「等等，等等……有了。」她將桿子滑開。

地板掀起來了，板子一側的鉸鏈深深吃進另一片板子的隙縫裡。地板下出現一方一呎寬二呎長的洞。翠西伸手進去拿出一只小木箱，然後掀開箱蓋。箱子內有一疊線圈筆記本，頂端有個較小的硬紙盒。翠西打開小盒時，大夥從她肩後張望。

「是照片。」愛黛兒原本十分興奮——直到看清楚後。我們沒有一個人希望找到那種相片，連愛黛兒也是。

翠西緩緩翻閱照片，其他人站在她背後同看。我見到一張張年輕女子的屍體，有各種形狀大小、自然或非自然、裸體和著衣的姿態，女子有黑有白，還有棕色皮膚者，然而最令我們難過的是她們的面容，許多都已模糊，有些人帶著微笑，有些面露懼色，有些顯然承受極大痛苦，而且有些是腐壞程度互異的屍容。

愛黛兒摀住嘴，瞪大眼睛，我看她都快吐了。

翠西將照片疊好，放回盒子裡，關上盒蓋。

「我們現在不需要看那種照片。」她用近乎不自然的平靜聲音說。

翠西轉身面對克莉絲蒂：「這應該能帶給妳一點安慰，其中有些人似乎可追溯到二十年前，妳應該不是始作俑者。」但克莉絲蒂的驚駭絲毫不遜於其他人。

這表示什麼？我再次伸手摸著口袋裡的珍妮佛照片，難道那盒子裡也有一張她的照片嗎？

「我們看看那些筆記。」我盡量控制自己的聲音說，雖然我很想尖叫。

翠西拿出筆記，遞給每人一本，我慢慢翻閱自己手上的筆記，小心地僅以筆尖碰觸，彷彿傑克在紙上寫的字裡都含有劇毒。

「這是什麼？」我終於問道，紙上寫滿傑克．杜柏平整的筆記，我大聲朗讀：「**H-29**號忍痛到六。」

大夥同時轉頭看著愛黛兒，只有她能告訴我們這句話的含義。愛黛兒顯然相當震驚，她從我手上取過筆記，但愛黛兒不像我，竟似見到久別重逢的愛人般，輕撫著紙頁。

「這些是他的……筆記。」她敬畏地喃喃說，「我一直在找，找了十年的筆記。」

「能麻煩妳解釋一下嗎？」翠西按捺住性子說。

愛黛兒突然十分困惑，不再裝腔作勢了。她似乎瞭解到這對我們以及對其他人的意義了。愛黛兒試著解釋說：

「這不是像妳們想的那樣，傑克……傑克說他能取得政府的極機密文件，拿到中情局在五〇年代，對士兵和平民所做的研究——他們利用特定的強制性技巧，諸如『洗腦』、『心理控制』等。」

「但筆記為何全都是他的手跡？」翠西不肯採信。

「接洽方不許傑克拷貝任何東西，所以什麼都得用抄的。傑克想出版一份研究報告，是關於心理控制的確切真相。我就是跟他一起研究這個的，但他不肯讓我看他任何的筆記。」

「愛黛兒，我很不想跟妳說實話，但我不認為這份研究是用中情局的祕密記錄做基礎的。」翠西拍拍身邊那盒照片說。「看來這應該是原始研究，而且傑克並不打算發表，因為這是他的犯罪證據。」

愛黛兒困惑而慌亂地搖著頭，「妳到底想……」

克莉絲蒂打斷她說：「洗腦？愛黛兒，別忘了我也主修心理學，我知道中情局用中國及韓國的說服技巧所做的實驗，那些都不足以採信，中情局老早就放棄了，洗腦是沒有效的。」

「傑克並不贊同，」愛黛兒回道，「他認為中情局放棄研究是因為被逮到辮子，他們的方法有違倫常，所以被禁止了。但傑克說，他拿到的文件，證實中情局是成功的，他的發現將改變業界。」

翠西打斷她說：「原來如此，而妳覺得，若與他合寫，妳一定會獲邀加入哈佛的教師陣容。」

愛黛兒面色雪白，但沒接腔。

我想起愛黛兒在圖書館讀的那些書，終於會意過來了。然而我想到另一個更可怕的念頭。

「愛黛兒，這項研究跟妳以前的祕密小社團有何關聯？我知道社團確實存在，妳和傑克都參加了是不是？那跟折磨這些女孩有關嗎？說實話，愛黛兒，這些女孩是這項計畫裡的一環嗎？」

愛黛兒搖著頭，臉色白如手裡的筆記書頁。

「不，不是的，我根本不知道這件事。」她指著相片說，「那是不相干的，那是傑克自己的瘋狂舉動，不過傑克還有另一面，他是個認真的學者。」

「那個祕密組織究竟是做什麼的，愛黛兒？我們知道妳是社團成員，史考特．韋伯跟我們說了。」雖非事實，但試試無妨。

「妳們跟史考特談過了？」愛黛兒語氣丕變，眼中冒出怒火，像隻困獸。她太習慣掌控一切，保留自己的祕密了，此時卻四面楚歌。

「告訴我們，愛黛兒。」克莉絲蒂的眼睛雖都哭紅了，語氣卻堅毅如鋼。

「妳們所謂的『祕密社團』，跟這件事一點關係都沒有。」愛黛兒說，她別開眼神，不敢看克莉絲蒂，「那只是……學校的作業。」

「解釋清楚。」

這句話在她聽來一定相當刺耳，因為我們都知道，愛黛兒覺得發問的人應該是她。她輪流看著每一個人，或許想評估自身的處境，釐清由誰主導。大夥默不作聲地坐了整整一分鐘，等她掙扎著接下來該說什麼。愛黛兒終於明白自己沒得選擇，只好開口說：

「大衛和我第一學期便開始約會了，兩人碰面時，他介紹我性娛虐運動。一開始我只是純粹求知，把它當成研究，但後來我……我就真的滿投入了。我們開始實驗，且口味越來越重。」

她頓了一下，深深吸氣，慢慢靜下來訴說她的故事。

「有一次我們在社會學圖書館的書架後玩……幻想的角色扮演時，不巧被傑克撞見，不用說，他當然非常好奇。剛開始被教授抓包時，我們怕極了，但看到教授興趣如此濃烈，又覺得相當高興。傑克大表讚嘆，我那時剛當上他的研究助理，所以我們很開心能對教授有所貢獻。

「不久我們大家一起去『拱頂』，後來等傑克夠信任我們，便邀我們加入他的……私人研究團體，我覺得這麼稱呼比較適當。傑克設立了一個不對外公開的小團體來分析這種次文化，他那種實地操作的手法，州立大學大概很難認同。」

「跟巴代伊的團體有關，對吧？」我問。

愛黛兒十分訝異。

「是的，叫『無頭社』，可是妳怎會……」

「那就是烙印上的標誌。」翠西答道。

「原來如此。」愛黛兒震驚地說，她收拾心情，繼續說道：「是的，傑克酷好犯罪文學：巴代伊、薩德、米爾博，認為有助於我們瞭解性倒錯、物神崇拜、虐待衝動等一切的心理原由。」她像傳教者似地不停訴說，「但他相信犯罪行為無法透過純觀察來研究，這跟憂鬱、精神分裂或睡眠失調不同，我們得親身體驗才行。

「所以我們就去體驗了，我們徹頭徹尾地改變自己的生活，以接近工作核心。我們創造自己的儀式，將這些內容與精神含納進去，幫助我們擺脫社會的規範，彰顯真實的自我，然後據此達到超……」愛黛兒看到大夥的表情，突然停下來，因為我們都沒聽懂。

愛黛兒清清喉嚨。

「是的，」她說，「我們其中有一部分，也會談到活祭、切割生殖器、奴役及所有其他殘酷的行為。但那只是遊戲，不是真的，就像我們在俱樂部裡做的一樣。」她停下來，瞄著相片盒，淚水衝入眼眶。

「至少我原以為是那樣。」她接著說，「我不知道，也許傑克想把我們塑造成其他樣態，但事情還沒進行到那兒，他便被逮捕了。我發誓是真的。」

大夥盯著她，不敢稍動，就怕她不肯往下說。

愛黛兒暫停時，我快速環視房間，檢視各扇門窗，同時側耳傾聽。房裡很靜，萬籟俱寂。傑克逼迫我們等待，我抓著腿上的刀子，緊握刀柄，在掌中時緊時鬆。

愛黛兒深深吸氣後接著說：

「傑克還帶他的老友來加入我們——喬·麥爾斯，當時傑克是那麼稱呼他的。那位老兄可全是另一碼事了，他是我們當中最硬頸、最殘酷而暴力的。有時他會令我懷疑自己究竟涉入了什麼，但我當時太投入了，而且傑克依然掌控住全局，所以我也傻傻地相信他會讓一切保持安全。」

愛黛兒停下來看著我們，然後意味深長地說：「當時我並不知道喬·麥爾斯的真名，直到昨天，他上了重犯通緝名單後。」她看著大夥會意的震驚眼神。「沒錯，他就是諾亞·菲賓。」她等了一會兒，好讓大家沈澱，才繼續說道：

「傑克被抓走的那天，新聞像野火般地在校園燒開。FBI從一開始便致力搜尋傑克的房子，我趁他們還未查到傑克在學校的辦公室前溜了進去，我知道自己只有一次機會，所有能帶的我都帶走了，以便繼續這項研究，但我知道傑克把重要資料藏在房子裡，我根本不可能闖得進去。

「諾亞·菲賓——當時對我來說，還是喬·麥爾斯——也想拿到傑克的資料，但我並不清楚原因。我擔心他已取走一些東西了，我想與他對質，他卻失蹤了。傑克被捕後，我無法再找到他，因為我並不知道他的真名。我發誓，我是昨天在新聞上看到他的照片時才知道的。」

愛黛兒轉向我，「當我看到他的臉，聽到西薇雅隸屬他的教會時，我便猜到妳們的探查應該與他有關，結果我猜對了。」

「而妳想知道我們究竟找到什麼，對不對，愛黛兒？所以妳才會打電話給我們，想到旅館來。」翠西打斷她說。

「可是愛黛兒，史考特．韋伯說，傑克被捕後，那個祕密社團仍有聚會。」我挑戰她說。

「算是有啦。」她考慮了一分鐘，「我們的確會碰面，但那時只剩下我、大衛和另外兩位在『拱頂』認識的人而已。我們重新結集，以確定我們跟傑克沒有任何牽連，警方不會循線追到我們，也不會知道我們所做的一切。

「沒錯，我跟大衛還在約會，我……我跟史考特在一起，是為了不讓他碰觸傑克的研究，我不希望他搶先找到筆記本。史考特是個很厲害的記者，所以我得防著他。我知道聽起來不太光明磊落，但請妳們理解——這項研究是我的命啊。」

「真不是開玩笑的。」翠西咕噥著。

我轉向愛黛兒，「妳都不會——難道一點都不會……妳知道你們教授……妳的朋友幹了什麼事，妳都沒有感覺，不覺得厭惡、害怕或什麼的嗎？」

她滿面羞愧，「呃，會啊，我會的，噢，真的會。只是我也告訴自己，我得堅強，因為這對我來說，真的是……一個機會。」

「我真是敗給妳了，愛黛兒。」翠西不屑地扭開臉。

愛黛兒聽了向後轉身，走回窗邊原來的位置。她對我們別開臉，所以我看不出她是否後悔告訴了我們，大家都不想理她。

當其餘人慢慢回過神後，雷恩開始翻看盒子裡的相片，他突然驚跳起來，驚惶地看著我。

「剛剛那些『主題』是怎麼稱呼的？筆記本裡寫的那個？」

我拿起一本筆記本，「我看看，這是**L-39**號主題，這個是**M-50**……」

「夠了，妳看。」他遞給我一張照片，翻到背面，我勉強看出寫在左下角的文字「**M-19**號主題」。我拿過雷恩手上那疊相片，果不其然，每張照片都用小小的字母，仔細地以同樣方式標示，「**P-9**號主題、**L-25**號主題、**Z-03**號主題」。

接著我找到在筆記上讀到的**H-29**號了，她是名金髮女孩，穿著破碎的睡袍，閉著眼，左臉頰腫著一片瘀青，脖子上套著鍊子。她露著牙，嘴角淌血。

翠西一開始就猜對了，這些女孩就是傑克研究的對象。

# 第三十七章

翠西猛然起身搶過我手裡的照片，兩個箭步穿過房間，把照片拿到愛黛兒面前。

「妳還不明白這是什麼意思嗎？」她尖叫說，「我非得替妳說出來才行嗎？愛黛兒，根本沒有什麼中情局的文件，這不是什麼了不起的學術研究，傑克是在搞他自己的心理控制實驗，他用酷刑來折磨這些女孩，」翠西一頓，「還有我們。」

翠西嫌惡地將照片扔到愛黛兒面前的地上，沒有人發話——大夥任由照片滑過木頭地板。接著翠西退回來，怒瞪著愛黛兒，她的聲音稍微平靜些了。「看來，傑克想將妳變成一個沒心沒肺的徒弟。」

愛黛兒望著腳邊四散的照片，彎腰拾起一張，檢視背後的字跡。原來她畢生的心血，竟奠基於一名瘋子對誘拐婦女所做的實驗。更慘的是，這名瘋子很可能慢慢將她納入他的機制，把她變成共犯，參與某種可怕的研究，大量去刑求折磨別人。

「我……我需要獨處幾分鐘。」愛黛兒緩緩轉身，殭屍般地直視前方，走出房間。

「我們該放她去嗎？」翠西問道，愛黛兒顯然不會立刻回來。

「隨她去吧，她現在很震驚，而且知道自己被騙了。她自認擅長操控，結果竟受操弄而不自知，她是傑克的另一名受害者，形式雖然不同，結果卻一樣。」我頓了一下，吸口氣，「所以，我想現在我們應該給她一點獨處的時間。」

翠西低頭再次看著筆記本，「我自己大概也需要獨處一下，或來個十年期的心理治療，或灌一大杯伏特加。」

她撿起地上的相片，用指頭描著照片上的影像，用幾乎難以聽聞的聲音說：「原來我們也只是這些……這些實驗的一部分嗎？」

我在她身邊坐下，撿起一張相片，上面是個燙了一頭廉價捲髮的淺黑膚色女孩，她憂心地瞪著相機鏡頭，S-5號主題，我猜是一九八〇年代的照片。

克莉絲蒂已回到窗座上了，雷恩則絞著手來回踱步，大家全都害怕極了。

「這些就是吉姆名單上那另外五十四名女孩嗎？她們有沒有人還活著？有的話，此時是否也陪著諾亞．菲賓跑路？」我問。

翠西慢慢搖頭道：「不知諾亞是否也是位『認真』的學者。」

「應該不是。」我答道，一邊心不在焉地將照片疊好。「傑克似乎喜歡折磨人，而諾亞喜歡賺錢。他們找到了兩者兼具的方法，傑克現在既無法親自上場，一定很愛聽他所啟動的變態世界裡的各種故事，說不定他還在控制。」

「說不定是西薇雅在控制。」我想到眼前的狀況，「畢竟設陷阱抓我們的人是她，也許她現在是傑克的代理人。」

「就像妳以前那樣嗎，莎拉？」翠西靜靜問道。

我扭頭看她，「妳這話是什麼意思？」

「意思是，看看妳是如何背叛我們的，妳當時就跟西薇雅一樣，要不是……」

「我一點都不像西薇雅，妳怎能說那種話？」

翠西站起來走到我身邊，明知我會不舒服，卻咄咄逼近。在這種時刻，我好痛恨自己的身體。「莎拉，妳是被洗腦，失憶了嗎？妳記得最後幾個月在地窖裡的情形嗎？當妳……當妳……倒戈到另一邊之後。」

我搖著頭，「沒有，我沒有。」

「是嗎？妳沒有嗎？那妳如何解釋自己會搬上樓這件事？為何我們會被綁在架子上，而妳卻待在一旁幫他傳遞各種刑具，還面帶微笑？看來傑克的技巧在妳身上挺管用的。」翠西對我吼說。

我思緒狂轉，片段的回憶、破碎的畫面在心中重新出現。我搖著頭，彷彿這樣便能掃除翠西的話所撩起的畫面。我閉上眼睛，更加奮力地搖頭，我重重咬著嘴唇，想忍住淚水。我不想在此刻失控，我要更堅強。

我強打精神坐直身體，首先見到的是雷恩的大臉。翠西的話令他震驚害怕，他來回看著翠西和我。

「我不記得了，沒那回事。」我終於說道，被掙扎的回憶搞得筋疲力盡。

克莉絲蒂從她的座椅上站起來，慢慢向我走來。「有那回事，莎拉，確實有的。」

「而且那還不是最糟的，莎拉。」翠西再次發言，「那件事我還能勉強原諒妳，因為大夥都在挨餓，腦袋都不清楚。但地窖裡有我們的江湖規矩，彼此有一定程度的相挺，但妳卻違背承諾，對我們造成比傑克更深遠的傷害。」

我搖著頭，只會一味地說：「沒有，我沒有。」

房中靜默了片刻，接著翠西用極其輕柔、卻刻意字字清晰的聲音說：「妳把我弟弟的事告訴他了，妳把班尼自殺的事告訴他了。」

「妳有的，莎拉。」

不可置信的事發生了，翠西竟然開始哭泣，真真實實地落下淚來。我錯愕地望著她，從未見過她那樣。那些年在地窖裡，翠西總是堅毅不屈，從不讓我們看到她這模樣，現在她卻因為我、而非傑克所做過的事，哀哭流淚……

「為什麼？」她一再地問，「傑克並不需要知道那件事，我能理解妳幫他遞送刑具能得到什麼，我知道妳想爭取他的信任，好讓妳出去，這些我都可以理解。

「但妳明知他會利用班尼的事來對付我，卻還告訴他。我什麼事都能忍，忍受被綁、堵住嘴、電擊、毆打——什麼都行。但我不想聽他提起班尼的名字，他一旦知道班尼的事，便會用它控制我的心理，讓我相信班尼的死是我的錯，全都得怪我。」

翠西突然不再說話了，她用袖子擦臉，然後瞇眼瞪著我。

「我還有個祕密要告訴妳，莎拉。我知道妳自認是這裡唯一受苦的人，讓我告訴妳吧，我在逃離後的頭幾年也非常難熬，原本大可不必那樣，這全都拜賜於妳，害我無法停止思考傑克對我說過的話。」

她沈默了一會兒，然後閉上眼睛說：「事實上，我難過到想隨班尼一起沈到湖底，我試了兩次，假若我沈在湖底，現在應該會好過很多。」

沒人說話。我盯著地板，不敢看翠西的眼睛。我不敢相信，翠西看起來如此堅毅，她是我們所有人中最堅強的，難道這場經驗也差點毀了她？

或者說，是我差點毀了她？

她們說得對，我並不需要對傑克托出翠西的祕密，我為何那麼做？我對那段時間的記憶如此殘缺、痛苦而模糊。也許有那麼短瞬的幾秒鐘，我的心靈被徹底反轉，以為跟傑克在一起、幫他的忙，便是我此生該走的方向。我已相信他扭曲的世界觀，並且投降準備陪他度過餘生，幫他完成殘虐的目標，滿足他變態的需求了。當時我必須相信自己可以貫徹計畫，並說服他，但我是不是做得太過分？逾越了界限？難道我在他病態的研究裡，是個成功的案例？

我僅能囁嚅地吐出幾個字：「對不起……真的很對不起……我……」

就在那時，我們聽見屋前傳來另一個新的聲音。

# 第三十八章

眾人一齊轉向圖書室入口，愛黛兒離開時門沒關，我們聽見腳步聲逼近，陰影中出現一名女子的輪廓，那影像如鬼魅般沿著地板滑入屋內。接著便看到女子拿著一把槍，且越走越近。

「西薇雅!!!」雷恩大喊一聲。

我無法相信眼前的景象，一開始房間似乎在周邊旋繞，然後頃刻間旋即消失。一個世界、千個世界瞬間砸入我腦海裡，我無法將謎樣的拼塊湊集起來，眼前的事實令人錯亂至極，我再怎麼努力也解不出答案。

「她不是西薇雅。」我終於說了，全身血液灌入腦中，「她是……珍妮佛！」

「噢，我的天啊。」我聽到克莉絲蒂在房間後方說，翠西則愣愣地站著低聲咕噥：「搞屁啊？」

「但那真的是西薇雅。」雷恩用幾近哀求的聲音再次強調，「是真的。」

女子拿著槍朝我們走近。

她終於說道：「所有人站近一點，坐到地上，雙手舉起來。」

我雖困惑無緒，感覺似被扯裂，卻有著極大的歡喜，以及多年前被誘拐後，從未體驗過的圓滿。真的是珍妮佛，珍妮佛，真的是她。在歷經十三年的異變與挫折後，本該在一起的我們真的又團聚了。我好想奔向她，張臂擁住她，像以前那樣在她耳邊輕語，她安全了，我們安全了，我們都活下來了。

我情不自禁地低聲念著她的名字，以為等她認清是我後，便會放下槍枝，然後我們就能回家去，把十三年的過往一筆勾消。我們可以擬張新的「安全守則」明細表，一一謹守，永遠安全地待在一起。再度拘禁我們的人當然不是她，一定是我們搞錯了，一定還有別的解釋。

然而槍枝並未動搖，眾人只能按指示行事。

接著我瞥見珍妮佛後方，屋子的前門依然敞開著。我雖然尚處驚愕狀態，但強烈的自衛本能，讓我的腦子立即開始評估勝算。我該如何繞過她，奪門而出？我再次意識到自己只能考慮自救，無法照顧到別人的命運了。我若可以，定會解救她們，但得先確保自身的未來後，才能籌計。

當我意識到自己的作為時，也被迫面對自己的心理。翠西和克莉絲蒂說得對，傑克．杜柏到底對我做了什麼？我突然有種放棄的衝動，不管現在發生什麼，我都不在乎了。

不行，我甩開這股頹念，我想活下去，我要更堅強，而且我想知道原因。

「珍妮佛，我還以為……以為妳已經死了……那具屍體……跟我關在箱子裡的……」我結結巴巴地說。

「是的，我知道妳以為我死了，當時還有別的屍體，莎拉，那具並不是我的。」

「別的屍體？那麼當時妳在哪兒？」我勉強聽懂她的話，我一直以為自己是背叛者，原來珍妮佛背叛得更厲害。「妳知道……知道我被扔在那個箱子裡嗎？」

珍妮佛眼神閃爍不定地別開臉。翠西稍動了一下，珍妮佛立即拿槍瞄準她。

「不許動，翠西，否則我第一個殺妳。」

「第一個？」克莉絲蒂在我身後尖聲叫嚷。

「噓……噓……」我試著安撫她，一邊盯住珍妮佛，小心不讓自己整個背對她。

雷恩完全陷入五里霧中，但我無暇跟他解釋，西薇雅．鄧翰雖真有其人，卻不是眼前這一位，而且她們兩人從來沒見過面。翠西和我見過西薇雅．鄧翰的父母，也看過她本人的照片，西薇雅一定是在很久以前就被擄走了。傑克要珍妮佛頂替她的身分，好讓珍妮佛能在外邊幫忙跑腿。他們需要結婚證件，珍妮佛才能去探監，真正的西薇雅可能已遭遇不測了。

接著我看到她了。愛黛兒正從珍妮佛身後走回房間，我好想跟她打暗號，又不確定該怎麼做，愛黛兒是我們唯一的希望。愛黛兒顯然剛哭過，尚沈浸在自己的思緒中，走廊上的她連眼都沒抬。

但願其他看見愛黛兒的人，也都能不動聲色。

克莉絲蒂吸著氣，我瞥見翠西用膝蓋去頂克莉絲蒂的腿，大家全都知道，此刻大夥的命運就繫在愛黛兒的手裡了。時間非常難熬，愛黛兒走了一步、兩步、三步，珍妮佛就在她前方，用詭異的勝利眼神盯緊我們。

*抬頭呀，愛黛兒，快抬起頭。*我知道大夥心裡都這麼想，沒有人敢呼吸。

接著愛黛兒抬頭了，*千萬別尖叫*，我心想，*千萬別他媽的亂叫*。

之後一切就變成了慢動作，愛黛兒沒有發出尖叫，她慢慢彎下腰，撿起留在地上的炒鍋，遲疑了一下。

愛黛兒雖在性娛虐中浸淫多年，但我可以從她眼神看得出來，愛黛兒無意對別人造成真正的痛苦，甚至死亡，而我也不希望那樣。那一剎那，我甚至替珍妮佛擔心起來，我不希望珍妮佛死掉，即使我花了這麼多年才找到她，即使我相信她即將殺害我。

愛黛兒突然將鍋子高舉過頭，快速一揮，擊向珍妮佛的手。槍枝飛脫，穿越房間時射了一槍，愛黛兒腳下一絆，跟著沈重的鍋子一起摔倒，揮鍋時的奇怪角度害她跌到地上。

我火速掃視房間，被擊中腳的雷恩發出慘嚎，鮮血濺在打亮的木地板上，一臉驚嚇的克莉絲蒂渾身僵硬。

翠西和我雙雙跳起來衝向珍妮佛，我率先奔到她身邊，珍妮佛已經扭身往門口奔逃，準備將門關上，再次困住我們，永不放生了。

機不可失，眼看翠西已無法及時抓住珍妮佛，非由我動手不可了。我得抓住這個企盼已久、卻又害怕想起、被關在箱子裡的軀體。想到要去碰觸對方，我便頭皮發麻到想吐，但我拼命掙扎克服。

我盡全速奔馳，將她重重撲倒，用雙臂牢牢箍住她。我死命扣住雙手，環緊珍妮佛。她扭轉身體面對我，想將我推開，我可以感覺到她吹在我臉上的呼氣，這麼多年了，沒有人離我如此近過。她揮打著手臂，不要命地掙扎，但這次的我非常頑強，這一次，我將一舉解救所有人。

翠西趕到我身後，幫我壓住珍妮佛的手。愛黛兒也站起來衝過房間，從地窖取來繩索了。眾人合力將珍妮佛緊緊綑住，我們不敢在屋裡多耽擱一秒，大夥合力將她拖到院子裡，環住她，不敢置信地瞪著珍妮佛。

# 第三十九章

沒人說半句話。我們雖然還不明瞭細節的來龍去脈，卻大概知道是怎麼回事。後來我們才瞭解珍妮佛可悲的遭遇，她跟傑克在屋中多年，以及後來在諾亞·菲賓的教會中，所承受的種種折磨與操弄。他們將她推來使去，滿足他們性虐的需求，然後又利用她為入獄的傑克居間傳話。珍妮佛為了存活，被迫去做了很多事、承受極大的痛苦，更慘的是，她還被迫加害別人。

翠西衝下山，拼命尋找手機的接收訊號，最後打電話找到吉姆。他火速鳴著警笛帶領大隊人馬飆來，就像十年前他趕到此處，解救翠西和克莉絲蒂一樣。

我知道他們會把珍妮佛送進醫院，最後讓她住在精神病院裡。等珍妮佛被警方五花大綁後，我走到她身邊。

真的是她沒錯，只是老了些，艱辛悲苦的歲月在她臉上留下了刻痕——皺紋早生，膚色蒼淡——卻依舊是她。長年以為倉房裡那具冰屍便是我心愛的珍妮佛，乍然見到她直挺挺地活著，竟覺荒誕，就像看見夢中的屍體起死回生。不知道與我一起待在箱子裡的人是誰，我不再多想，要緊的是，珍妮佛如今與我同在。

珍妮佛被綁在推床上，但那些束縛似乎多餘了，因為她根本沒動。珍妮佛並未環顧四周，只是呆望著遠處的定點。

她是在想傑克．杜柏嗎？

我並不想問，但我想知道——想知道她是如何走到這步田地？我轉向她。

「珍妮佛。」我幾乎開不了口，「珍妮佛，妳發生了什麼事？」

良久之後，她才將眼光瞟向我，頭動都不動。她的表情軟化了嗎？我好想相信，剛才看到了我所熟知的珍妮佛，她像以前一樣用眼神哀求我。

珍妮佛終於開口了，她用清晰的聲音說：「我再也不用害怕了，現在再也沒有什麼能嚇唬我了。」

說完，她轉開眼神。她的話像刀子般刺穿我，珍妮佛再也不是同一個人了。

我安慰自己，無論她現在變成何種模樣，以後都能安然度過，無論他們送她去哪兒，她都不會再受到傷害了。

不知道他們有無可能，讓珍妮佛恢復成閣樓中的那名女孩。我跟自己約定，從今而後，我會陪伴她，盡力拯救她，即使機會微乎其微。

吉姆向我走來時，珍妮佛已被帶走了，我待在傑克院子的角落裡，盡可能遠離倉房。護理人員正在幫雷恩包紮腳傷，克莉絲蒂和翠西各自由警官問話。愛黛兒默默獨自呆坐，看警方在四周圈起黃布條。

吉姆保持距離地坐到我附近，拔起一根草在指間轉繞。

「剛才在裡面好驚險，妳沒事吧？」

「沒事？沒事才怪。」

「我可以理解。」他專注地望著我，「莎拉……有關那個一八二號信箱，我們拿了傑克．杜柏的照片給多年前一位在河灣郵局工作的郵務人員看。」

「然後呢？」

「她說他叫湯姆．菲賓，表格上就是用這個名字。」吉姆頓了一下，讓我領會其意。

「原來他們一向都有聯繫，是嗎？諾亞與傑克。」

「看起來應該是。」兩人再度陷入沈默。

「莎拉，我跟西蒙絲醫師說過了，她想幫忙。」

「不用了，謝謝。」我轉頭對他說：「這回不再有所謂的『拋開過去』了，我在屋子裡悟出了一件事。」

「什麼事？」

「無論我如何自圓其說，但在某個程度上，以前的我只顧到自己。我自私、懦弱，差點變成第二個珍妮佛，現在我既然明白了，就得設法做點改變。」

「改變什麼？」

「另外五十四個人。」

「什麼？」

「我需要那份名單。」

「莎拉，我不能把名單給妳。」

「吉姆。」

我沒看他，只是等著。

我們不發一語地坐了幾分鐘，然後吉姆默默起身走向車子。

一會兒後，他拿了一份牛皮紙信封走回來。吉姆嘆口氣，聳聳肩，將信封交給我。

「這不是從我這邊拿到的。」他說。

我拿出裡頭的紙，看著上面的名字，一時間字影模糊。我重重吸口氣。

「有筆嗎？」我問。吉姆從口袋掏出筆給我。

我打開筆，在名單上用以前寫日記的熟悉印刷體大寫，寫下「西薇雅．鄧翰」幾個字。

我將筆和空掉的信封交給他，把名單摺成小方塊，收進自己的口袋裡。

不知道照片裡的那位高二女孩西薇雅．鄧翰人在何方——那個迷失在某處沒有姓名的女孩，但我會找到她，設法找到她，並讓她的父母知道，女兒並沒有為那個惡人離開他們。就算我無法多做什麼，至少要能撫平那份傷痛。

我感到有股理念在心中燃燒，化去了空虛，帶走了悲傷。這股需求，這股雪冤糾錯，拯救她們所有人的欲求，吞噬了我一切的悲緒。

我看著吉姆，他微微一笑，兩人動作齊一地站起來，不知他是否看出我內心的轉變。

我對他伸出手，吉姆面露驚訝，隨即會心，兩人握起手來。他的手溫暖平滑，握法讓人感到安適。我凝視他的眼眸，以前從沒注意到他有對綠眼。然後我們兩人都笑了。

# 感謝

感謝我優秀的經紀人，Alexandra Machinist，自本書初稿以來的專業指導；謝謝國際事務代表Dorothy Vincent；為我開第一扇門的Tina Bennett；Pam Dorman及Beena Kamlani巧妙而慧識的編輯，以及Pamela Dorman Books/Viking全體組員為本書所做的努力與貢獻；感謝我先生Stephen Metcalf在精神與編輯上給予大力協助，使作品能夠開花結果；Stella還有Kate，妳們兩個得上大學後才准看這本書；謝謝我的好姊妹Lisa Gifford；其他以各種方式支持這部作品的好友：George Cheeks、Emily Kirven、Michael Kirven、Corey Powell、Paige Orloff、David Grann、Jeff Roda、Jennifer Warner、Virginia Lazalde-McPherson、Mike Minden和Marshall Eisen，感謝你們；還有，謝謝助我領會這一切的Melissa Wacks。

噩夢之後 / 柯熙・卓安 Koethi Zan著；
柯清心譯. -- 初版. -- 臺北市 :大塊文化, 2014.2
面； 公分. -- (R;55)
譯自 : THE NEVER LIST
ISBN 978-986-213-491-7(平裝)

874.57 102024423

10550 台北市南京東路四段25號11樓

| 廣 告 回 信 |
| --- |
| 台灣北區郵政管理局登記證 |
| 北台字第10227號 |

# 大塊文化出版股份有限公司 收

地址：□□□□□ ＿＿＿＿＿市／縣＿＿＿＿＿鄉／鎮／市／區

＿＿＿＿＿＿＿路／街＿＿＿段＿＿＿巷＿＿＿弄＿＿＿號＿＿＿樓

請撕下後對折裝訂寄回，謝謝！

大塊 LOCUS 文化

編號：R55 書名：噩夢之後

大塊文化 LOCUS 讀者服務卡

謝謝您購買本書！

如果您願意收到大塊最新書訊及特惠電子報：

- 請直接上大塊網站 locuspublishing.com 加入會員，免去郵寄的麻煩！
- 如果您不方便上網，請填寫下表，亦可不定期收到大塊書訊及特價優惠！
  請郵寄或傳真 +886-2-2545-3927。
- 如果您已是大塊會員，除了變更會員資料外，即不需回函。
- 讀者服務專線：0800-322220；email: locus@locuspublishing.com

姓名：________________________姓別：□男　□女

出生日期：____年____月____日　聯絡電話：__________

E-mail：______________________________

您所購買的書名：______________________________

從何處得知本書：

1.□書店　2.□網路　3.□大塊電子報　4.□報紙　5.□雜誌
6.□電視　7.□他人推薦　8.□廣播　9.□其他

您對本書的評價：
（請填代號 1.非常滿意　2.滿意　3.普通　4.不滿意　5.非常不滿意）
書名____內容____平面設計____版面編排____紙張質感____

對我們的建議：______________________________

LOCUS

LOCUS